Laura Bondi

Il posto segreto del cuore

4

6

Indice

"Non troverai mai pace nella mente
Finché non ascolterai il tuo cuore."
(GeorgeMichael,"*Kissing a Fool*")

"L'amore può dar forma e dignità a cose basse e vili, e senza
pregio;
ché non per gli occhi Amore guarda il mondo, ma per sua
propria rappresentazione,
ed è per ciò che l'alato Cupido viene dipinto col volto bendato.
(Elena: atto I, scena I, "*Sogno di una notte di mezza estate*",
William Shakespeare)

I.

La posizione dell'edificio era quello che ci voleva per Mr. Raynolds, e l'agente immobiliare fu molto felice di poter concludere l'affare – dopo aver faticato non poco per accontentare il cliente. L'ometto minuscolo e un po' viscido, si mostrava compiacente e perfino servile – come se avesse paura di un ripensamento improvviso del suo interlocutore, che gli incuteva uno strano timore. Frugando con l'occhio la reazione dello straniero, invitò Mr. Raynolds a firmare il contratto, prima che si facesse avanti qualche altro acquirente. Ma Mr. Raynolds stavolta era davvero convinto del fatto suo.

L'edificio ottocentesco giaceva ai piedi di una morbida collina boscosa, era circondato da un ampio giardino con parco adiacente, e per arrivare alla strada a valle si doveva percorrere un lungo e pittoresco vialone con ai lati cipressi, viti ed olivi. Le condizioni non erano delle migliori, ma David Raynolds era riuscito a strappare uno sconto allo stremato agente.

Era una tiepida giornata di fine gennaio, qualche timida margherita spuntava dall'erba straordinariamente verde dopo un inverno piovoso e non troppo rigido. L'odore acre del cipresso si mescolava a quello più soave dell'erbetta tenera, del bosco, che sembrava scaldarsi al sole, e all'aroma dolciastro della terra appena arata dai contadini giù a valle.

David era talmente inebriato da quello spettacolo da non essersi accorto di essere rimasto solo. Si immerse in quello che sarebbe diventato il suo mondo, lasciandosi coinvolgere dalla nuova vita che lo circondava. Si sentiva un po' spaventato da ciò che il futuro gli avrebbe riservato in questo cambiamento. Credeva che ognuno è *faber fortunae suae*, artefice del proprio destino, ma fino a quel momento non gli era stato permesso di esprimere se stesso come avrebbe voluto.

Fu proprio il riandare con il pensiero al passato, per un solo istante, che lo scosse e lo fece ritornare con i piedi per terra. Si guardò intorno: quella pace, rotta dal canto melodioso degli uccellini, che si godevano felici quella limpida giornata di sole, sembrò rinnovare la sua forza e la sua determinazione.

Si accorse di aver fame e di non aver chiesto nessuna indicazione all'agente immobiliare riguardo ad un alloggio e ad un ristorante. Si rese conto di essere solo in un mondo a lui del tutto sconosciuto, senza un punto di riferimento, con poca conoscenza della lingua, e tutta la vita da ricostruire. Per molto tempo non avrebbe potuto abitare nella villa appena acquistata: prima c'erano da contattare architetti, imprese ed autorità competenti, e poi sarebbero seguiti i lavori di ristrutturazione...

D'un tratto, si pentì di quella sua iniziativa. Si chiese se non fosse stato avventato, e, soprattutto, se ne valesse la pena, ammesso che fosse riuscito nella sua opera. Eppure, era una lotta che doveva vincere, per se stesso, con se stesso. Era l'unica opportunità di dimostrare che valeva ancora qualcosa, per chiudere definitivamente i conti col passato. Ce la doveva mettere tutta per ricostruire la sua vita, sfruttando questa occasione: sarebbe stato come rinascere, e stavolta non doveva fallire. La libertà non può avere prezzo.

Si avviò per il viottolo sterrato che portava a valle, con l'intento di cominciare a prendere le decisioni più semplici, sulla base delle necessità impellenti, senza farsi spaventare dall'insieme di ciò che lo aspettava. Prima di tutto, doveva trovare vitto e alloggio nel paese che aveva visto passando per arrivare fin lì. Così avrebbe avuto anche l'occasione di tastare il terreno con la gente del posto, per farsi un'idea della mentalità e dell'aria che si respirava. Era convinto di dover agire e pensare senza potersi permettere il lusso di commettere errori.

Intanto che fissava in testa questi principi, non si accorse di essere ad un crocevia, finché una voce forte lo scosse:

"Ehi, tu! Guarda dove vai, razza di..."

Un arzillo contadino, in sella alla sua bicicletta, armato di arnesi agricoli, veniva in discesa piuttosto spedito, e, a stento, riuscì ad evitare l'urto con David, il quale non poté neanche replicare, tanto fulminea fu l'azione. Il contadino continuò ad inveire, mentre proseguiva scendendo giù verso il paese, e scomparve così velocemente come era apparso.

David era rimasto immobile, in mezzo al crocevia, cercando di capire cosa fosse successo, quando una risata alle sue spalle lo fece voltare di soprassalto:

"Chi siete?" urlò di scatto nella propria lingua.

La ragazza bloccò la bici all'istante, impaurita a sua volta dai modi dell'uomo. Il brusco gesto le fece perdere l'equilibrio, così che cadde rovinosamente a terra. David si avvicinò per aiutarla, ma si trovò dinanzi al suo il volto inferocito di una giovane, alta, ma non troppo esile, con lineamenti delicati e grandi occhi azzurri, i capelli scuri sotto un cappellone di paglia, la carnagione chiara arrossata dal sole, le labbra serrate dal dispetto, più che dal dolore per la caduta. David si accorse che le si erano strappati i pantaloni sulle ginocchia, ed il giubbotto si era un po' lacerato.

"Mi dispiace, io..." provò a dire in un italiano stentato.

Ma, con sua grande sorpresa, ella lo interruppe:

"Parli pure la sua lingua, che è meglio, perché la capisco lo stesso. Cosa non capisco è che ci faceva, anzi che ci fa ancora, in mezzo ad una strada in discesa, subito dietro ad una curva, in pieno crocevia!"

La ragazza parlava perfettamente inglese.

David ne fu stupito, ma sollevato. Pensò che almeno una barriera poteva sembrare al momento superata. E forse avrebbe trovato degli alleati, anche se non degli amici... Meglio non correre troppo incontro all'ottimismo. Non è che cambiando i posti cambiano anche le persone.

Era solo un inizio.

"Ma insomma, è matto? Non sa neanche rispondere?"

La ragazza era talmente infuriata, che stava già per ripartire in sella alla sua bici, quando David, con gentilezza, la trattenne:

"Mi perdoni, ma è stato particolarmente sorprendente per me trovare subito, in questi posti meravigliosi, una persona che conosca così bene la mia lingua. Mi dispiace, sono mortificato per averla fatta cadere. Spero di non averla spaventata troppo. Quel contadino che è passato prima di lei..."

"Senta", lo interruppe con fermezza la ragazza. "Quel contadino è mio nonno, che in genere a quest'ora va a pranzo, dopo una mattina trascorsa a lavorare sodo. Ciò non spiega perché lei si ostini a restare in mezzo alla strada! E se invece di far cadere me, faceva cadere lui?"

Mentre riprendeva la sua corsa borbottò:

"Le sue scuse da manuale da queste parti non funzionano, quindi la avverto solo di stare attento a dove mette i piedi!"

Per un attimo, la freddezza e la diffidenza di queste ultime parole lo fecero ritornare indietro nel tempo. Allora era il suo destino questo? Ovunque fosse fuggito avrebbe trovato sempre lo stesso clima, lo stesso genere di persone, e lui sarebbe sempre rimasto un inutile perdente?

No, anche se la sorte era contraria, lui avrebbe almeno dovuto combattere, per non avere rimorsi, e soprattutto, per non stare a piangere su se stesso, accettando passivamente tutto ciò che gli veniva imposto.

Lasciò da parte il suo precedente proposito di restare un freddo calcolatore. Infatti, si era appena reso conto che, essendo estraneo all'ambiente, era facile essere colto di sorpresa. Quindi, doveva essere capace di reagire anche d'istinto, se voleva mettere in atto il suo proposito di riscossa.

In virtù di queste rapide riflessioni, si parò davanti alla bicicletta della ragazza, stavolta sorreggendo il manubrio per non farla cadere di nuovo.

"Se non vuole accettare le mie scuse, almeno abbia la cortesia di darmi qualche informazione, visto che sono qui solo da poche ore, e non conosco nessuno a cui rivolgermi. Oppure preferisce che resti ancora a vagabondare qui in giro, rischiando di uccidere qualcuno, tanto più che ho una fame da lupo e sono senza un tetto?"

Lo sguardo intenso e deciso di David, con gli occhi verde scuro che tradivano un'origine mediterranea, i capelli neri lunghi, folti e ribelli, barba e baffi incolti, alto, ma non atletico, l'aria trasandata - sebbene emanasse un qualcosa di strano - convinsero l'istinto di Sofia delle buone intenzioni di costui, nonostante fosse diffidente per natura. Per un attimo, ebbe la sensazione che quel volto non le fosse nuovo, anche se non ricordava dove poteva averlo visto.

Infine, sorrise:

"Mi scusi, sono stata un po' sgarbata, ma lei mi ha spaventata, e, di questi tempi, specie in luoghi così isolati, è bene non essere tanto gentili. Meglio tirare dritto!"

"Ha ragione, la capisco. Mi perdoni, sono David Raynolds, ed ho appena acquistato questa splendida villa!"

La ragazza si voltò a guardare in direzione della tenuta, reggendosi il cappello con una mano, e aggrappandosi alla bici con l'altra:

"Ah, la Tenuta dei Conti Baldi! Finalmente a qualcuno è piaciuta!" esclamò con poca convinzione.

David rimase colpito dal tono della ragazza.

Oltre a non essersi presentata a sua volta, pareva quasi spaventata da quel luogo. Stava per chiederle spiegazioni, ma quella non glielo permise, perché si scosse prestamente dai suoi pensieri, si rivolse allo straniero, e, con modi cordiali, ma formali, gli propose di seguirla a piedi fino al paese, così che gli avrebbe indicato dove trovare cibo e alloggio. David non osò replicare dinanzi a tanta fermezza. Per il momento doveva farsi aiutare da qualcuno senza forzare troppo la mano. Per quanto in passato il suo istinto non lo avesse guidato molto bene, stavolta sentiva di potersi fidare, anche perché non aveva scelta. In fondo doveva solo farsi indicare la strada.

Intanto, fu sollevato dal fatto che la ragazza non chiedesse nulla, e nulla le dicesse di sé. Questa diffidenza, per ora, gli evitava di dare spiegazioni, e, soprattutto, lo sottraeva al giudizio altrui. Se non voleva sbagliare ancora, prima doveva conoscere l'ambiente, e poi regolarsi di conseguenza. Si sa che in tutti i piccoli centri abitati, in qualsiasi parte del mondo, all'inizio sono tutti un po' sospettosi nei confronti degli estranei; forse perché vivono nella loro sfera ordinata, fuori dalla quale vedono solo caos; forse per la paura che qualcuno possa turbare la tranquillità da loro faticosamente conquistata; o, più facilmente, perché solo in pochi riescono a comprendere il loro equilibrio di vita, il sapere apprezzare le cose semplici, quelle che contano davvero.

David, assorto in questi pensieri, si accorse infine del paesaggio che gli si parava dinanzi. Appena sbucarono da una curva, apparve un piccolo paese, situato in una specie di conca rialzata. Tutti dicevano che era "a valle" perché i campi si trovavano a mezza collina, ma il paese era effettivamente arroccato su un cocuzzolo, che sovrastava la pianura. La giornata era limpida, e laggiù, in fondo alla piana, si scorgeva la sagoma della città di Firenze, con tutti i monumenti principali che svettavano sugli altri edifici.

Il paese, Boscoalto, era abbastanza grande e dall'aspetto tipicamente medievale, anche se si potevano riconoscere tutti i "ritocchi" apportati nelle varie epoche da guerre, architetti al soldo del signore di turno, e dei cambiamenti succedutisi nei secoli. Si notava subito il campanile a punta di una chiesa gotica, accanto alla torre campanaria rinascimentale del Palazzo Comunale, e poi l'edificio signorile, che forse era il resto di un antico castello, oltre a qualche tratto di cinta muraria a più strati ancora intatto, e, più in là, le costruzioni recenti. David, affascinato, osservava, ascoltava i suoni, percepiva gli odori provenienti dalle stradine, si immergeva in quel mondo nuovo.

All'entrata del paese la ragazza parve trovare il coraggio di parlare, ora che non erano più soli, così fermò la bici:

"Ecco, là c'è la piazza con il ristorante. Lì sapranno dirle se affittano delle camere o dei locali."

David stava per ringraziarla, ma quella sgusciò via veloce, senza dargli modo di replicare. Chissà se era diffidenza, imbarazzo, paura, o che altro, o tutto questo insieme.

D'un tratto però si fermò, come se si fosse accorta di essere stata troppo scortese, si voltò e sorrise. Il suo viso si illuminò e assunse all'improvviso i caratteri definiti di una sensuale femminilità tenuta volutamente nascosta.

David ebbe un inspiegabile vuoto allo stomaco mentre osservava quella ragazza, che emanava una forza speciale, quasi fosse un essere sovrumano mandato dal cielo per fargli da guida.

Stavolta dovette attendere degli interminabili istanti prima di udire di nuovo la sua voce. E quando ciò avvenne, il tono era più soave:

"Scusi se sono stata un po' scortese. Comunque, ci rivedremo spesso, visto che oramai lei rimarrà qui a lungo. Spero non si sia fatto una brutta impressione di me. Mi chiamo Sofia, e se ha bisogno di me, abito laggiù!" Indicò una villetta colonica ai piedi del paese, dalla parte opposta a dove si trovavano.

David sorrise. Da quanto tempo, a causa delle persone che lo avevano circondato, non si sentiva così spontaneo, libero nello spirito e capace di captare ogni vibrazione che gli eventi esterni producevano su di lui! Nella corazza di falsità, torture psicologiche ed oltraggi che lo aveva imprigionato si sarebbero lentamente aperte delle falle, e lui avrebbe cominciato a respirare, a vivere.

"Non si preoccupi" le rispose con gentilezza. "La capisco, e le garantisco che anch'io, al suo posto, avrei fatto lo stesso. Anzi, se fossi stato in lei, non mi sarei fidato, neanche se io avessi avuto la bici e lei fosse stata a piedi!"

Sofia scoppiò a ridere e scosse il capo.

Si guardarono un istante, studiandosi a vicenda.

"Grazie, Sofia!" continuò con fare amichevole e sinceramente grato. "Avrò presto bisogno del suo aiuto, visto che non conosco nessuno qui…"

Furono interrotti dal rintocco della campana, che troneggiava sopra all'orologio, sulla torre del Palazzo Comunale. Sofia trasalì, ritornando sui suoi passi.

"Oddio, già la mezza!" sbottò in italiano.

Si girò di scatto, e, mentre si allontanava a tutta velocità, urlò al suo interlocutore:

"Devo andare! A presto, Mr. Raynolds, e buona fortuna!"

David le gridò dietro "Ciao!", ma ormai era sparita nelle anse delle stradine in discesa.

Ed egli si ritrovò solo, in mezzo alla piazza deserta ed assolata.

L'interesse per il paesaggio, la voglia di conoscere il luogo nel quale pareva ormai deciso a trascorrere i suoi giorni futuri, in quel momento persero la loro importanza. Il sole picchiava forte, e in giro non c'era anima viva. Il suo stomaco gli fece presente che a quell'ora tutti erano a pranzo. Il rumore di stoviglie e posate, il vociare di gente allegra, ed un odore intenso, gradevolissimo di arrosto e pomodoro lo attrassero verso la locanda, che la ragazza gli aveva indicato.

La porta era aperta, e, quando varcò la soglia tutti gli sguardi si concentrarono su di lui, anche se le voci ed i rumori, con suo grande sollievo, non cessarono affatto. Fu solo un attimo, poi tutti continuarono a mangiare esattamente come se lui non ci fosse, oppure, pensò, come se fosse uno qualsiasi di loro.

Una bella signora bionda, sui cinquant'anni, alta, robusta, poco truccata, ma con vistosi orecchini, collane e bracciali d'oro, gli andò incontro con un sorriso, lo invitò a seguirla in un'altra sala, dove c'era meno folla, e lo fece accomodare in un tavolo appartato, in un angolo. David fu felice di questa accoglienza ed altrettanto meravigliato. Pareva che la donna gli avesse letto in faccia la sua voglia di starsene in disparte, a studiare il nuovo ambiente. Non che l'avrebbe disprezzato, ma di certo trovarsi là in mezzo gli avrebbe impedito di valutare con calma e di osservare, poiché si sarebbe sentito a sua volta osservato.

La donna si presentò:

"Mi chiamo Maria, e sono la figlia del *sor* Guido e della *sora* Lina, i padroni di questa bettola!"

David stentava a capirla, perché parlava molto veloce, e con un forte accento dialettale. Quando le fece presente, aiutandosi con gesti accompagnati a parole, di essere straniero, ella parve sinceramente mortificata, e, in un inglese alla buona, ma comprensibile, si scusò per la sua irruenza con una tale energia che David non poté non perdonarle "una così grave mancanza di tatto".

Spiegò che una ragazza del paese, di nome Sofia, le aveva insegnato un po' d'inglese, perché da lì passavano molti stranieri, e le era indispensabile conoscerlo. Inoltre, c'erano diversi tedeschi, olandesi, inglesi e americani che vivevano da quelle parti.

David preferì non rivelare di avere già conosciuto la ragazza, per non esporsi ad una lunga conversazione, e perché per ora voleva fare la parte dello spettatore.

Si preoccupò solo dell'identità degli stranieri che si aggiravano da quelle parti. Il destino si era divertito molto a giocargli brutti scherzi, ultimamente, per questo si sentì un po' inquieto. Decise comunque che avrebbe indagato a pancia piena.

Così Maria gli porse il menù, e gli bisbigliò confidenzialmente all'orecchio quali erano le specialità. I suoi modi erano aperti, teatrali, ma altrettanto spontanei, e David si sentì subito a proprio agio. Maria ne fu felice:

"Tutti tornano da me, perché qui si mangia e si beve bene e, soprattutto, si fanno due risate, ed è tutta salute!"

David si affidò a lei per un buon pranzo, e si stupì di quanto quel breve colloquio con una sconosciuta di un piccolo paese sconosciuto lo avesse fatto sentire diverso, un uomo qualunque con i suoi problemi quotidiani. Gli sembrava di essersi come liberato da una gabbia, era tranquillo e sereno in quel timido angolo di mondo.

In cuor suo ringraziò Maria, perché non lo aveva trattato con diffidenza, cercando magari di scoprire chi fosse, da dove venisse, e perché fosse lì. Non aveva neanche mostrato quella scostante freddezza, che già lo aveva colpito prima con Sofia.

Il compito di Maria era quello di soddisfare le richieste dei clienti, nel suo carattere non erano contemplate malizie, malvagità, e curiosità recondite. Era abituata ad incontrare gente di passaggio, e, se lui non le avesse detto nulla di sé, non sarebbe stato affar suo indagare, visto che, una volta uscito, avrebbe potuto non rivederlo più.

Eppure, nei modi della donna, c'era la voglia sincera di conquistare, di tenere banco tutti i giorni in un'allegra compagnia di amici. David non si illudeva che a Boscoalto non ci fosse cattiveria. Ma non poteva farsi condizionare così tanto dai suoi passati preconcetti. Rischiava di rovinare tutto. Doveva cominciare ad assaporare a piccoli sorsi la libertà, che pareva finalmente lì davanti a lui.

Questi pensieri sparirono, come per incanto, al ritorno di Maria con un bel piatto di spaghetti al pomodoro, fumanti e profumati di basilico. A David venne spontaneo invitare la donna a restare al tavolo con lui. Le chiese gentilmente di aiutarlo, perché era forestiero e voleva stabilirsi là.

Aveva bisogno di sapere, di avere informazioni, e lei pareva proprio la persona giusta per questo. Doveva potersi fidare, almeno per le faccende indispensabili, così come doveva vincere la ritrosia e la diffidenza.

Maria si schermì di tanta fiducia, ma si gonfiò di orgoglio, e chiese all'ospite di pazientare:

"Per ora, mangiate, ché io devo sistemare questi altri poveri cristiani, che fra poco tornano al lavoro. Quando loro se ne saranno andati, avremo tutto il tempo che volete, e chiamerò anche mio padre, che è in cucina con la mamma. Sempre che non abbiate fretta!"

David stava mangiando avidamente gli spaghetti, e rispose con un cenno d'assenso. Maria sparì sorridendo, e lui, senza più pensieri, si dedicò solo al piacere del cibo.

Maria si mostrò gentile e cordiale con David, come con tutti gli altri clienti, si preoccupò di accontentare le sue richieste, e, fra un servizio e l'altro, lo fece partecipe della vita della comunità. Gli presentò alcune persone che passarono di là a salutare, lo avvertì dei pericoli che potevano essere causati dalla cattiveria di certi individui - "ma, si sa, questo lo si trova in ogni parte del mondo!", si affrettò a precisare, con rassegnazione.

Poi, con più entusiasmo, passò all'elenco dei numerosi aspetti positivi del luogo, quali la tranquillità, il senso di comunione della gente - "siamo come una famiglia numerosa, quando ce n'è bisogno, ci aiutiamo l'uno con l'altro", sottolineò, con orgoglio - anche perché molti erano davvero parenti fra loro.

E così proseguì, quasi a voler riassumere la storia di secoli in pochi istanti. Dal canto suo, David era talmente sazio, dopo quel pranzo luculliano, tanto frastornato da tutte quelle notizie, oltre che stanco a causa del viaggio, del cambiamento di clima e di ambiente, che si accorse di essere rimasto l'ultimo cliente, quando Maria parve aver concluso il suo resoconto.

A quel punto, la donna stava per andare a prendere il dolce - "un dolce che solo io so fare", precisò – ma prima si sedette al tavolo, con l'aria di chi sta per fare una grossa rivelazione.

Era già passata al 'tu', eliminando in un colpo solo il 'lei' ed il 'voi'.

"Mi hai detto che hai appena acquistato la Tenuta dei Conti Baldi", esordì, con un fare compunto, che tradiva la voglia impaziente di essere esortata a continuare il racconto. Con cura, scelse termini e tonalità di voce che evocassero interesse, fascino e mistero, ed iniziò a narrare.

La villa in origine era un castello, che fu fatto costruire nel Medio Evo dal Conte Guidoni, amico ed alleato delle famiglie signorili più potenti del centro Italia, e di Firenze, in particolare. All'epoca, però, le sorti delle persone erano piuttosto mutevoli, e, quando il Conte si trovò senza appoggi e senza sostegno, fuggì in esilio senza lasciare eredi, né rivendicò più il suo posto.

Per molto tempo al castello si alternarono vari dominatori, finché venne abbandonato del tutto. Infatti la sua posizione non era tanto strategica, perché la collina di fronte impediva di controllare la pianura sottostante, ed il boschetto intorno diventava spesso il ricettacolo ideale di eventuali nemici e predoni.

Soltanto nel Rinascimento pare che due nobili amanti in fuga trovassero nel maniero il loro rifugio. La zona era nascosta e dimenticata da tutti, lontana dalle vie di grande comunicazione, e, con l'aiuto di pochi servi fedeli che avevano al seguito, riportarono la vita nella cittadella. La gente del posto, a poco a poco, cominciò ad avere stima e rispetto per loro, poiché si dimostrarono nobili anche di cuore. Ma la fama della bontà di Reginaldo e Carolina non fu loro di giovamento, perché giunse alle orecchie del marito tradito di lei. Costui, il truce duca Aristarco, assetato di vendetta, si mise sulle tracce dei due amanti per lavare l'onta subìta col sangue. I due vennero sorpresi di notte dal duca e dai suoi soldati, senza che nessuno avesse il tempo di correre in loro aiuto. La ferocia del marito tradito e disonorato fu tale che ogni essere vivente nel castello venne ucciso brutalmente, ed il duca volle affondare con le sue stesse mani la spada nel petto dei due amanti, dopo averli torturati e gettati ai suoi piedi, mentre imploravano pietà invano.

Gli abitanti del luogo si svegliarono a quello strepito, ma quando accorsero trovarono solo i corpi straziati degli innocenti, ed udirono il rumore furioso di zoccoli di cavalli lanciati al galoppo, che si allontanavano nel bosco.

Per di più, il castello era stato incendiato, e a nulla valsero gli sforzi di tutti per domare le fiamme. Uomini e donne lavorarono senza sosta, ma soltanto la mattina successiva riuscirono ad avere ragione del fuoco, anche se ormai non restava molto dell'edificio, né di chi vi aveva abitato. Per giorni e giorni si continuò a scavare tra le macerie, per cercare almeno i resti dei corpi. Ma quando ci si rese conto di non poter più fare nulla, si organizzarono dei solenni funerali, e fu posta una lapide con una statua, in ricordo dei due sfortunati amanti.

Per molto tempo, nessuno si avvicinò a quel posto, se non per pregare per le anime delle vittime del massacro. Le rovine affumicate dell'antico castello rendevano ancora più triste e macabro il luogo, che aveva visto avvicendarsi tanti eventi funesti.

Passarono i secoli, finché, nel tardo Ottocento, un ricco signore del posto volle porre fine a quello scempio, e iniziò a ricostruire l'antico castello a proprie spese. Non ebbe il coraggio di distruggere la statua degli amanti, così la fece restaurare e poi sistemare in un angolo del parco. Impiegò quasi tutte le sue sostanze, ma, a lavori terminati, l'edificio era maestoso, il parco curatissimo, con siepi, aiuole, piante di ogni specie e forma.

Il popolo fu grato al Signor Arturo Malerba, così si chiamava il benefattore, per aver ricreato un paradiso laddove c'era stato l'inferno. Il Signore decise di trasferirsi là con l'intera famiglia ed un gruppetto di inservienti.

Nei primi tempi la zona riprese a vivere, poiché fino ad allora le coltivazioni nei campi erano state abbandonate, per non profanare un luogo considerato sacro, o forse per il timore che incuteva quel sinistro teatro di passate sventure. Fatto sta che le attività cominciarono a rifiorire, per il benessere e la serenità di tutti.

Ma – e purtroppo c'era di nuovo un 'ma' – una notte accadde l'imprevisto. Il Signore e la moglie stavano discutendo animatamente di certi affari di famiglia. Nella foga, il Signor Arturo si voltò di scatto e, inavvertitamente, fece cadere per terra da una mensola un candelabro acceso e dei libri su cui esso poggiava. La carta dei libri si incendiò all'istante insieme ai tappeti e alle tende, mentre la Signora cominciò ad urlare per chiamare gli inservienti, affinché portassero dell'acqua. Il Signore, intanto, prese delle coperte e cercò di soffocare il fuoco.

Proprio in quell'istante, poiché la stanza era rimasta in penombra senza il candelabro, una figura eterea apparve dinanzi a loro con le fattezze di una dama gentile, ma terrorizzata in volto, con una mano sul petto sanguinante trafitto da una spada. Dietro di lei, un giovane che cercava di raggiungerla, la testa quasi mozzata, ferito, la bocca aperta come per urlare dal dolore e dalla disperazione. I Signori, pietrificati a quella vista, percepirono solo dei gemiti sommessi. Per un istante, che parve eterno, le due figure rimasero immobili, con lo sguardo perso nel vuoto davanti a loro. Poi scomparvero lentamente al di là delle mura del salotto, così come erano venuti.

I Signori non riuscivano più a muoversi, increduli e terrorizzati. Quando cominciarono a riaversi, la Signora cadde semisvenuta sul sofà, e perfino il Signor Arturo dovette sorreggersi. Si guardarono a lungo senza parlare, chiedendosi se era stata un'allucinazione, una suggestione, un sogno, oppure la realtà.

Nel frattempo, erano accorsi alle grida alcuni inservienti, che domandarono cosa era accaduto, se ci fossero dei ladri, dei rapitori, dei malintenzionati che li minacciassero, e si fossero annidati in qualche parte del castello. Il Signor Arturo riuscì a balbettare qualcosa sull'inizio dell'incendio, ma, quando si voltò a guardare dove prima c'era stato il fuoco, notò, con ulteriore sgomento, che non ce n'era più traccia. Il candelabro era addirittura acceso, sopra ai soliti libri, nel medesimo posto sopra la mensola. A quel punto, egli sentì le gambe vacillare, e cadde seduto sul tappeto mai raggiunto dalle fiamme. La governante accorse a rialzarlo, mentre tutti cercavano di capire cosa fosse successo.

La mano del Signore si posò su qualcosa di molle e umido sul tappeto. Quando riuscì a trovare il coraggio di guardare si accorse che era sangue. Lì accanto giaceva uno spillo, che pareva una spada in miniatura. Gli sembrò di vivere un incubo, tanto che avrebbe dato qualunque cosa purché qualcuno lo svegliasse, o almeno gli desse una spiegazione.

Dopo essere rimasto per qualche tempo senza riuscire a muoversi né a parlare, ritenne opportuno non fare parola con nessuno dell'accaduto, per non destare allarmi, e anche per non essere considerato un pazzo visionario. Agli inservienti spiegò di aver creduto di vedere un ladro che tentava di penetrare in casa. Così tutti si mobilitarono per cercare il fantomatico brigante, mentre i Signori ebbero il tempo per riprendersi. Era stato tutto vero? E si sarebbe ripetuto? A chi rivolgersi? Cosa fare? Potevano essersi sbagliati, e, nell'alterazione emotiva della loro discussione, potevano essersi suggestionati a vicenda. Ma come continuare a vivere nello stesso luogo con quel dubbio?

Nei giorni che seguirono, i coniugi furono sempre tesi e pronti a sobbalzare al minimo rumore, tanto che la Signora non volle essere mai lasciata sola – addusse come scusa un leggero malessere.

Passò del tempo. L'episodio pareva ormai lontano ed irreale, ed i Signori si convinsero che era stato solo il frutto della loro immaginazione.

Quando il ricordo era quasi svanito, ecco di nuovo la stessa visione. Accadde una notte che il fienile prese fuoco, e, mentre tutti si prodigavano a spegnere le fiamme, comparvero le stesse due figure evanescenti, stavolta davanti agli occhi della comunità intera. Chi fuggì urlando, chi rimase immobile dalla paura, chi incredulo, chi si gettò in ginocchio ad invocare la pietà divina. Il Signore, che non era mai riuscito a dimenticare, si era deciso, senza farne parola a sua moglie, ad adottare una soluzione estrema, se l'evento si fosse ripetuto: possedeva infatti una bella villa lontano da lì, e l'aveva fatta sistemare. Così, prese una fiaccola dal fuoco, e invitò altri due o tre uomini a fare lo stesso, finché si incendiarono la tenuta, il castello, il parco intero. Si levarono allora urla strazianti, come di un rinnovato dolore di una rinnovata strage, un urlo che pareva non avere né inizio né fine, e nulla aveva di umano. Esterrefatti dal dolore e dalla paura, salirono tutti su dei carri con i pochi bagagli che erano riusciti a raccogliere in fretta e furia, e si allontanarono per sempre da quel luogo.

Soltanto un povero contadino era rimasto, perché non voleva abbandonare il suo piccolo paese. Ma non raccontò mai nulla, perché aveva fatto promessa solenne al Signore di mantenere il segreto. In seguito, a chi gli chiedeva spiegazioni, rispondeva che era scoppiato un terribile incendio al castello, probabilmente dovuto a qualche fiaccola caduta accidentalmente nel fienile. E che il Signore era stato costretto a tornare alla sua antica dimora, per non scomodare, chiedendo ospitalità in paese per sé e per la sua numerosa famiglia. Aveva infatti cari parenti e amici che da tempo lo reclamavano, ed inoltre aveva colto l'occasione per curare la salute cagionevole della moglie. A chi poi voleva sapere se avesse intenzione di ristrutturare di nuovo il maniero, il poverello si limitò a rispondere che il Signore aveva già speso tutto il suo denaro per la prima ricostruzione, e, seppure a malincuore, non poteva più permettersi di ripetere tale opera.

Il Signore in persona scrisse spesso alla gente del paese, scusandosi per la partenza improvvisa, che gli aveva impedito di salutarli come avrebbe voluto, ringraziandoli del loro appoggio, rammaricandosi di non poter essere più tra loro, e, soprattutto, confermando la versione del contadino.

A quest'ultimo, intanto, pesava il fardello di quel segreto. Così un giorno decise di confessarsi al parroco, e volle che fosse messo tutto per iscritto, come suo testamento e monito per un futuro acquirente, se mai un giorno qualcuno avesse voluto fermarsi di nuovo in quei luoghi. E quel posto, stranamente, dopo il secondo incendio, aveva assunto esattamente lo stesso aspetto che aveva avuto prima della ristrutturazione. Soltanto la statua dei due amanti era rimasta intatta.

Fino agli inizi del Novecento, la situazione restò immutata, con tutte le leggende e la fama che il luogo portava con sé. Poi, l'imprenditoria agricola favorì la rinascita. Le macerie vennero rimosse e la statua distrutta. Il terreno fu spianato, come se mai vi fosse stata una costruzione. Forse quest'opera servì da catarsi, perché nel tempo prosperò e diventò la fattoria dei Conti Baldi. Venne abitata da coloni e contadini, finché, come molte altre, fu abbandonata quando le industrie richiamarono la povera gente a lavorare in città, lasciando da parte l'agricoltura. E sì che quella terra era dura da lavorare, ma sapeva dare frutti inaspettati.

Alla morte del vecchio Conte, i figli se ne andarono, abbandonando tutto.

Il racconto piacque a David, che aveva ascoltato con attenzione e partecipazione. Le leggende tipiche di quella parte d'Italia si fondevano con la storia vera, quella antica, fatta di popolazioni e culture diverse, che si erano sovrapposte e avevano lasciato tracce nei secoli. Tutto questo affascinava uno straniero come lui, e riempiva la sua anima svuotata dalla crudeltà di un mondo, dal quale si era lasciato lusingare fino a diventarne vittima. Senza possibilità di cancellare il passato, aveva intenzione di ricominciare a vivere cercando di ritrovare il proprio io nelle radici di una storia senza fine.

Si riscosse dai suoi pensieri quando Maria si alzò di scatto, rimproverando la sua sbadataggine per non avere ancora portato il dolce ed il caffè all'ospite. David capì solo l'essenza dei brontolii della donna, per lo più in dialetto, e sorrise, sinceramente divertito dai modi bonariamente esuberanti di lei.

Si guardò intorno con attenzione, per la prima volta da quando era entrato. Adesso che il locale non era più affollato, notò i dettagli. Si trovava in una di quelle tipiche case coloniali della Toscana, con il pavimento di mattoncini rossi, resi lisci dall'usura del tempo, le travi di legno, i grandi archi, l'ampio camino, i tavoli mezzi tarlati ed anneriti, le sedie impagliate, alle pareti delle vecchie stampe, alcune foto, recenti e non, del paese e dei suoi abitanti, qua e là vecchie padelle nere di fuliggine, tegami di rame, reste di cipolle rosse, capi d'aglio, spighe di grano, pannocchie di granturco, grosse scope di saggina… Tutto ciò dava l'odore, il 'sapore' a quel luogo, insieme a quello del cibo, a quello della campagna circostante, e a quello che ciascuno portava lì con sé. Sentiva penetrare in lui la storia, i suoi personaggi, e l'ambiente stesso. L'America è un continente troppo giovane al confronto della vecchia Europa, e al visitatore d'oltreoceano può capitare di sentirsi "schiacciare dalla storia" di quest'ultima, come era capitato al grande scrittore Henry James.

Era assorto in queste riflessioni, quando ritornò Maria di corsa con una fetta gigante di torta, fatta a quattro mani con sua madre, ed una bottiglia di liquido biondo rossastro, il Vinsanto della famiglia. Tutta eccitata, gli porse il piatto, e versò il Vinsanto fino a riempirgli il bicchiere. Poi si mise a sedere di fronte a lui, con le mani sotto il mento e un trepido sorriso infantile di attesa, gli occhi di un azzurro quasi cristallino, che scintillavano d'impazienza.

David sorrise a sua volta, come pareva riuscirgli spontaneamente da quando era arrivato, e si apprestò ad assaggiare. La risata soddisfatta di Maria lo colse di sorpresa. Infatti, attraverso le espressioni che trasparivano dal suo viso, egli aveva mostrato apertamente quello che pensava, vale a dire, che quel dolce era eccezionale.

Ed anche la sua condizione lo era. Finalmente si scoprì spensierato, capace di farsi trascinare dalle sensazioni dei semplici gesti quotidiani. Si voltò a guardare Maria, che lo osservava mangiare, e le fece dei grandiosi complimenti, azzardando qualche aggettivo in italiano, che la gonfiò ancor più d'orgoglio.

Poiché ora si sentiva più a suo agio, chiese se vivevano molti stranieri da quelle parti, e di che nazionalità fossero. Seppe così che si trattava per lo più di tedeschi, con un paio di inglesi che abitavano lontano. Di americani ce n'era solo uno, ma veniva di tanto in tanto perché era un importante uomo d'affari di New York, che teneva quella dimora come rifugio. E poi c'erano i turisti di passaggio.

David avvertì una leggera inquietudine, il timore di qualsiasi collegamento con il passato, ma si sentì fiducioso quando, all'improvviso, senza una ragione, gli comparve nella mente l'immagine di Sofia, la ragazza che aveva conosciuto poche ore prima. Proprio in quell'istante Maria pronunciò il suo nome, tanto che David non poté fare a meno di trasalire per la sorpresa, un po' perché aveva perduto il filo del discorso della donna per seguire il corso dei propri pensieri, un po' per quella coincidenza. Cercando di non apparire sgarbato, interrompendo o cambiando discorso, stette per qualche istante ad ascoltare. Maria stava tessendo le lodi di Sofia, ragazza di buona e onesta famiglia, laureata a pieni voti, con la passione dello studio. La descrisse come una persona aperta, sincera e disponibile, colta, ma umilmente convinta – come lo sono pochi, al giorno d'oggi, secondo Maria – che la sua conoscenza fosse un granello di sabbia in un deserto infinito. Era molto legata alla famiglia e alla vita nella campagna dove era nata. Aveva anche un lavoro, che le permetteva di continuare a studiare, presso l'agenzia regionale per la promozione della cultura e del turismo, a Firenze. Ma, a quanto diceva Maria, la capacità di Sofia di adattarsi non le creava difficoltà, anche perché amava le attività che svolgeva, e sapeva di poter contare sul suo rifugio, lì, in paese, a casa, tra le persone che le volevano bene.

Furono interrotti sul più bello dall'arrivo chiassoso di un tale, non tanto alto, tarchiato e nerboruto, la faccia tonda e grassottella, coronata dalla testa pelata, resa vivace dagli occhietti piccoli, maliziosamente sorridenti. Il suo colorito era di quel rosso vivo tipico della gente di campagna, le mani grandi, robuste, piene di calli e screpolature, tenevano sospeso nell'aria un cappellaccio di paglia logoro e sbiadito. Portava soltanto una camicia di lana a quadretti, sopra ad una maglia pesante di lana grossa, dei pantaloni di fustagno, che parevano cadergli da un momento all'altro, sotto il fardello di una pancia ridondante e di una cintura male allacciata.

Maria esplose in un grido quando lo vide:
"E' tornato dalla città il mio uomo preferito!"
Si gettò ridendo tra le sue braccia, e presentò a David il marito, Duilio. L'uomo si fece avanti con andatura poderosa, ed un sorriso così ampio, che gli torse la faccia fino quasi a fargli scomparire gli occhi. Tese una delle mani giganti al nuovo arrivato, salutandolo nella sua lingua, ed accennando un inchino, come si usava nei tempi andati.

Maria era tutta eccitata, e non si staccava da lui, visibilmente orgogliosa del suo uomo, ed innamorata.

David sorrise, sinceramente commosso nel vedere che, al giorno d'oggi – come avrebbe detto Maria – esistevano ancora persone capaci di far durare negli anni dei sentimenti forti.

Si misero a parlare tra loro, e David intuì che lei dava informazioni sul suo conto. Vide la faccia di Duilio rabbuiarsi per un istante a sentir nominare la villa, ma subito interruppe la moglie e le fece cenno di tradurre. Duilio si offriva di aiutarlo, iniziando i lavori prima dell'arrivo dei tecnici e di un'impresa edile per le ristrutturazioni. Al giardino e al parco, insieme all'appezzamento di terreno, avrebbero provveduto lui con altri uomini del paese.

David non voleva accettare l'offerta, perché, anche se non ne sapeva molto di agricoltura, era consapevole che stava per arrivare la primavera, e con essa le nuove coltivazioni, gli orti, i giardini da curare. Lì tutti vivevano ancora di agricoltura e artigianato. Inoltre, non era sua intenzione scomodare persone che neanche lo conoscevano per svolgere quello che avrebbe potuto fare da solo, anche se con più tempo e fatica. Non voleva approfittare della loro generosità, ma sembravano tutti entusiasti che qualcuno finalmente mettesse a posto quel luogo, rimasto l'unico in rovina della zona.

Duilio lo rassicurò con una pacca sulla spalla ed un sorriso bonario che non ammettevano repliche. David pensò che in qualche modo bisognava cominciare, e che li avrebbe pagati a dovere, come chiunque altro. Anzi, si sentì sollevato, poiché, a poche ore dal suo arrivo, già poteva mettersi in moto, per dare inizio alla sua nuova vita, e riuscì a pronunciare un sincero 'grazie' in italiano.

Si congedò a fatica, un po' per aver consumato un pasto troppo abbondante, un po' per le chiacchiere di Maria e del marito, ai quali si era aggiunto anche il padre di lei, il signor Guido.

Alla fine, Maria prese in consegna il suo bagaglio, e gli riservò la stanza migliore. David, dopo essersi rinfrescato un po' nel bagno pubblico del ristorante, riuscì a raggiungere l'uscio di legno e a varcare la soglia, inseguito dalle raccomandazioni della donna.

II.

L'aria era piuttosto fresca, ora che delle grosse nuvole biancastre erano spuntate dalle colline, coprendo a tratti il sole. David si sentì sollevato, perché i suoi occhi non avrebbero sopportato troppa luce.

Si strinse al petto il giaccone, e si apprestò a gironzolare senza méta. Era rigenerante camminare all'aperto, anche se la stanchezza si faceva sentire sempre più.

Era arrivato all'aeroporto solo il giorno prima. Si era trasferito subito nella città di Firenze, che, durante il suo viaggio di sola andata, il destino aveva scelto per lui. Aveva dormito là, in un modesto *bed and breakfast*, ed il giorno seguente si era recato presso un'agenzia immobiliare, per cercare la dimora adatta alla sua nuova vita.

Ed ora eccolo là, come una fenice, a cercare di rinascere dalle ceneri di se stesso.

Da sempre aveva sentito parlare dell'Italia come di un paradiso. Lì erano le sue origini, anche se, durante i suoi innumerevoli viaggi, non si era fermato mai più di in giorno.

Non sperava certo che fosse semplice, ma sentiva qualcosa dentro di sé, una voce che per tanto tempo aveva soffocato, e che lo aveva condotto fin là. L'accoglienza che aveva ricevuto, i panorami che aveva ammirato, la villa che aveva acquistato, con tutte le leggende e la storia di secoli, che traspirava da ogni dove, la semplicità, la lontananza dal rumore e dalla frenesia della grande metropoli, tutto questo induceva a riflettere su se stessi, a conoscersi e a conoscere.

Ma essere finito in quel luogo, ed ereditare tutta quella storia, mista a leggende così tragiche, era forse un presagio, ovvero, il suo futuro non sarebbe potuto essere diverso dal passato? E anche se no, la cattiveria, o la falsità, o tutto ciò che è negativo, non erano alieni da quel luogo.

Già scorgeva una vecchietta che lo guardava di traverso, impuntata in mezzo alla via a fissarlo con sospetto, tutta ricurva sotto un pesante carico di legna. Una donna più giovane gli gettò un'occhiataccia di sfuggita, quasi con ribrezzo. Un uomo parve cambiare strada per non incrociarlo.

David sorrise, cercando di essere razionale, perché questa era la giusta diffidenza di persone semplici, di campagna, verso un estraneo, forse dettata anche dal suo aspetto trasandato.

Si accorse solo ora che, involontariamente, tra le cinque o sei stradine che si partivano dalla piazza, aveva imboccato quella in discesa, dove aveva visto sparire Sofia. All'improvviso, il corso dei pensieri mutò, e gli tornarono in mente quegli occhi azzurri, che da cupi, all'inizio, si erano fatti brillanti, quando lei lo aveva salutato. Si rammentò, con un brivido, della brutta sensazione di freddezza e disprezzo che aveva avuto quando l'aveva fatta cadere, ma come poi quel rancore fosse stato passeggero. Pensò a quanto sarebbe stato doloroso incontrare di nuovo l'odio di qualcuno.

Si stava chiedendo se lui, come persona, avesse la capacità innata di suscitare avversione negli altri, quando si voltò, sorpreso, nel sentirsi chiamare per nome. Dietro di lui, una giovane donna lo stava rincorrendo, tutta trafelata. David si piantò in mezzo alla strada con aria interrogativa. La ragazza si fermò, riprese fiato, e cercò di parlare con lui, ma conosceva tanto inglese quanto lui l'italiano. Non sapendo come risolvere la questione, la giovane ebbe un'idea, perché pronunciò il nome di Sofia, lo prese per mano, e lo costrinse a seguirlo giù per la discesa, che si faceva sempre più ripida. Intuì che voleva portarlo da Sofia, perché traducesse quello che doveva dirgli, visto che in pochi salti – perché di salti si trattò – si fermarono dinanzi ad una bella villetta, e costei si mise a chiamare a gran voce, pur avendo a portata di mano il campanello.

Si affacciò una donna di mezza età, che urlò qualcosa, e David venne di nuovo trascinato dalla ragazza nel giardino della villetta, mentre la donna scomparve dentro la casa. Intanto che attraversavano il lungo viale, il portone d'ingresso si aprì, e Sofia comparve sulla soglia sorridendo.

Sofia e Monica erano amiche fin da bambine, avevano frequentato le stesse scuole, finché Monica aveva deciso di fare la sarta, con la mamma Rosa e la nonna Gina.

Ora Sofia fu sorpresa di vederla insieme a David, turbata da come il destino quel giorno sembrava divertirsi ad imporle la presenza di quello straniero.

Li fece accomodare in un ampio salone ben arredato, con delle grandi finestre, dalle quali si vedeva tutta la vallata fino alla città di Firenze. Oltre ad un divano e a due poltrone, e a varie suppellettili, c'era una libreria che occupava tutta la parete, e, nell'angolo opposto, un caminetto con un bel fuoco acceso.

Dopo che si furono seduti, David poté osservare meglio Sofia, e notò che era ancora più graziosa di come la ricordava. I lunghi capelli erano raccolti in una specie di *chignon* dietro la nuca, mentre alcuni riccioli le incorniciavano il volto. I suoi modi erano garbati, il sorriso le illuminava il volto mentre guardava ascoltando attentamente chi aveva dinanzi. Indossava una camicetta azzurra che sbucava da sotto un golfino della stessa tinta, accompagnato da un paio di jeans.

La osservava, sinceramente ammirato dalla naturale eleganza e dal fascino particolare, tanto che alla fine lei parve sentire su di sé il peso di quello sguardo. Per un istante, lo spiò di sfuggita, e, quando realizzò che la sensazione avuta era fondata, arrossì visibilmente.

Monica aveva finito di parlare, ma Sofia non accennava a rivolgersi a lui per tradurre. Doveva superare quell'attimo di imbarazzo per poterlo guardare fermamente negli occhi. Si voltò tranquillamente verso di lui, e, con un sorriso, spiegò perché Monica l'aveva trascinato via così:

"Mr. Raynolds, deve sapere che..."

La interruppe gentilmente ricambiando il sorriso:

"Ti prego, chiamami David."

Sofia assentì con un cenno del capo, e proseguì:

"Devi sapere, David, che Monica è la sarta del paese. Ti è corsa dietro perché Maria l'ha chiamata con urgenza, pregandola di farti dei vestiti. Non certo perché tu non ne abbia, o non possa comprarteli altrove, magari a Firenze, ma, come avrai capito, una volta entrato sotto la protezione di Maria, non se ne esce!"

Entrambi scoppiarono a ridere, e anche Monica, dopo la spiegazione, si unì a loro. Anzi, cominciò a parlare di nuovo con Sofia, e quest'ultima tradusse:

"Monica si scusa con te, Maria l'ha chiamata subito dopo che sei uscito dal ristorante, perché si era dimenticata di parlartene. Riteneva che non era una questione da potersi rimandare a domani, nel caso tu non abbia un guardaroba adeguato. La tua valigia le è sembrata troppo leggera per contenere un abbigliamento adatto alla stagione. In effetti, il tempo ancora, nonostante la giornata mite di oggi, non promette nulla di buono. D'altronde siamo ancora in inverno, e..."

Sofia non riusciva più a nascondere lo strano disagio che avvertiva in quella conversazione, anche per l'insistenza dello sguardo scrutatore di lui. Egli si sentì a sua volta in imbarazzo per averla messa in tale stato, e provò dunque a concentrarsi su Monica, che nel frattempo si era tolta il cappotto.

Aveva occhi neri e profondi, lunghi capelli altrettanto scuri, la carnagione olivastra e un bel sorriso. Esibiva il corpo esile e longilineo senza malizia, né alcuna pretesa di sedurre. Sempre guardando Monica, David rispose che sarebbe passato volentieri da mamma Rosa e nonna Gina a farsi cucire degli abiti, perché ne aveva effettivamente bisogno, ma bisognava rimandare al giorno dopo, dato che ormai era tardi. Nel frattempo, si sarebbe arrangiato con quello che aveva in valigia.

Notò allora, con disappunto, che il cielo si era fatto scuro, ed i lampioni nella strada si erano già accesi. Si alzò e fece per andarsene, mentre Monica si rimetteva il cappotto e lo ringraziava per la sua gentilezza. Gli assicurò di non preoccuparsi, perché lo avrebbe riportato lei sano e salvo fino alla locanda, sennò chi l'avrebbe sentita Maria!

Sofia li accompagnò alla porta, e furono accolti da un vento gelido che giungeva inaspettato dopo il sole della mattina. Scherzò sul fatto che lo lasciava in buone mani, e che doveva infilarsi subito nel nido preparato dalla locandiera, perché il tempo sarebbe stato brutto quella notte.

Ci fu un lungo istante in cui lo sguardo dello straniero non riuscì a staccarsi da quello della ragazza. David avrebbe voluto replicare con parole appropriate, ma non ne ebbe il tempo: si ritrovò a correre per la strada, stavolta in salita, insieme ad Monica che lo guidava.

Fecero appena in tempo ad arrivare nella piazza, si salutarono, e subito cominciò a piovere a dirotto.

Molti avventori si erano rifugiati nella locanda per stare in compagnia, visto che il brutto tempo ed il buio anticipato impedivano loro di lavorare nei campi. Per questo, Maria era molto indaffarata e non poté trattenersi a lungo con David. Gli dette la chiave della stanza, e lo esortò a scendere più tardi per la cena.

Salì le scale di legno che scricchiolavano sotto i suoi passi, e arrivò al piano superiore, immerso nella penombra.

La sua stanza era l'ultima, in fondo al corridoio. Era spaziosa e pulita: la grande finestra si apriva sulla vallata e su Firenze, i mobili antichi, accanto ad oggetti moderni, come tv e telefono, davano alla stanza più calore. Maria gli aveva fatto trovare il caminetto acceso. così non si preoccupò di accendere la luce, perché al chiarore tremolante delle fiamme riuscì a vedere le sue cose già ben riposte nell'armadio, le lenzuola bianche e diverse coperte sul letto.

Si tolse il giaccone bagnato e lo mise vicino al fuoco, che gli teneva compagnia scoppiettando allegramente.

Si appoggiò alla finestra e si mise a guardare fuori. La pioggia trascinata dal vento batteva violentemente la piazza sottostante, tanto da far scomparire quasi le luci dei lampioni. Non si vedeva più niente, se non il buio scintillante nell'acqua e nel fioco chiarore. Non voleva pensare a nulla, ma ebbe l'improvvisa sensazione che quella tempesta cercasse di spazzarlo via. Non era da lui credere a certe superstizioni, eppure temeva che l'acquisto di quella villa, circondata da leggende e storie tragiche, fosse di cattivo auspicio.

Fu solo un istante. Poi sorrise. Come poteva credere a certe stupidaggini, specie dopo quello che aveva sofferto fino al giorno prima? Forse stava cambiando, forse il suo vero io, ingabbiato tanto a lungo, ora usciva fuori senza controllo, per evitare di farsi rinchiudere di nuovo.

Rabbrividì. Si accorse di non essersi tolto gli abiti resi umidi dalla pioggia. Andò in bagno, mentre la stanchezza gli annebbiava il corpo e la mente. Cominciò a spogliarsi al buio, ma poiché la luce del camino non era sufficiente, e lui non era affatto pratico del luogo, sbatté il braccio su una parete, o quella che gli parve tale. Imprecò, e cercò l'interruttore della luce. Appena riuscì ad accenderla, gli sembrò quasi di venirne accecato. Poi, quando vi si abituò, trasalì nel vedere davanti a sé un uomo che non riconosceva. Dovette toccare lo specchio, per controllare se quella era realmente la sua immagine. Possibile che in due giorni, o tre, quanti ne erano passati, fosse cambiato così tanto? O era lui che non si era mai visto davvero in faccia, e lo faceva adesso per la prima volta? I capelli castano scuro erano folti, e cominciavano a diventare lunghi ed incolti, come mai li aveva avuti. Il vento e la pioggia avevano infierito, spargendoli un po' su tutta la faccia, coperta per l'altra metà da barba e baffi. Quel poco del volto che si riusciva ad intravedere appariva pallido, mentre gli occhi si erano rimpiccioliti a due punti neri e profondi. Non riusciva a ricordare di aver posseduto quegli abiti che ora aveva addosso, un vecchio maglione blu scuro, dei jeans della stessa tinta, e ai piedi degli anfibi. Eppure, anche nella fretta di venire via, era certo di averli presi da quello che era stato il suo armadio...

Il ricordo di quell'attimo del recente passato lo trafisse come una pugnalata in pieno petto. Chiuse gli occhi, e non volle più vedere né pensare. Si tolse tutto con rabbia, ansioso di sbarazzarsi dell'ennesimo fardello del passato, si infilò sotto una doccia d'acqua bollente, e si lasciò andare per un tempo indefinito.

Fu scosso soltanto da un tuono più forte degli altri, che rischiò di interrompere la corrente elettrica. Lentamente, uscì dalla doccia e indossò un accappatoio che profumava di fresco, di fiori, di sapone da bucato. Rimase immobile, appoggiato alla parete e confortato da quell'abbraccio, finché non rabbrividì per il freddo. Allora andò a prendere dei vestiti qualsiasi, purché puliti ed asciutti. Anche ora non riconosceva come sue le cose che da sempre lo erano. Senza badarci – era troppo sfinito per continuare a tormentarsi – decise per un maglione a collo alto nero ed un paio di jeans. Trovò delle scarpe da *trekking* imbottite e dei calzini di lana pesante.

Mentre cercava, gli capitò fra le mani il suo rasoio elettrico. Fu come venire a contatto con qualcosa che morde e brucia allo stesso tempo. Lo ributtò istintivamente nella borsa, quasi che a tenerlo potesse costargli la mano. Tentò di calmare il cuore, che batteva impazzito, ripetendo a se stesso che doveva abituarsi, non poteva cancellare nulla. La sua volontà di rimuovere il dolore era talmente forte da rendere tutto sfumato, con i contorni di un sogno. Si trovava in uno stato di semi-incoscienza, di lucida passività, in cui niente pareva scalfirlo, tranne un improvviso ricordo, una prova concreta di quella sofferenza.

Esitando, riprese con cautela il rasoio, poi lo strinse forte nella mano, come se uno dei due dovesse inevitabilmente soccombere.

Si diresse verso il bagno, deciso a farsi la barba. Subito, insieme ad un lampo dall'esterno, ce ne fu un altro nella sua mente: senza la barba ed i baffi qualcuno l'avrebbe potuto riconoscere. Bastava anche uno dei turisti, o qualcuno del paese che fosse un attento osservatore, oltre che appassionato di cronaca estera, e sarebbe stata la fine. Poteva succedere lo stesso, ma preferì al momento non forzare troppo gli eventi. Con il rasoio decise di modellare quel terreno incolto, che era diventata la sua faccia, il minimo indispensabile per non apparire trasandato – questo non lo sopportava. In fondo, notò che i capelli lunghi gli conferivano un'aria più disinvolta, e la barba al punto giusto donava al volto un alone di mistero. Si guardò attentamente, e si vide nuovo, diverso, proprio come voleva sentirsi.

La pioggia scorreva ancora, trascinata dal vento, ed i lampi con i tuoni si facevano più fitti.
Si sedette nell'angolo del grande letto di legno antico a guardare quello che succedeva fuori dalla finestra. Riscaldato dal fuoco ancora acceso nel caminetto, rimase così, inerte, senza la forza di fare niente. Sentiva crescere, insieme alla stanchezza, anche il rilassamento della mente e del corpo, e fu facile cedere alla dolcezza di quel torpore.

III.

Fu svegliato, dopo un tempo che gli parve breve, da qualcuno che bussava alla porta. Si alzò lentamente, e, per un attimo, non ricordò dove si trovava.

Alla porta c'era un ragazzo sui trent'anni, di poco più alto di lui, slanciato, gli occhi di un azzurro intenso, i capelli lunghi e ribelli, vestito in maniera sobria.

Appena David aprì la porta egli arrossì, imbarazzato, e proruppe in un ottimo inglese:

"Buonasera. Spero di non averla disturbata. Ho cercato di dirlo a mia madre, ma con lei non si discute!"

David sorrise:

"Non preoccuparti, volevo scendere per la cena, ma la stanchezza ha preso il sopravvento e mi sono addormentato. Tanto ho già capito che a Maria non si sfugge!"

Il giovane rise, scuotendo la testa, ed assunse l'aria di confidenza e di complicità che si usa con un vecchio amico. Gli porse la mano e si presentò:

"Mi chiamo Filippo e, come avrai capito, sono il figlio di Maria. La mamma mi ha parlato di te, ha detto che sei molto sciupato, e che ti dobbiamo trattare bene. Non ti ha visto scendere, e, siccome tu devi mangiare ad ogni costo, mi ha incaricato, o meglio, costretto a venirti a prelevare. Che tu sia d'accordo o no."

David rise di gusto.

Filippo era simpatico e cordiale. Quando parlava della troppa premura della madre non lo faceva con disprezzo o fastidio, ma con la dolce ironia propria di chi accetta e ama anche i difetti delle persone più care. Lo ammirò profondamente per il suo senso del rispetto, e lo invidiò, perché capace di questi semplici, ma forti sentimenti.

Si presentò a sua volta, e lo incoraggiò a scendere subito insieme a lui, altrimenti sua madre di certo si sarebbe preoccupata. Nel frattempo, gli chiese come mai conoscesse così bene l'inglese, e Filippo rispose che aveva frequentato la scuola alberghiera a Firenze. In quegli anni era andato più volte in Francia, soprattutto per imparare l'arte culinaria, e poi in Germania, in Spagna, in Grecia, ed era rimasto a lungo in Inghilterra, Scozia e Irlanda.

Questi soggiorni erano serviti allo studio, ma spesso si era dovuto pagare i viaggi da solo, perché le borse di studio non erano state sufficienti a coprire tutte le spese. Ecco perché non era ancora stato in America, anche se contava di farlo presto. Dopo essersi diplomato, aveva iniziato i rituali corsi di specializzazione. Poi, visto che l'economia di Boscoalto si basava sull'agriturismo, e poiché i suoi genitori avevano già un'attività avviata, aveva deciso di aiutare l'azienda di famiglia. Con il loro aiuto, nel tempo, avrebbe voluto creare una grossa impresa, una sorta di agriturismo, magari anche per clienti di lusso, per quanto fosse consapevole dei costi enormi che avrebbe dovuto sostenere.

David lo ascoltava, affascinato dalla sua intelligenza e dall'educazione che traspariva da ogni parola. Quel ragazzo sapeva il fatto suo e, per la seconda volta in pochi minuti, David lo invidiò per tutte le certezze, i punti fermi, gli affetti, che lui non aveva mai avuto.

All'improvviso ebbe un'idea, che scacciò subito, perché non poteva farsi trascinare dall'istinto e dai sentimentalismi di una prima impressione. In fondo era appena arrivato, e, per esperienza, sapeva che non si conosce davvero nessuno neanche in una vita intera. Per questo, non sarebbe stato prudente fidarsi e mostrarsi troppo disponibile. Invece, prima che potesse rendersene conto, espresse a voce alta quello che stava pensando:

"Visto che io sono straniero e voi siete le persone più esperte del paese, mi piacerebbe che entrambi realizzassimo i nostri sogni. Io voglio un rifugio tutto per me, e tu un luogo améno per il tuo agriturismo. C'è abbastanza spazio per entrambi alla tenuta, specialmente se qualcuno mi dà una mano. E tuo padre si è già offerto di aiutarmi."

Filippo rimase a guardarlo, a bocca aperta, per capire se dicesse sul serio:

"Tu vorresti fare questo? Ma se c'è gente in paese che conosciamo da sempre, eppure non ci farebbe mai un'offerta del genere! Sei sicuro? Sarà meglio che tu ci pensi qualche giorno, valutando bene gli eventi e le persone, prima di decidere!"

Poi si illuminò in un sorriso:

"Non che non mi farebbe piacere! Sarebbe davvero un sogno! D'altronde, gli affari comportano sempre dei rischi, anche se con un contratto e degli accordi precisi non dovrebbero esserci problemi. Non per questo bisogna prendere decisioni affrettate. E tanto meno farne cenno a mia madre, per carità!"

Scoppiarono a ridere.

David notò che anche Filippo aveva i suoi stessi dubbi, non aveva accettato sfacciatamente la proposta senza porsi domande, ma neanche si era mostrato diffidente. Quindi si convinse a portare avanti questo progetto, per quanto potesse sembrare folle ed avventato. Anzi, più ci pensava, più gli pareva un'ottima idea. La tenuta appena acquistata era grande abbastanza perché potessero dividerla in due parti indipendenti, una destinata alla tranquilla residenza privata, e una al complesso dell'agriturismo. E anche se Filippo non lo sapeva, David era più che esperto nel settore dei contratti, degli affari, di come ottenere il massimo profitto con la minima spesa, a tutela dei propri interessi.

Lasciò da parte questi pensieri quando giunsero nella sala piena di gente che si affollava ai tavoli, in una grande confusione di voci, rumori di posate e piatti, risate e musica. Filippo lo condusse in una saletta, nei pressi della cucina, dove non c'era nessuno. Maria, quando si fu accertata della loro presenza, scappò via, perché era troppo indaffarata. Si limitò ad assicurare a David che, la mattina dopo, suo marito sarebbe stato disponibile per andare con lui alla villa, per una specie di sopralluogo. David, a sua volta, invitò Filippo ad accompagnarli, così avrebbero iniziato a valutare il loro progetto.

Durante la cena, David non fu di tante parole, perché la stanchezza stava prendendo di nuovo il sopravvento, e temeva quasi di addormentarsi a tavola. Mangiò una minestra, verdure con pollo alla cacciatora, e qualche fetta del pane che veniva cotto nel forno a legna, come una volta. Alla fine, prese con sé una mela, perché non ce la faceva più a restare seduto a tavola.

Intanto, Filippo era andato in cucina ad aiutare i nonni. Era agile, sicuro di sé, ma non faceva mai un gesto che dimostrasse la volontà di sopravanzare il signor Guido e la signora Lina.

David restò con loro qualche minuto, poi, esausto, li salutò, risalì le scale a fatica, e si chiuse finalmente in camera.

Il fuoco si era quasi spento. Fuori, i tuoni erano lontani, ma pioveva ancora a dirotto.

Si gettò sul letto vestito, con animo tranquillo. Era convinto che non sarebbe stato sempre tutto così semplice, ma decise di godersi questa sensazione nuova, che gli scaldava piacevolmente il cuore. Cullato da questi pensieri, si addormentò.

Chi non riuscì a dormire quella notte fu Sofia.

Franco, il fidanzato, le aveva telefonato per avvertirla che non sarebbe potuto tornare, a causa di una riunione di lavoro. Parlarono a lungo, ma non le bastò: quella sera avrebbe voluto che lui fosse lì, accanto a lei. Non riusciva a togliersi dalla mente lo sguardo inquietante di David, fin dal loro primo incontro, quella mattina. Era come se lo conoscesse già, c'era qualcosa in lui che l'attraeva, e, allo stesso tempo, sentiva che non doveva fidarsi, la ragione non concepiva un giudizio tanto affrettato.

Era fidanzata con Franco da quasi cinque anni, lo aveva conosciuto a Firenze. Lavorava come amministratore di un'importante azienda di abbigliamento, e si erano incontrati ad una festa di amici comuni. Non che fosse scattata subito la scintilla, ma avevano cominciato a parlare, a telefonarsi, a frequentarsi per conoscersi meglio, finché non si erano accorti di essere innamorati. Da quel momento, nulla era cambiato nel loro rapporto, anche se lui viaggiava spesso, ed erano entrambi impegnati nelle loro rispettive attività.

Non sapeva spiegarsi perché ora tanti brividi le attraversassero la schiena. Si raggomitolò vicino al caminetto, avvolgendosi in un *plaid*. Sua madre e suo padre le tennero compagnia per un po'. Suo fratello Alessio, invece, si trovava in America, perché aveva vinto un'importante borsa di studio, il primo passo per realizzare il suo sogno e diventare un chirurgo.

Pareva che quella sera le mancassero apposta dei punti fermi, così che non riusciva a trovare un appiglio nel suo inspiegabile vacillare. Andò a letto, cercando di scaldarsi il più possibile sotto le coperte. Provò a distrarsi con la lettura, ma non ci riuscì. Dette un'occhiata alla foto di Franco sul comodino, per cercare il colmare il vuoto della sua assenza con il pensiero, ed infine spense la luce.

Dapprima il rumore del vento e della pioggia le fecero compagnia, perché in quello stato d'animo non avrebbe sopportato il silenzio. Poi, un lampo passò attraverso le imposte chiuse, e, di seguito, un tuono orribile parve scuotere la casa dalle fondamenta. Sofia si alzò di scatto a sedere sul letto, talmente terrorizzata da non avere neanche la forza di muovere la mano per accendere la luce. All'improvviso, nel buio che seguì al lampo, le si parò dinanzi, come un fantasma, l'immagine di David che la fissava con i suoi occhi penetranti. D'istinto chiuse i suoi fino a farsi male, poi, con la forza della disperazione, a denti stretti, il corpo contratto, riuscì ad accendere la luce, mentre sentiva i muscoli rilassarsi. Il cuore in gola correva veloce come quello di un uccellino spaurito.

Stava piano piano riprendendosi, quando un altro lampo fece saltare la corrente, e stavolta la casa rimase completamente al buio. Chiuse di nuovo gli occhi e si infilò con la testa sotto le coperte, tremando di paura. Si sentì scuotere leggermente per le spalle, mentre un mano sollevava delicatamente le coperte. La voce rassicurante di sua madre, che si sedette accanto a lei sul letto, le permise di riprendersi. La donna sapeva che sua figlia era capace di forti sentimenti e, soprattutto, di pensare troppo, facendosi spesso del male. La rassicurò, dicendole che, se riusciva ad addormentarsi, la mattina seguente la mente si sarebbe schiarita, così come il tempo. Bastarono pochi minuti perché la stanchezza prendesse il sopravvento, e Sofia, finalmente, si abbandonò al sonno.

Il mattino seguente pareva un mondo nuovo. Il cielo era di un azzurro limpido e profondo. Gli ultimi resti delle nuvole stavano scomparendo dietro l'orizzonte, mentre il sole si divertiva a trapassarle con i suoi raggi. Sui monti la luce si spostava qua e là, alternandosi con le ombre, cambiando direzione, e giocando con i colori.

David si svegliò di buon'ora, e si accorse di aver dormito con addosso i vestiti della sera prima. Scoprì che anche il suo stato d'animo non era mutato. Anzi, ora si sentiva più lucido ed in forze, a dispetto del cambiamento di clima e di ambiente. Si alzò, tutto indolenzito, si lavò la faccia, e si tolse il maglione nero, indossandone un altro color porpora, una tinta brillante in omaggio alla luminosità di quella giornata. Scese a fare colazione, ma trovò solo il signor Guido con la moglie Lina. Maria era uscita a fare la spesa, per quanto poté capire, e Duilio non tardò ad arrivare, seguito di lì a poco dal figlio.

Quando uscirono sulla piazza, l'aria era frizzante e pulita. Duilio indicò una vecchia *jeep* grigiastra, parcheggiata dalla parte opposta della strada. Il mezzo era attrezzato di tutto, dalle zappe alle forbici da giardino, coperte, arnesi e utensili di qualsiasi tipo. David si era messo ad osservarli divertito insieme a Filippo, quando una serie di voci alle loro spalle li costrinse a voltarsi. Un grosso signore con un vistoso paio di baffi, arricciati alle estremità, con la testa semi calva, gli occhi piccoli dello stesso azzurro del cielo, vestito con panciotto ed orologio nel taschino – tanto che pareva uscito da un dipinto del secolo scorso - si fece loro incontro tutto sorridente, porgendo la mano destra per presentarsi al forestiero, con tutti gli onori della circostanza. Esordì con un vocione che pareva fare eco nelle spire dei suoi baffi, in un inglese quanto mai toscanizzato. Era il sindaco, il signor Erminio Falsini, la cui famiglia aveva da sempre abitato nel paese. Si doveva riconoscere che, nonostante l'esuberanza e l'eccentricità, a dispetto anche della mole, riusciva ad essere elegante, a modo suo. Iniziò a tessere gli elogi del paese e della campagna circostante, nonché degli abitanti, sfoggiando il suo repertorio di retorica, e si congedò da David soltanto dopo aver fissato l'appuntamento per una cena insieme.

Mentre il sindaco si stava assicurando la stima del suo interlocutore, si fermò accanto a loro un'auto dei Carabinieri. A bordo c'erano l'appuntato Giovanni Caroti ed il maresciallo Giuseppe DeAngelis, un uomo di poche parole, ma affidabile e disponibile. Senza scendere, poiché erano in servizio, il maresciallo si sporse dal finestrino, salutò il sindaco, il resto del gruppo, ed infine si presentò a David, pronunciando semplicemente il suo nome, puntando nei suoi gli occhi profondi ed indagatori. Infine, fece il saluto militare, e dette ordine all'appuntato di ripartire.

Filippo si stava chiedendo se sarebbero mai riusciti ad andarsene da lì, visto che stava arrivando anche sua madre con altre tre o quattro comari, e la piazza si sarebbe animata come un mercato. Invitò David a salire sulla *jeep* alla svelta, e chiese al padre di mettere in moto. Poi, seccato, brontolò che, se non fossero andati via subito, non sarebbero partiti prima di sera.

Duilio fece il giro del paese per mostrarlo a David. Ecco, quell'uomo alto coi capelli sale e pepe, era Nanni, il gestore del piccolo supermercato, e poi Giosuè, il rubicondo proprietario del bar, pasticceria, gelateria. Accanto c'era una bella ragazza bionda, molto vistosa nei modi e nell'aspetto, ed era Rita, proprietaria del negozio di libreria, cartoleria, edicola e tabaccheria. Più giù c'era Monica, la sarta, che David aveva conosciuto il giorno prima, e poi Erica del negozio di scarpe e abbigliamento intimo, il dottor Ricci, l'avvocato Rossi, il dottore commercialista Ferri, don Carlo il parroco, il fruttivendolo, il macellaio, il falegname, l'arrotino, e così via, in una sfilza di nomi associati ad altrettante facce ed attività. David, smarrito, ad un certo punto si accorse che non riusciva a ricordarne neanche uno. Sperò che il tempo lo avrebbe aiutato.

Intanto erano arrivati alla villa. A quella vista, David provò la stessa gioiosa sensazione del giorno prima, forse anche più forte. Era sicuro che lì sarebbe stato il suo futuro, e non avrebbe dovuto preoccuparsi della vita del paese, visto che avrebbe avuto sempre uno spazio solo suo.

Appena scese e si trovò all'inizio del lungo viale che conduceva alla villa, ebbe l'impressione di ritrovare Sofia, esattamente come il giorno precedente. Rimase un istante immobile, ad ascoltare. Ma non si udiva nessun rumore, solo quello del vento che soffiava piano tra gli alberi ancora spogli, tra gli abeti e i pini, oltre al cinguettio degli uccellini che si scaldavano al sole. Il terreno era tutto bagnato, dopo la notte di tempesta, e dovettero indossare degli stivali di gomma per poter procedere nel fango.

Osservarono, giudicarono, si scambiarono idee ed opinioni. Il tempo passò veloce, tanto che presto si udirono suonare le campane del paese che annunciavano mezzogiorno. David si convinse che Duilio era l'uomo giusto, perché esperto del mestiere e del luogo, aveva la giusta competenza e le conoscenze adatte per dirigere i lavori. Duilio, dal canto suo, ne fu felice, e anche Filippo avrebbe aiutato nei momenti liberi dallo studio. David ripensò al progetto di cui aveva parlato proprio con Filippo la sera prima, e notò che anche lui si guardava attorno con aria assorta ed attenta. David aveva preso la sua decisione, e ritenne opportuno parlarne ora, visto che i lavori avrebbero dovuto adeguarsi alle sue scelte e alla tutela degli interessi di ciascuna delle parti. Chiese a Filippo di tradurre questa decisione a suo padre.

Il ragazzo era felice, ma rimaneva esitante perché non riusciva a crederci, e, allo stesso tempo, non voleva dare l'impressione di obbligare in qualche modo David, il quale, dal canto suo, sorrideva tranquillamente, lo sguardo determinato quanto la sua volontà. Duilio, invece, si mostrò scettico, perché conosceva in parte i progetti e la determinazione del figlio, ma non credeva che tutto potesse accadere così all'improvviso e così facilmente. Poi bisognava interpellare Maria, che non sapeva ancora nulla. E soprattutto, i soldi, come trovarne così tanti? Filippo rassicurò il padre: aveva lavorato e aveva messo da parte una bella somma. Per il resto, avrebbe chiesto un prestito o una sovvenzione, in qualità di giovane imprenditore. Duilio continuava a scuotere la testa, e, alla fine, propose di parlarne meglio con calma tutti insieme, a mente fredda, magari anche quando Ilaria, l'altra figlia, fosse tornata da Firenze, dove si trovava per lavoro. Anche lui era consapevole che dovevano decidere prima di fare i progetti per il cantiere, ed iniziare a lavorare, quindi al più presto. David li rassicurò che si fidava di loro, se loro potevano fidarsi di lui, perché, pur non conoscendolo, l'avevano trattato come uno di famiglia. Duilio parve convinto, gli dette una pacca benevola sulla spalla, e risalirono sulla *jeep* per ritornare in paese.

Nel mettere la mano in tasca, per cercare le chiavi, David trovò la commissione bancaria che aveva preso quando era partito dall'America. Ricordò di aver ritirato tutti i suoi averi e riconsegnato la carta di credito, così da non poter essere più rintracciato. Ma si era dimenticato di depositare la commissione quando era arrivato a Firenze. Chiese a Filippo se c'era una banca in paese, e scoprì, con suo grande sollievo, che esisteva una filiale all'estremità occidentale del paese, vicino ad una piccola zona industriale. Si fece accompagnare là, e, nonostante insistessero per aspettarlo, riuscì a convincerli a ritornare, almeno per rassicurare Maria che lui avrebbe pranzato in qualche modo per quel giorno, promettendo di presentarsi puntuale a cena per la sera.

IV.

Dato che era ora di pranzo nella piccola filiale della banca trovò solo i due impiegati ed il direttore, mentre l'unico cliente si apprestava ad uscire. David notò con sollievo che non si misero ad osservarlo, anche se era un volto nuovo – d'altronde dovevano esserci abituati, c'erano sempre dei turisti da quelle parti. Infatti, l'impiegato magro a cui si rivolse seppe rispondergli in un discreto inglese, e si dimostrò pronto ed efficiente. Lo accompagnò gentilmente dal direttore, un uomo della sua età, ben vestito e dai modi garbati. In breve, gli fu aperto il conto e furono avviate tutte le pratiche necessarie, in un clima formale ma cordiale. Gli promisero di chiamarlo non appena gli incartamenti fossero stati pronti.

Quando uscì, il vento era diventato più forte e soffiava sibilando su per la salita deserta. Guardando l'orologio, si accorse che era passata l'una da un pezzo, e che il suo stomaco stava brontolando rumorosamente. Iniziò a salire con passo svelto, e la testa sgombra da pensieri, ora che aveva sistemato l'indispensabile. L'inizio tranquillo della nuova vita lo faceva sentire diverso, tanto che stentava a riconoscersi, e, allo stesso tempo, gli pareva impossibile che fino a qualche giorno prima potesse essere stato altrimenti.

Mentre era assorto in queste riflessioni, vide qualcosa che lo costrinse a fermarsi. La salita era terminata, e c'era una breve spianata, prima dell'erta che portava alla piazza. Alla sua sinistra era comparsa la casa di Sofia, seminascosta dalla schiera di abeti e pini. Provò una strana sensazione, qualcosa che sembrava voler ricolmare un vuoto interiore, di cui non era mai stato consapevole. Amava la presenza, la compagnia di quella ragazza, anche senza bisogno di parole... Era ridicolo ragionare così, perché la conosceva da un giorno e si erano visti solo per qualche minuto. Però, tutti quelli con cui aveva parlato gliela avevano descritta proprio come gli era apparsa, con pregi e difetti.

Per ora doveva limitarsi a riconoscere i segnali che il suo istinto dettava come positivi, lo voleva ascoltare, per la prima volta in vita sua, perché ormai era l'unico compagno che gli restava, che fosse affidabile o meno. Aveva bisogno di fiducia da dare e da ricevere, ma non poteva stabilire nulla all'istante. Era certo, comunque, che la quiete non sarebbe durata, non sarebbe stato tutto così facile e doveva stare attento, perché sapeva bene con quali lusinghe il male è capace d'insinuarsi.

All'improvviso il silenzio fu rotto da uno stridere di freni e uno strombazzare frenetico di clacson alle sue spalle. In una frazione di secondo, si riscosse dai suoi pensieri e si accorse di essere in mezzo alla strada, proprio mentre sopraggiungeva un'auto dalla direzione di Firenze, che stava sbandando per cercare di evitarlo.

Col balzo più lungo che fu capace di fare, cadde su di un fianco, rotolando giù, fino a fermarsi in un fosso che correva sotto la strada.

Sentì l'auto che si fermava, una voce di donna che imprecava, poi dei passi, ed uno sportello che sbatteva.

Un grido lo fece sobbalzare:

"Ma è matto? Cammina sempre in mezzo alla strada dopo una curva?" David cercò di rialzarsi, ma si accorse che il braccio e la gamba gli facevano male. Tentò di abbozzare delle scuse, pur non avendo compreso quello che gli era stato urlato in italiano, però gli uscì solo un lamento soffocato di dolore. Alzò la testa quel tanto che bastava per vedere una ragazza con lunghi capelli biondi e limpidi occhi azzurri, alta, snella, vestita con un *tailleur* elegante, che ne accentuava la grazia. Borbottando qualcosa in una maniera spicciativa, che gli rammentò qualcosa di familiare, si tolse le scarpe col tacco altissimo per infilarsi anche lei nel fosso ed aiutarlo ad uscire. David fece uno sforzo più grande del primo, e riuscì a mettersi seduto quasi sul ciglio della strada. Inutile tentare in italiano, non ce l'avrebbe fatta, sperò solo che la ragazza lo capisse, e per questo parlò molto lentamente:

"Mi dispiace, ero distratto, sono stato uno stupido!"

Quella lo osservò con aria interrogativa, mentre David cercava di superare il disagio provocato dall'incapacità di comunicare, tentando di spiegarsi a gesti. Inoltre, egli dovette constatare con disappunto che il dolore al braccio era sopportabile, ma non riusciva ad appoggiare la gamba senza avvertire una fitta lancinante. A fatica, s'infilò nell'auto con l'aiuto della ragazza, che si rimise al volante in maniera piuttosto spregiudicata. Aveva impiegato più tempo lui per salire, che lei a percorrere il pur breve tratto di strada fino alla piazza.

Giunti a destinazione, frenò bruscamente e si fermò, senza preoccuparsi di parcheggiare a dovere. Erano proprio davanti alla locanda. La tipa scese e gli aprì lo sportello. David, con uno sforzo doloroso, riuscì a mettersi in piedi, tentando un timido ringraziamento in italiano, con un sorriso appena accennato. Ma la ragazza, imperterrita, continuava a fissarlo in maniera indecifrabile, mettendolo ancora più a disagio. Si affrettò a salutarla con un cenno della mano, e si avviò zoppicando verso la locanda.

Con suo grande stupore, lei lo seguì.

Non appena varcarono insieme la soglia del locale affollato, David vide Maria aprirsi in un sorriso di gioia e venirgli incontro a braccia aperte. L'imbarazzo fu di breve durata, visto che l'oggetto dell'abbraccio era la ragazza, e non lui. Maria la baciava, l'abbracciava, e le faceva una domanda dietro l'altra, senza neanche aspettare le risposte. David stava sgattaiolando verso il solito angolo vicino alla cucina, dove intravide anche Filippo, quando Maria l'afferrò per un braccio e gli bisbigliò a denti stretti:

"Ma si può sapere perché zoppichi? Non mi dire che mia figlia ha investito anche te! E' una pazza, la rimprovero sempre, ma non mi ascolta! Prima o poi ucciderà qualcuno, me lo sento!"

David voleva rispondere che non era successo niente di grave, e che era stata anche colpa sua, ma Maria si era già rivolta alla figlia per farle una delle sue prediche. Intanto Filippo gli era venuto incontro, e, appena fu venuto a conoscenza dell'accaduto, si mise a ridere:

"Hai appena conosciuto mia sorella, Ilaria! Vuole fare carriera come modella ma, come hai potuto notare, non sa neanche una parola d'inglese, ed è un pericolo al volante. L'unica cosa che riesce a fare è collezionare fidanzati ricchi, e anche un po' bastardi, che dopo un po' la mollano, o li molla lei. In fondo, è una brava ragazza, ma ancora deve trovare la sua strada, è irrequieta, infantile, selvaggia, non esiste qualcosa o qualcuno in grado di domarla! Forse, con l'età si calmerà da sola!"

Mentre Filippo ne parlava, David si mise ad osservare Ilaria che sbuffava come una bambina davanti ai rimproveri di sua madre. Non c'era malizia né cattiveria nei suoi occhi, che parevano trasparenti, e lasciavano intravedere una profonda inquietudine interiore. David osservò che aveva qualcosa in comune con lui, perché entrambi avevano bisogno di certezze, e chissà se sarebbero mai riusciti a trovarne. Lui era riuscito a fare il primo passo, ed era un passo da gigante, rispetto al passato, ma ancora troppo poco nei riguardi del presente e del futuro.

Filippo gli chiese se aveva bisogno del dottor Ricci per la gamba, e David dapprima rifiutò. Cambiò idea quando tentò di alzarsi e ricadde seduto sulla sedia. Telefonarono al dottore, che era in giro per visite, ma promise che sarebbe arrivato presto, così ne avrebbe approfittato per pranzare. David si fece accompagnare da Filippo in camera, solamente dopo aver finito di mangiare tutto quello che Maria gli aveva portato, "per affrettare la guarigione", gli assicurò. Ilaria era andata a rintanarsi in cucina, dai nonni, e, quando dopo un bel po' di tempo uscì, si fermò al tavolo da David, piazzando sui suoi quegli occhi azzurri instabili, a tratti gelidi, più spesso tristi. Fece tradurre al fratello che le dispiaceva per quello che era accaduto, e si rimproverava una parte di colpa per essere stata imprudente alla guida, come sempre. Aggiunse poi che sarebbe rimasta in paese per un periodo di riposo, e – stavolta sorrise – se non gli fosse dispiaciuto, si sarebbero potuti incontrare con più calma, magari lei avrebbe evitato di guidare nei paraggi. David fu lieto di aver rotto il ghiaccio, anche se il suo sguardo continuava a turbarlo. Tuttavia, non volle farsi condizionare da quella sensazione, e cercò di pensare solo al dolore del corpo.

Più tardi, il dottore prescrisse degli antidolorifici ed una radiografia alla gamba, anche se pareva non ci fosse nulla di compromesso. Infine raccomandò riposo e niente sforzi.

Quando David rimase solo nella sua stanza, il corso dei pensieri non gli permise di rilassarsi. Si era riconosciuto in Ilaria come in uno specchio, aveva visto un'anima perduta e vuota alla ricerca disperata di qualcosa di altrettanto sconosciuto ed incerto. Questa immagine lo perseguitava, gettandolo nello sconforto e annientando la tenue speranza di rinascita che aveva nutrito dal momento del suo arrivo a Boscoalto. Non era da paragonarsi allo smarrimento e al dolore atroce del passato, ma era comunque un tormento che gli impediva di guardare fiducioso al futuro. Perché era sul futuro che si doveva concentrare, il passato non doveva più esserci. Ma è possibile che un individuo riesca a sopravvivere senza storia?

Questi pensieri, queste domande aumentavano l'angoscia, che pareva attanagliargli la mente, il cuore, e l'anima, più del dolore alla gamba. No, non poteva cancellare gli eventi con un colpo di spugna, sarebbero rimasti comunque per sempre parte di lui, e avrebbero continuato a torturarlo, a tormentarlo, con i loro corsi e ricorsi, finché non fosse stato pronto a superarli una volta per tutte. Quello che sapeva per certo era che non avrebbe mai sopportato di rivivere le stesse orribili esperienze una seconda volta. E se ora era riuscito a trovare una via di fuga, aveva trovato il coraggio di rimettere in gioco se stesso, ricominciando tutto da capo, sapeva bene che non ce l'avrebbe fatta a subire un altro colpo del genere. La sua anima, il suo corpo si sarebbero annichiliti, e sarebbero morti, perché solo con la morte forse avrebbero lenito un dolore altrimenti insopportabile.

Per un istante pensò che forse aveva sbagliato, avrebbe dovuto lasciarsi andare subito, senza tentare di salvarsi da un tormento che l'avrebbe accompagnato per sempre, e che, comunque, l'avrebbe condotto alla stessa fine.

Più ci rifletteva, più l'idea prendeva forma concreta. In fondo era questione di un attimo, doveva farsi coraggio, ma poi sarebbe stata l'ultima volta, non ci sarebbero state più battaglie da combattere con l'anima e con la mente, niente più sofferenza. Se fosse andato a fare una passeggiata fino alla cima di un monte, per poi gettarsi da un dirupo, avrebbe risparmiato anche di essere seppellito, o, almeno, nessuno avrebbe più rivisto il suo viso, il suo corpo.

Una nuvola aveva oscurato la luce del sole, che fino a quel momento aveva illuminato la stanza. Provò ad alzarsi dal letto, appoggiandosi sulla gamba sana, e poi, lentamente, anche sull'altra. Il dolore era stordito dall'antidolorifico, ce la poteva fare. Tanto più che fra poco sarebbe stato buio. Si infilò il giaccone, uscì dalla stanza e scese piano le scale.

A quell'ora non c'era nessuno nel locale. Maria, con suo padre e sua madre, erano in cucina. Si fermò ad ascoltare. Non udì nessun rumore.

Restò indeciso se proseguire o tornare indietro.

Ormai il pessimismo gli offuscava la mente, ne era consapevole, ma il tormento della sofferenza che gli si era appiccicata addosso sovrastava tutto il resto. Era un vigliacco. Ebbene sì, che lo pensassero gli altri, e anche lui. Non gli importava di fare schifo a se stesso, e non prendeva in considerazione la possibilità di pentirsi, tanto non avrebbe avuto più l'opportunità di guardarsi allo specchio per biasimarsi.

Riuscì lentamente, zoppicando, ad arrivare alla porta. Guardò fuori sulla piazza: nessuno. Magari c'era qualcuno dietro le finestre. Decise di attraversare di nuovo la stanza ed uscire dal retro, da dove sarebbe sbucato sulla strada sterrata che s'arrampicava fino alla tenuta, e proseguiva fino in cima alla montagna. Non sapeva se ce l'avrebbe fatta, soprattutto perché il sole, oscurato a tratti da nuvole nere, non avrebbe tardato molto a tramontare. E anche perché presto l'effetto dell'iniezione si sarebbe esaurito, ed il dolore si sarebbe fatto sentire più forte di prima. Pensò che, strada facendo, avrebbe cercato un'altra soluzione. Senza arrivare fino alla vetta, bastava sparire dalla strada del paese il più presto possibile. C'erano pochi metri da fare. Ai lati notò due o tre case, una sola delle quali pareva abitata. Lo sforzo e la tensione lo fecero sudare, nonostante l'aria fosse fredda.

Quando ebbe superato la curva si sentì al sicuro. Le pulsazioni tornarono regolari, il passo si fece più lento, l'angoscia e la paura svanirono all'istante. Gli restava dinanzi solo il suo proposito, fermo e lucido. Guardava fisso davanti a sé, sulla strada, e si trovava nello stesso stato d'animo di chi soffre di una terribile malattia, e si reca da un medico nella speranza di poter alleviare la sua pena.

Si stava facendo buio prima di quanto avesse immaginato, ed il dolore alla gamba diventava sempre più acuto. Forse avrebbe fatto meglio ad aspettare l'alba del giorno dopo, ma immediatamente rifiutò quest'idea. La morsa d'angoscia nel suo petto era tale che non gli avrebbe permesso di sopportare un'altra notte. Così, però, rischiava di farsi trovare semi-assiderato, e dopo avrebbe dovuto inventare delle scuse plausibili per giustificare la sua fuga. No, in qualche modo doveva farla finita, e anche alla svelta.

Intravide da lontano la sagoma della villa, e ne fu sollevato. Ricordava che Duilio, quella mattina, aveva portato degli arnesi e delle funi, così adesso c'era tutto il tempo per escogitare il metodo migliore per farla finita. Questo pensiero gli permise di stringere i denti in un ultimo sforzo per arrivare al viale d'ingresso della tenuta.

Con la luce rossastra della sera, il vento che sibilava tra gli alberi, e le ombre che si muovevano minacciose, l'aspetto della magione era alquanto sinistro. Ma chi non ha più nulla da temere non bada a questi tocchi di umanità.

David si trovò di fronte a quello che un tempo era stato il maestoso portone principale della villa, ora ridotto, a causa delle intemperie e dell'incuria, ad un ammasso di legno putrido, fogliame, rami secchi, sporcizia.

Spinse con forza fino ad aprirlo. Passò oltre, ma inciampò e cadde a terra, tramortito dal dolore alla gamba. Stette un istante ad occhi chiusi, in quello che sembrava un grande atrio. C'era appena un po' di luce che filtrava dall'esterno attraverso le imposte rotte ed i vetri spezzati. Trascinandosi sul sudiciume che ricopriva il pavimento, entrò nella prima stanza che trovò. Doveva essere stato il salone, perché c'era un grande caminetto, e poi solo polvere, ragnatele, ancora sporcizia, resti di suppellettili: era davvero orribile. Si sentì stupido ed inutile. Si augurò di morire ancora più alla svelta.

Accostandosi al camino, vide che c'erano dei pezzi di legna ed altre cose che non riusciva a distinguere nell'oscurità, così pensò di accendere il fuoco, almeno per poter illuminare la stanza. Si ricordò di aver smesso da poco di fumare. Frugò nelle tasche del giaccone e trovò un accendino. In fondo, il suo passato gli tornava utile ora, si disse. Sorrise della sua spietata ironia.

Accendere il fuoco non fu facile: quella legna pareva atrofizzata dai secoli e dalla muffa, e dovette provare a lungo, finché, quando si sentiva ormai esausto e stava per arrendersi, una piccola fiammella lentamente prese vigore. Lì accanto c'era tanto ciarpame da bruciare, quindi non sarebbe rimasto al buio e al freddo tanto presto. In fondo, non gli sarebbe servito molto tempo per organizzarsi.

Non si voltò a guardare nient'altro nella stanza che non fosse un mezzo utile al suo piano. Dopo aver razzolato a lungo e a fatica in un mare indefinito di tutto quello che i secoli avevano depositato, riuscì a trovare un lungo pezzo di corda. Poi notò che c'era una specie di gancio al soffitto, dove un tempo probabilmente c'era appeso un prezioso lampadario. Gli bastava. Avrebbe dato fuoco a tutto quanto, perché era sua ferma intenzione non lasciare traccia di sé. Solo così era convinto di annullare veramente la sua sofferenza: cancellando ogni segno della sua inutile presenza dalla faccia della terra. A nessuno era mai importato di lui, per questo era più conveniente far finta che non fosse mai neanche esistito.

Non riusciva ancora ad alzarsi, il dolore era tanto forte da stordirlo. Meglio così, si disse, sarebbe stato tutto più facile. Mentre si preparava ad attuare il suo piano, gli cadde lo sguardo su un orologio a pendola sistemato nella parete di fronte al caminetto, unico oggetto che pareva non essersi accorto che la casa era vuota e disabitata da anni – tranne forse per gli animali che vi trovavano riparo. Se non fosse stato per le lancette immobili e le ragnatele che lo ricoprivano, sembrava quasi di sentirlo ticchettare, come aggrappato alla vita a tal punto da restare sospeso nel tempo, ad aspettare che il cenno lieve di una mano gli desse la possibilità di far echeggiare nuovamente i suoi rintocchi. Rimase ad osservarlo, finché non gli parve che si fosse rimesso in funzione davvero. Era invece il suo cuore che batteva all'impazzata, come se volesse uscire fuori, insofferente dell'inquietudine dell'anima, che lo rendeva prigioniero del corpo.

Si alzò lentamente, appoggiandosi al muro sporco e grigio, e tutt'ad un tratto si vide. Dapprima non riuscì a capire e trasalì, pensando di trovarsi davanti ad un intruso. Poi si accorse di avere di fronte un frammento polveroso e sciupato di uno specchio, che un tempo aveva dovuto occupare tutta la parete.

Osservò a lungo la sua immagine riflessa. Il suo volto aveva ormai poco di umano. I capelli lunghi, sporchi e spettinati, la faccia ricoperta da un peluria folta ed incolta, dalla quale uscivano degli occhi simili, nella forma e nell'espressione, a quelli di un lupo.

Ebbe paura di se stesso. Non voleva vedersi in queste condizioni prima di morire. Non poteva essere quella la sua ultima fotografia. Fuori di sé, urlò come un pazzo, e fece per gettarsi sullo specchio allo scopo di distruggerlo, ma il dolore alla gamba lo bloccò, e ricadde pesantemente al suolo, su un mucchietto di masserizie. Sentì delle fitte acute in tutto il corpo, e urlò ancora più di prima, tanto fino a che non ebbe più fiato.

Allora si lasciò andare, disteso al suolo, vinto. I muscoli cominciarono a rilassarsi, i battiti del cuore si fecero più lenti, e le lacrime cominciarono a scorrere. Pianse, gettando fuori tutta la disperazione che albergava da anni dentro di lui, e che gli aveva dato la forza di porsi spavaldo dinanzi alla morte, senza curarsi di apparire ridicolo o vigliacco, pur di liberarsi dall'ingombrante fardello di se stesso. Pianse, scosso dai singhiozzi che parevano soffocarlo. Pianse tanto, finché le forze gli mancarono e, lentamente, nel torpore del dolore fisico e mentale, si addormentò.

V.

Si risvegliò accecato da una luce forte, che gli impediva di vedere.

Pensò di essere in quello strano posto dove si dice che i morti restano in attesa di essere assegnati al paradiso o all'inferno. Fu felice, perché voleva dire che era morto davvero, ma gli dispiaceva che anche nell'aldilà ci fosse una qualche consapevolezza di essere – il nulla assoluto era la sua aspirazione.

Questa illusione durò poco, perché delle voci sommesse ed una mano che gli prendeva la sua lo costrinsero ad aprire gli occhi, e, superato l'attimo di cecità dopo il buio, si accorse di essere nella sua stanza alla locanda.

Non poteva crederci.

Si alzò di scatto a sedere sul letto dove era disteso, ma la debolezza gli tolse di nuovo la vista. Lentamente tornò a rialzarsi, e, muovendosi con calma, poté vedere che c'erano Filippo ed Ilaria accanto a lui, mentre Sofia gli teneva la mano. Si ricordò dei suoi propositi, della sua fuga, della sua immagine allo specchio nella villa. Come erano riusciti a trovarlo e ad impedire che il suo piano si realizzasse? Cercò di coprirsi il volto, ritenendo che, se il suo aspetto aveva terrorizzato lui, per gli altri doveva essere anche peggio.

"Il polso è regolare adesso, ma dobbiamo farlo mangiare, è ancora debole" sussurrò Sofia.

Ilaria intanto si sedette sul letto con un vassoio pieno di golosità. Gli sorrise.

"Puoi smetterla di vergognarti, non ci impressioni affatto. E mangia, altrimenti andrai a finire proprio come volevi. Ma non mi sembra una buona idea."

David la osservò con aria interrogativa, perché non riusciva a capire cosa loro sapevano, o avevano preteso di sapere di lui.

Filippo si avvicinò, e lo osservò con aria di rimprovero. Poi cominciò nervosamente a camminare per la stanza, le mani in tasca, lo sguardo assente, finché cominciò a parlare con una voce che a David non sembrò la sua, tanto era cupa e sorda:

"Per fortuna abbiamo dato retta ad Ilaria, altrimenti non so se saresti ancora qui. E non so neanche se abbiamo fatto bene, visto che ti conosciamo appena. Ma in fondo sei sempre un essere umano, possiamo dire di averti salvato solo per scrupolo di coscienza."

Procedeva a fatica, combattuto tra una varietà di stati d'animo, che andavano dalla rabbia all'indifferenza. Si era sentito uno stupido a fidarsi di lui, aveva creduto che fosse una persona diversa, ma si era sbagliato. O meglio, era stato avventato nel giudicare superficialmente una persona estranea. Si era fatto abbindolare dai suoi modi aperti e cordiali, aveva perfino creduto di potersi mettere in affari con lui! Pazzo, era stato un pazzo a fidarsi di uno sconosciuto. Non sapeva che razza d'uomo era, e quel gesto non era un buon segno.

David percepiva tutta l'amarezza di Filippo, la delusione tipica di chi è stato avventato in buona fede ed ha mal riposto la sua fiducia. Lo comprese, e si sentì un verme. Era la stessa sensazione che lui provava da una vita a causa degli altri, e la detestava. A maggior ragione, non voleva infliggerla a sua volta, specie a delle persone, che con lui non avevano avuto niente a che fare.

Non osava aprire bocca, non ne aveva la forza, né il coraggio. In fondo, quelli erano per lui degli estranei, non era obbligato a dar loro delle spiegazioni. E poi cosa avrebbe spiegato? La verità qual era? Non ne era più certo neanche lui. Sapeva solo di provare un angoscioso, straziante dolore che pareva ucciderlo da un momento all'altro. Ma come giustificarlo ai loro occhi? Solo perché l'avevano salvato avevano il diritto di giudicarlo, per quanto riprovevole potesse essere stato il suo gesto?

Di nuovo Filippo ruppe il pesante silenzio:

"Ilaria ieri sera mi disse di aver avuto un presentimento, guardandoti in faccia. Io non le ho creduto, perché lei è specializzata nel prendere abbagli. Invece, stavolta aveva ragione. L'aveva capito dal tuo sguardo che eri un uomo finito, senz'anima. Sei scappato da qualcosa, sperando di trovare chissà che altro qui, facendo finta di essere qualcuno che non sei con tutti noi, ma non ne hai avuto il coraggio. Oppure ti sei solo voluto prendere gioco di noi, sperando di prenderti una rivincita, ed annientare le tue frustrazioni personali."

Sofia stava in piedi davanti alla finestra, ma non era in grado di vedere nulla, tesa com'era ad ascoltare quelle parole, che sembravano fendere l'aria come un coltello affilatissimo. Ilaria si sforzava di comprendere, ma il tono gelido del fratello le impediva di muoversi o di agire.

Quella situazione pesava a tutti come un macigno.

Filippo riprese bruscamente:

"Mentre stava tornando a casa, Sofia ti ha visto per caso sgusciare via zoppicando dal retro della locanda. Lì per lì non ci ha badato, poi ti ha visto imboccare la strada per la montagna quasi al tramonto, e ha pensato che qualcuno ti avesse chiamato per qualche problema alla villa. Ma, vista la condizione della tua gamba, è venuta a chiederci se sapevamo qualcosa di quella strana partenza, e ci siamo stupidamente preoccupati per te. Ti siamo venuti dietro, col proposito di non farci vedere e di non immischiarci nei tuoi affari, decisi ad intervenire solo nel caso in cui tu ne avessi avuto bisogno. Abbiamo pensato che non conosci la gente, né il luogo, e può essere facile trovarsi nei guai, anche se non siamo tenuti ad interessarci alle tue vicende personali. Comunque, visto che non ti sei dimostrato antipatico, oltre al fatto che hai deciso di stabilirti qui – quindi dobbiamo incontrarci per forza, ammesso che questa sia la verità - e soprattutto per dar retta al sesto senso di Ilaria, abbiamo ritenuto giusto fare quello che abbiamo fatto.

E' soltanto che non ti comprendiamo. Hai abbandonato tutto e sei arrivato qui con la voglia di ricominciare. Allora, perché non l'hai fatta finita subito, prima di partire? E poi, per quanto grossi possano essere stati i tuoi problemi in passato, non giustificano un gesto simile. Sei un egoista, se pensi a tutta la gente che non ha nulla e muore di fame, sola e abbandonata, magari anche malata e senza cure!"

Si fermò a guardarlo dritto negli occhi, con una ferocia impensabile per un temperamento apparentemente mite come il suo, e poi sibilò fra i denti:

"Io sono stato stupido a fidarmi. Ma non credevo tu fossi un vigliacco!"

Queste parole affondarono il colpo nella ferita già sanguinante dell'anima di David. Si alzò dal letto di scatto, anche se vi ricadde, perché la gamba non sopportò lo sforzo, si avvicinò comunque a Filippo, e, puntandogli un dito vicino alla faccia, lo apostrofò con rabbia:

"Tu non puoi permetterti di giudicarmi, perché non mi conosci affatto, non sai chi sono io! E' facile per te fare il bravo ragazzo puritano di provincia. Non sai pensare in altro modo perché per te è sempre stato così, tutto perfetto come le persone che ti stanno intorno! Ma non conosci il male che c'è al di là della tua perfezione! Non hai il minimo diritto di parlare, perché non può giudicare chi conosce una sola verità!

E non sei neanche tenuto a rinfacciarmi qualcosa: sono responsabile di fronte a me solo, e, anzi, non avreste dovuto immischiarvi in ciò che non vi riguarda. L'unico motivo per cui mi puoi biasimare è quello di averti illuso, promettendoti, in buona fede, un affare che non sono più così sicuro di riuscire a realizzare. Solo di questo ti chiedo scusa. Per il resto, lasciami in pace e guai a te se infili il naso nella mia vita un'altra volta!"

Abbassò lentamente la mano, mentre continuarono a guardarsi in cagnesco, a pochi centimetri l'uno dall'altro. Filippo era scosso dalla rabbia, dalla frustrazione dell'orgoglio ferito, dalla voglia di sfogarsi e di affibbiargli un pugno su quel muso sporco, per togliergli quell'aria così arrogante. Ilaria lo prese per un braccio, e lo condusse lentamente fuori, implorandolo a bassa voce di andarsene, perché in questo stato non era più in grado di ragionare.

"Nessuno ti chiede niente, la vita è tua e puoi farne ciò che vuoi. Se hai paura ad affrontarla da solo, e non vuoi domandare l'aiuto ad altri, perché non ti fidi del prossimo, è affare tuo. Noi abbiamo fatto quello che ritenevamo giusto: è bene rifletterci a lungo prima di gettare così una vita. Non sappiamo, né vogliamo sapere nulla di te, lo ripeto, ti abbiamo seguito perché pensavamo tu fossi nei guai, poi ti abbiamo impedito di bruciare vivo.

Ma se vuoi davvero morire, fai pure: stavolta sappiamo con chi abbiamo a che fare. Ricordati che non siamo né puritani, né bigotti, né ci riteniamo appagati per aver compiuto la nostra buona azione quotidiana. Abbiamo solo bisogno degli altri, come tutti gli esseri umani, e Filippo te lo ha dimostrato, fidandosi subito di te. Per quanto grandi siano le tue pene, tieni a mente che ognuno di noi ne ha, chi più e chi meno. L'importante è sapersi rimettere in gioco, trovare la forza di non sprecare il tempo che ci viene concesso. Anche se non hai fede in Dio, devi trovare qualcosa in cui credere, perché vale la pena vivere. Comunque, sei libero di fare ciò che vuoi, e scusa ancora l'intrusione!"

La voce ferma di Sofia aveva echeggiato nell'aria, come se ogni parola fosse una pugnalata inferta con ferocia inaudita. Senza che egli avesse il tempo e la forza per replicare, la ragazza uscì, dopo avergli assicurato che nessun'altro sapeva, né avrebbe mai saputo niente, quindi poteva agire come riteneva più opportuno.

Rimase solo con il gelo nel cuore.

Si gettò sul letto, disperato. Si rese conto di quanto fosse stato stupido e avventato il suo gesto, anche se la sofferenza era atroce. Si sentì ingabbiato in una situazione dalla quale non intravedeva via d'uscita, e certo la morte non sarebbe stata una valida soluzione. Avrebbe forse vagato anche nell'aldilà, come uno spirito inquieto, simile a quelli che affollano i libri di letteratura e le leggende popolari, andando così ad aggiungersi alla schiera di fantasmi che si diceva albergassero già nella villa prima di lui? Era fuggito dal passato senza considerare che non poteva liberarsene, se non lo voleva sul serio. Doveva trovare la forza di combattere nel presente e nel futuro le conseguenze proprio di quel passato.

Sofia aveva ragione. Nessuno poteva vivere da solo, neanche lui. Doveva imparare a fidarsi nuovamente del prossimo, anche se era difficile, ma poteva ricominciare solo cambiando mentalità. Sperando di essere ancora in tempo, perché con quel gesto sconsiderato aveva compromesso la propria reputazione di fronte alle persone che si erano dimostrate pronte ad aiutarlo. Doveva riconquistare fiducia, se voleva uscire da quell'*impasse* terribile, e, anche se avesse fallito, il meccanismo stesso lo avrebbe stritolato, senza che lui dovesse prendere altre inutili iniziative.

Stette a lungo seduto su una sponda del letto, incapace di muoversi e di pensare, in una specie di torpore che stordiva il fisico e la mente. Poi, la luce forte del sole e l'aria frizzante, che entravano dalla finestra aperta, lentamente lo indussero ad alzarsi.

Ma quando vide la propria immagine riflessa nello specchio del vecchio armadio di fronte a lui, ricadde di nuovo sul letto. Non c'era rimasto più nulla della sua persona, in quell'essere che vedeva ora, e si ricordò di essere crollato la sera prima, alla villa, proprio davanti alla stessa immagine riflessa in quello specchio sopravvissuto allo scorrere del tempo. Adesso, alla luce chiara del giorno, appariva ancora più terribile, tanto che non riusciva neanche a riconoscere gli occhi e la bocca. Cercò il rasoio elettrico, e, stavolta, nessun ricordo gli sfiorò la mente. Si preoccupò solo di riacquistare una parvenza di umanità, e di rendersi presentabile. Lavorò a lungo per sfoltire la barba e tagliare i capelli. Non li eliminò del tutto, perché non voleva ritrovarsi davanti la sua vecchia faccia, di questo era convinto. Anche se si trattava solo dell'aspetto esteriore, il fatto di assomigliare troppo al David del passato lo avrebbe bloccato psicologicamente, e già c'erano troppi problemi da risolvere nella sua testa, senza bisogno di aggiungerne altri.

Una volta terminato con cura il lavoro, si fece la doccia e si cambiò d'abito. Si accorse di avere fame, e approfittò di quello che gli era stato portato dai ragazzi.

Il dolore alla gamba si faceva lancinante, e solo ora si ricordò che quella mattina sarebbe dovuto andare allo studio medico per la radiografia. Non poteva stare ancora chiuso là dentro, anche se era terrorizzato alla sola idea di scendere giù ed affrontare Maria, o peggio lo sguardo cupo di Filippo, quello indagatore di Ilaria, o l'altro gelido di Sofia.

Aspettò un poco, ma, non appena riuscì a riprendere le forze ed il pieno possesso delle sue facoltà, decise che doveva andare. Era quello il primo atto di coraggio, il primo passo verso la riconquista di se stesso.

Aveva varcato la soglia della sua stanza e si stava appoggiando al muro del corridoio, per evitare di acuire il dolore, quando sentì una mano che lo sosteneva per il braccio.

"Appoggiati a me, e poi andiamo insieme dal dottore. L'ho chiamato per avvisarlo che c'erano stati dei contrattempi. Stavolta non possiamo rimandare."

La voce calma di Filippo contrastava con la sua faccia scura, che portava i segni della tempesta di rabbia appena passata.

David sentì il cuore aprirsi, come ad allargargli l'anima, e si vergognò. Non trovava la forza di rispondere, anche se avrebbe voluto. E mentre faceva quello che Filippo gli ordinava, questi parve intuire il suo pensiero:

"Siamo qui per aiutarti, anche se non sappiamo perché. Forse perché anche noi aspettavamo te, per cominciare a vivere davvero. Forse neanche noi abbiamo trovato la nostra strada, fino ad ora. Sembrano stupidaggini, roba da romanzi per signorine, invece sono sensazioni che si possono spiegare solo provandole. E' una situazione diversa, abbiamo storie diverse, ma mi rivedo in te, come in uno specchio.

Mi sono fidato di te fin dal primo momento, forse per i tuoi modi gentili, quasi d'altri tempi, per la tua schiettezza, per la tua voglia di vivere, nonostante tutto. Sai, nessuno è stato mai ad ascoltare mia madre per un intero pomeriggio, come hai fatto tu. Neanche mio padre!

E poi, hai comprato la villa, abbandonata da anni, con l'intenzione di crearti una nuova sistemazione. Il passato non si dimentica, è parte di noi, ma non si può permettere che ci schiacci per sempre. Capisco quanto possano essere dolorosi e pesanti certi fardelli. Inoltre, non è facile fidarsi del prossimo, specie dopo esserne stato deluso. Vorrei solo che tu provassi quello strano senso di… non saprei definirlo, ma è come se tu conoscessi da sempre l'altro. Dovresti sentirti a tuo agio, senza bisogno di porti domande. Poi, col tempo, frequentandoci, potremo valutare se ne vale la pena, e se la prima impressione era giusta. Al momento, non abbiamo niente da perdere."

Filippo parlava, lasciando scorrere il pensiero insieme con quello che aveva nell'anima.

David rispose con sincerità:

"L'ho provata, questa sensazione, ma la paura che fosse un'illusione, purtroppo, ha preso il sopravvento."

Voleva rassicurarlo che la colpa dell'accaduto era solo sua, non certo di Filippo, di Sofia, di Ilaria, o di qualcun altro del paese.

Entrambi erano consapevoli che niente sarebbe stato come prima, i fatti non potevano essere cancellati, né ignorati. Però adesso avevano qualcosa in comune, nuovi progetti, nuove consapevolezze, ed avrebbero lottato unendo le loro forze, come avevano appena iniziato a fare.

VI.

Quando scesero al pianterreno, Maria corse incontro a David per accertarsi che fosse tutto intero. Filippo, per giustificare l'assenza dell'ospite, aveva raccontato alla madre che costui era scivolato in camera sua, per colpa della gamba malferma, ma non sembrava avesse subìto ulteriori traumi. Inoltre, dovette rassicurare Maria che avrebbe badato a lui, affinché quella potesse ritornare al lavoro nella sala piena di clienti.

David intanto si stupì nel vedere con quanta grazia Ilaria serviva ai tavoli, dispensando una parola a ciascun cliente. La prima volta che l'aveva incontrata gli era sembrata una signorina snob di città, mentre adesso si mostrava per quello che era veramente, una ragazza semplice di campagna.

Per un istante i loro sguardi si incrociarono. Lei gli sorrise appena, prima di scomparire di nuovo in cucina. Fu piacevolmente colpito da quel piccolo gesto fugace: per lo meno si sentiva, se non compreso, almeno non solo. Cominciava a capire quanto l'amicizia possa riempire il cuore e l'anima, quanta forza sia capace di dare.

Il corso di questi pensieri fu interrotto dall'arrivo di una ragazza molto vistosa e civettuola, che stava cercando di attirare l'attenzione dei presenti con risate stridule, sorrisetti maliziosi, occhiate da cerbiatta. Era alta, vestita in modo elegante, fasciata in un *tailleur* dalla gonna cortissima abbinata a delle scarpe con un tacco vertiginoso, lunghi capelli neri, folti e ricci, acconciati ad arte con dei fiori freschi, la pelle bianca come porcellana, gli occhi neri, grandi e profondi. Che si ficcarono di prepotenza in quelli di David. Dimostrava di essere determinata ed abituata ad ottenere tutto e subito.

David si trovò in imbarazzo dinanzi a questa impudenza. Filippo stava per intervenire, quando lei, con un gesto fulmineo, prese lo straniero sottobraccio, nonostante egli zoppicasse, e lo trascinò ad uno dei tavoli situato in un angolo appartato della saletta più piccola. In un ostentato inglese accademico, si presentò a David come Rosalba Falsini, la figlia del sindaco.

Ripensando a suo padre, il signor Erminio, egli trovò che la ridondanza dei modi era la stessa, sebbene la figlia fosse più sfrontata e sicura di sé, molto meno ossequiosa e servile, se mai arrogante. Gli confidò di essersi laureata ad Oxford in letterature moderne, di essere tuttora in giro per il mondo per usufruire delle numerose borse di studio vinte grazie alla sua bravura, e di essere venuta là quella sera perché il padre le aveva tanto parlato di un americano molto affascinante, che aveva acquistato la villa, e che lei non vedeva l'ora di conoscere.

La sua sfacciataggine fece sorridere David, che si schermì, ribattendo di non valere tante premure. All'improvviso però lei gli prese la mano, e lo costrinse a guardarla. Non aveva l'aria di dover chiedere, ma piuttosto quella di prendere ciò che voleva senza tante cerimonie.

David non aveva intenzione di sottostare a certe imposizioni. I modi della ragazza gli ricordarono proprio quel mondo che voleva dimenticare per sempre. Cercò di liberarsi dalla sua stretta senza essere scortese. Ma quella continuava a parlare di sé e di altri argomenti che a lui non interessavano, senza lasciargli la mano. Allora iniziò a cercare con lo sguardo qualcosa o qualcuno, un appiglio qualsiasi per uscire da quella situazione assurda.

Il cuore gli fece un tuffo quando i suoi occhi trovarono quelli di Sofia. Il respiro si mozzò, e restò incerto se era davvero lei o una proiezione della sua mente. Il coraggio venne all'improvviso, sollecitato dalle ragioni del cuore. Senza più esitare, né preoccuparsi di offendere Rosalba, si liberò dalla stretta e si alzò nel modo più veloce che la sua gamba gli permise. In modo cortese, ma formale, spiegò di avere un appuntamento dal medico – ed era la verità - si scusò, e si dissolse prima di poter dare alla ragazza una risposta per un invito a cena.

Sofia, però, era di nuovo scomparsa. Si trovò davanti soltanto Filippo, che lo esortò ad affrettarsi, se non volevano far aspettare ancora il dottor Ricci. Confuso, David cominciava a pensare che gli antidolorifici stessero provocando in lui forti allucinazioni, quando udì una voce alle sue spalle:

"Salve, David. Vedo che ti stai riprendendo…"

La gioia di sentire la voce di Sofia fu congelata dal suo sguardo pieno di rimprovero. Ma lui non si lasciò intimidire:

"Non voglio che tu sia in collera con me. Sei andata via senza lasciarmi dire niente. Se mi disprezzi, gridamelo in faccia, ma ti prego, non odiarmi, non potrei sopportarlo."

Sofia rimase colpita dalla sua fermezza, così non poté non essere sincera con lui:

"Non potrei odiarti, perché non ti conosco e non mi piace dare giudizi avventati. Sono rimasta un po' delusa, ma credo che sia una reazione normale. Col tempo, saremo in grado di valutare meglio. Comunque, siamo partiti col piede sbagliato, quindi facciamo finta che non ci siamo mai incontrati prima."

Gli tese la mano e proseguì:

"Piacere, io sono Sofia. E tu?"

Sorrise, mentre David le prendeva affettuosamente la mano fra le sue. Notò che il suo volto era grazioso, con i capelli che le ricadevano ai lati, e gli occhi di un azzurro intenso. Avvertì come una scossa elettrica al contatto con la sua pelle, e, d'istinto, l'avrebbe voluta stringere a sé. Non riusciva a staccare lo sguardo dal suo, perché lo faceva stare bene, si sentiva libero e leggero.

Lentamente, Sofia liberò la sua mano dalla stretta. Poi, con aria complice, aggiunse:

"So che non sono affari miei, ma stai attento alla figlia del sindaco. A quanto mi risulta, appartiene a quella specie di persone che fanno tanta paura a me, e anche a te. Sei libero di fare quello che vuoi, è solo un consiglio…"

Lui la interruppe:

"Hai ragione, ho avuto la stessa impressione. Comunque, su una cosa ti sbagli: che non sono affari tuoi!"

Sofia arrossì violentemente, senza poter controllare la sua reazione , tanto inaspettate erano giunte quelle parole. Si allontanò di un passo, come se si fosse accorta di essere troppo vicina al fuoco. Cercò di riprendere il controllo, e riuscì a replicare:

"Franco, il mio fidanzato, mi sta aspettando a casa, è tornato stasera. Se non c'è altro, devo andare."

Prima che David potesse rispondergli, si era già infilata tra la folla, e, in un attimo, sparì. La figura del fidanzato si era insinuata come una nuvola minacciosa in quel limpido cielo pieno di speranza. Avrebbe voluto stare lì con lei a parlare per ore, invece era rimasto di nuovo da solo.

Filippo intanto gli fece cenno di seguirlo per andare dal dottore, mentre Rosalba, seduta accanto ad un altro cavaliere, attirò il suo sguardo ammiccando maliziosamente. David rispose cordialmente al saluto, e se ne andò in fretta, per non incomodare oltre la gentile disponibilità del dottor Ricci.

Era passata ormai qualche settimana, ma pareva un secolo, tanto era cambiato il suo stato d'animo. Con l'aiuto di Duilio e Filippo, David aveva contattato un ottimo architetto, un ingegnere esperto, ed il titolare di un'importante impresa edilizia, specializzata in restauri. Poi c'era l'avvocato, amico del sindaco, che badava alla parte legale, coadiuvato da uno dei notai più in vista di Firenze.

In men che non si dica furono trovate le vecchie piantine della villa e della tenuta, gli esperti presero a consultarsi e furono avviate le prime pratiche. In poco più di un mese i progetti vennero depositati per richiedere le concessioni necessarie, e gli esperti si prodigarono per accelerare i tempi della burocrazia, che comunque restavano abbastanza lunghi. Ma non c'era nulla di che preoccuparsi. I piani prevedevano una serie di lavori, che alla fine avrebbero dato dei risultati sorprendenti. Inoltre, tecnici ed operai erano pronti ad iniziare il giorno stesso in cui fossero arrivati i permessi, ed il sindaco in persona, il signor Falsini, si fece carico della faccenda, dichiarando di poter contare sull'aiuto di certi amici che gli dovevano dei favori.

Adesso la primavera era esplosa, e, anche se l'inverno pareva non voler finire, la campagna e i boschi prendevano a rivestirsi di nuove foglie e nuovi colori. Era uno spettacolo meraviglioso vedere il cupo verdastro delle colline assumere tonalità diverse, a seconda del tipo di alberi e del loro fogliame. Nei campi, il verde sgargiante del grano spezzava il bruno dorato delle zolle rimaste incolte. I primi fiori davano tocchi colorati e profumati, e le api, gli insetti, gli uccelli gioivano al rinascere della vita.

David rimaneva per ore seduto sui resti di un vecchio muretto, sotto una grossa querce, che si era riempita di foglie verde chiaro, nel mezzo del giardino, proprio davanti alla villa. L'odore acre della terra fresca con quello del grano, dei fiori e delle erbe dei campi, delle piante che stavano germogliando, lo inebriava fino quasi a stordirlo, in una sensazione di gioia e calma assoluta. Le api che gli passavano allegre vicino, gli uccellini che erano tutti indaffarati, chi con i nidi, chi ancora a cercare una compagna, erano la colonna sonora adatta al fluire dolce delle emozioni nell'anima. Nella sua mente, finalmente libera da preoccupazioni, transitavano soltanto idee per la villa e pensieri rivolti agli amici del paese – ormai li chiamava così, perché come tali li considerava.

Di tanto in tanto, anzi spesso, avvertiva una leggera fitta allo stomaco, ma solo quando vedeva o si rammentava di Sofia. Due giorni dopo l' 'incidente' alla villa – preferiva chiamarlo in questo modo, non per ipocrisia, ma per evitare di rievocare brutti fantasmi – era ritornata a lavorare in città. Lui era bloccato dalla fasciatura alla gamba, che aveva dovuto tenere per due settimane, e lei gli aveva telefonato per salutarlo prima di ripartire. Con sincerità, gli aveva confessato che preferiva congedarsi così. Si assicurò che stesse bene, ma non promise di richiamarlo. Aggiunse che sarebbe tornata presto, e allora si sarebbero potuti rivedere. Se poi ci fosse stato bisogno di lei, Filippo avrebbe saputo dove rintracciarla.

Non sapeva cosa ci fosse tra lui e Sofia, di certo un'affinità di sentimenti impossibile da spiegare. Non pensava affatto a qualcosa come l'amore – non sapeva neanche di cosa si trattasse, non avendolo mai conosciuto – né tanto meno di sesso – era abituato allo squallore che questo può recare. Era meraviglioso farsi pervadere da quelle nuove sensazioni, che lo riempivano di vita. Sofia era diversa, particolare, indecifrabile. Decise di lasciarsi andare, come si era abituato a fare negli ultimi tempi, traendone grandi vantaggi e tanto benessere interiore.

Soltanto che gli mancava, nonostante la conoscesse poco. Frequentava spesso le ragazze del paese, più o meno superficialmente. Si era fatto rifare il guardaroba da Monica, si intratteneva spesso a parlare con Rita e con Erica nei loro negozi. Ma non badava a qualche occhiata maliziosa. Ne sorrideva soltanto, lusingato. Riusciva perfino a districarsi dalla corte serrata di Rosalba, la figlia del sindaco, la giovane viziata, abituata ad essere il centro dell'attenzione ad ogni costo.

Sentiva anche la mancanza di Ilaria, con la quale rimaneva spesso a parlare, nell'italiano che stava imparando velocemente, degli usi del paese a confronto con i suoi. Si trovava bene con lei. La sensazione che le loro anime stessero cercando la stessa strada diventava sempre più una certezza, e questo spingeva entrambi a confidarsi l'uno con l'altra.

Ilaria era partita da qualche giorno, perché il suo attuale ragazzo-*manager* l'aveva chiamata per un lavoro. Aveva confidato a David di essere consapevole dei propri errori, ma di non riuscire ad evitarli. Proprio come lui. Era stato capace di dare un consiglio, a lei, ma anche a se stesso: operare un taglio netto, cambiare aria, ricominciare da capo e farsi guidare dall'istinto. Ilaria era scoppiata a piangere, per la disperazione:

"Dici bene, tu, ma sapessi quanto è difficile riconoscere la voce giusta tra le tante che ho in testa, per non parlare di tutto il resto. Io non ne ho la forza, non ce la farò mai!"

David l'aveva abbracciata in silenzio, lasciandole sfogare nel pianto un dolore che apparteneva anche a lui.

I giorni passavano veloci per David, occupato com'era in tutti i suoi progetti, impegnato in questo lavoro a stretto contatto con Duilio e Filippo, tra le braccia materne di Maria, e con l'aiuto di tante persone del paese, che avevano offerto la loro gentile disponibilità.

Era talmente assorbito da quest'insieme di attività e relazioni, che lentamente gli stavano ridando la linfa vitale, da non preoccuparsi di fare vita mondana, né tanto meno di intrattenere relazioni con delle ragazze.

Si sprecavano i pettegolezzi su di lui. Lo definivano lo straniero misterioso, dal torbido passato, si fantasticava su tutto quello che la fantasia di ognuno poteva congetturare, ma a nessuno, tranne che ad una sola persona, poteva venire in mente di mettere in giro la voce che oscurò tutte le altre, e che scandalizzò l'intera comunità. Lo straniero, che tutte le donne del paese ritenevano affascinante, che tutti gli uomini stimavano ed apprezzavano, sarebbe stato un poco di buono, un avanzo di galera, e per di più omosessuale!

La bomba esplose una sera alla locanda. Rosalba, dopo aver incassato l'ennesimo sorriso di circostanza da parte di David, in risposta al suo saluto, mentre era in compagnia di alcune sue amiche, pettegole tanto quanto lei, rivelò di aver ricevuto un secco rifiuto da parte di quell'uomo alle sue *avances* – quando, a suo dire, a lei non aveva mai resistito nessuno – e fece notare al suo pubblico, avido di cattiverie, come costui si comportasse in modo troppo affettuoso nei confronti di Filippo:

"Non vedete come se lo guarda, con gli occhi che luccicano? Figuriamoci! Di certo è uno che hanno sbattuto fuori da qualche posto, magari è evaso dal carcere, perché chissà che cosa aveva combinato! Ora ha trovato l'ambiente ideale, un paese pieno di fessi, che si fanno incantare dal suo fascino e dai suoi soldi. Chissà dove li ha presi, poi, tutti i soldi che ha! E Filippo sarebbe disposto a tutto, purché lui paghi per mettergli su il locale. Non mi verrete mica a dire che quel David arriva candido candido dall'America, e spende un mare di soldi solo per amicizia, per di più a beneficio di uno che conosce appena? Ma non fatemi ridere!"

Queste furono solo alcune delle malignità che la perfidia di Rosalba creò ad arte per distruggere l'immagine di una persona apprezzata da tutti, che lei però non riusciva né a conquistare, né a piegare ai suoi capricci.

La voce si sparse alla svelta, come in tutti i posti piccoli. Chi si mostrò subito scettico, chi accusò Rosalba di essere maldicente, chi gelosa o arrogante, capricciosa.

Eppure, era riuscita ad insinuare il tarlo del dubbio, perché, effettivamente, nessuno aveva mai visto David in atteggiamento più che confidenziale con una donna, ed il locale che aveva deciso di aprire con Filippo appariva come il frutto di una decisione avventata. Si diceva che non si conoscevano affatto per potersi fidare l'uno dell'altro al punto da mettersi in affari così grossi, anche se non si sapeva quali fossero le clausole del loro accordo. Si cominciò a mormorare molto sulla faccenda, e pareva fosse diventata una questione di stato stabilire la verità ad ogni costo. C'era già chi pensava di preparare una sorta di trappola o qualcosa del genere, quando l'inevitabile successe.

Un giorno, infatti, Monica, la sarta, e Rita, la proprietaria della cartolibreria, si trovavano insieme a pranzo alla locanda di Maria, quando giunse anche Rosalba. Teneva sempre d'occhio David, perché ormai era decisa a distruggerlo, visto che, a suo giudizio, era stato così stupido da non trattarla come avrebbe dovuto.

Mentre David, Filippo, Duilio ed altri uomini che lavoravano alla villa, chiacchieravano allegramente, in attesa di essere serviti, Rosalba si sedette al tavolo con Monica e Rita, nonostante non fosse né gradita né invitata, e si accese una sigaretta. Le due ragazze protestarono, guardando con disgusto l'impronta rosso sangue del rossetto sul filtro, il trucco pesante, che rendeva gli occhi ancora più torvi, e le gambe maliziosamente accavallate in direzione dell'oggetto del suo interesse. Quando aprì bocca per parlare, la sua voce risultò così perfida e roca da suonare innaturale, tanto l'ira le rodeva dentro:

"Voi due siete molto amiche sia di Filippo che di quel David."

Si volse a scrutare le ragazze con un sorrisetto beffardo e maligno, accennando con la testa ai due uomini. Poi aggiunse a voce molto alta:

"Non è che ve li siete fatti, ma non dite niente perché ve li volete tenere tutti per voi, o per qualche altro motivo? Vi converrebbe parlare invece, perché la gente comincia a pensare male, di loro. E anche di voi!"

Tutti i presenti si voltarono all'istante verso di loro.

Monica provò una tale rabbia, che, se non si fossero trovate in un locale affollato, di certo l'avrebbe presa per i capelli e gliele avrebbe date di santa ragione. Dal canto suo, Rita non era da meno e, sempre per motivi di ordine pubblico, cercava di evitare il suo sguardo e di non ascoltarla. Sperava che, se non avessero raccolto la sua provocazione, si sarebbe tolta dai piedi alla svelta.

Invece quella incalzò:

"Tu, Monica, sei una bella ragazza, in fondo, ma forse sei un po' troppo ingenua, in fatto di uomini."

Soffiò una nuvola di fumo in faccia a Monica, che si scansò per evitarla. Con una risata stridula, proseguì:

"Ma quella che più mi fa specie sei tu, Rita! Tu sei quella con le storie lunghe e complesse, dopo tre fidanzamenti e una convivenza… sei riuscita a portare via un uomo dalla moglie e dai figli, non ce la fai con uno così?"

Nel silenzio generale, il volto di Rita cambiò colore varie volte in pochissimi istanti, ed i suoi occhi parvero uscire dalle orbite. Non poteva e non voleva reagire a tanta cattiveria. Così, preferì alzarsi ed infilarsi nel bagno, senza dire nulla, lanciandole soltanto un'occhiata, che doveva essere eloquente.

Rosalba sorrise con la tranquillità di chi si finge innocente. La sua faccia tosta pareva non avere limiti: il fine doveva giustificare qualsiasi mezzo, e stavolta voleva far venire fuori davanti a tutti una presunta verità, che lei da tanto tempo pretendeva di conoscere, istigata dal suo orgoglio e dalla sua presunzione.

Anche Monica, sibilando parole minacciose, stava per alzarsi, quando, accanto a lei, le figure di Sofia ed Ilaria si materializzarono all'improvviso, ad oscurare momentaneamente il sorriso della perfidia dipinto sul volto impenetrabile di Rosalba. Fino a quel momento erano rimaste sedute al tavolo d'angolo, dietro di loro, senza farsi vedere, ma Ilaria non aveva potuto evitare di saltare su all'ultima, terribile uscita di colei, che ora la guardava con un ghigno crudele.

Rosalba spense la sigaretta con calma, senza distogliere lo sguardo pieno di disprezzo da Ilaria:

"Guarda chi c'è! Era un po' che non ti si vedeva in paese! Anche stavolta il fidanzato non era quello giusto?"

E scoppiò in una risata piena d'odio.

Ilaria fu trattenuta per un braccio da Sofia, e riuscì solo a sibilare:

"Stai attenta, stai giocando col fuoco!"

Una nuova risata stridula, accompagnata da uno sguardo di sarcastica commiserazione, colpì le ragazze nell'orgoglio. Rita e Monica stavano per aprire bocca, quando Sofia esclamò con sarcasmo:

"Suvvia, ragazze, non sarete mica così stupide da abbassarvi al suo livello? Lo sapete come è fatta, non riesce ad avere ciò che vuole e fa i capricci! Non vuole mica offendere nessuno, è solo che il suo cervello è limitato per capirlo! Lasciamola alle sue innocue elucubrazioni, ed andiamocene!"

L'indifferenza è una delle armi più terribili al mondo, e Rosalba, infatti, serrò le labbra in una smorfia di dispetto, impallidì, irrigidendosi tutta, mentre i suoi occhi si erano fatti piccoli e cupi. Le ragazze le stavano voltando le spalle, quando riuscì a ritrovare la solita freddezza, e, senza scomporsi, gridò in tono acido:

"Ah, già, tu sei l'unica che può saperne veramente qualcosa! Come ho fatto a non pensarci? Sei così brava a tradire quel poveraccio di Franco, che sei la sola in grado di sapere se Filippo è un po', diciamo,'tendente' verso l'americano! Di certo, tu sei riuscita a scoprirlo, perché, anche se all'apparenza ti mostri seria e perbene, poi lo sanno tutti quello che non combini, sotto sotto!"

Nel locale il silenzio era assoluto: gli avventori, del paese e non, erano immobili, a bocca aperta, ad osservare la scena.

Filippo e David non fecero in tempo ad alzarsi per intervenire, perché il peggio era già in atto. Con una mossa fulminea, Ilaria e Sofia, in contemporanea con Monica e Rita, si erano scagliate su Rosalba, gettandola a terra, e ora le tiravano i capelli, la schiaffeggiavano, trascinandola fuori e riempiendola di insulti.

Intanto quella strillava e cercava di dibattersi. Era stata presa alla sprovvista, perché mai si sarebbe aspettata una reazione così concertata e violenta da parte di quelle che riteneva delle stupide inette.

Filippo e David, con l'aiuto di altri uomini, cercarono di fermare quelle furie. Maria era crollata su una sedia inorridita, e balbettava cose senza senso. Perfino il signor Guido con la moglie erano accorsi dalla cucina.

Le ragazze avevano ormai condotto Rosalba sulla piazza, con i vestiti sciupati e sporchi, i capelli in disordine, livida dalla rabbia e dalla vergogna. David, vedendola così, aveva quasi voglia di ridere, perché, stizzita, cercava di rimettersi in ordine, peggiorando ancora di più il suo aspetto e la sua pessima figura.

Con le mani sui fianchi, trattenendo il riso, si rivolse a lei con aria tranquilla, la voce calma, ma ferma, nell'italiano che aveva imparato:

"Se vuoi che tutti sappiano la verità, la dirò volentieri: non sono stato con te perché non mi piaci!"

Ci fu un mormorio alle sue spalle, e molte risatine soffocate.

Con un gesto elegante, le porse una mano per aiutarla a rialzarsi, ma lei, indignata, la scacciò con disprezzo, e si alzò in qualche modo da sola.

Lui le sorrideva, fissandola dritta in faccia con aria serena, senza ombra di astio o rancore. Questo la fece ancora più irritare, ma non riuscì a replicare stavolta, perché sentiva le lacrime di vergogna e di stizza premerle gli occhi. "Non voglio mortificarti, e per questo ti dico che non sono stato con nessuna, perché al momento non mi piace nessuna."

Sorrise guardandosi intorno, prima di proseguire:

"Anche se devo ammettere che ci sono delle belle e brave ragazze qui! Se dovessi scegliere, Filippo non è il mio tipo. Lui mi serve solo per gli affari, ed io adesso devo concentrarmi su quelli.

Tu, piuttosto, impara ad essere meno scortese con gli altri: non fa piacere essere l'oggetto di tanta cattiveria. E poi, guarda come hai ridotto quelle che sembravano delle brave ragazze!"

Indicò in maniera plateale Ilaria, Sofia, Rita e Monica, che erano alle sue spalle, con il viso ancora stravolto dall'ira. Tutti scoppiarono a ridere, ma Rosalba, pallida di rabbia, non trovò di meglio che gettargli in faccia una manciata di terra, prima di andarsene indispettita.

Filippo aveva riportato dentro il locale sua sorella, insieme alle altre ragazze, rimproverandole per aver reagito in modo selvaggio alle provocazioni di quella vipera, così in pubblico, poi. Appariva molto più scosso di quanto avrebbe dovuto.

"Eppure ti ha già fatto tanto male" sbottò Ilaria, con la voce alterata.

Sofia voleva cambiare discorso, perciò tagliò corto:

"Non ci siamo comportate da perfette signore, ma una lezione se la meritava. Anche se continuerà a spargere veleno, almeno ci siamo tolte la soddisfazione!"

Nella sala il rumore di piatti e bicchieri insieme al chiacchiericcio erano ripresi in maniera più animata del solito: i commenti sull'accaduto sarebbero piovuti abbondanti per molti giorni.

Ilaria li invitò a continuare la discussione nel retro della bottega, e qui, inattesa, esplose la sua disperazione:

"Voi non sapete che cosa ha fatto quella a Filippo!"

Suo fratello impallidì, ma non riuscì a fermarla.

"Lui l'amava – e temo che l'ami ancora – ma lei lo ha solo preso in giro, e ora, per di più, va in giro a dire che a lui piacciono gli uomini! E poi ha offeso tutti noi! La deve smettere!"

Ilaria era pallida dalla collera, mentre il fratello non aveva la forza di reagire.

Una voce, l'unica che si era mantenuta calma in quel trambusto, risuonò alle loro spalle, con un forte accento americano:

"Perché non la facciamo finita e ci buttiamo su un bel piatto di spaghetti?" Sofia sentì una inspiegabile scossa elettrica attraversarle il corpo, tanto che non riuscì a sostenere lo sguardo di colui che le si era avvicinato, e la osservava con placida serenità.

Monica gli sorrise:

"Hai ragione! Ci sono cose più importanti a cui pensare. Che ci frega di quella smorfiosa?"

David le dette un bacio affettuoso sulla guancia.

Poi aggiunse serio:

"Filippo, è difficile affrontare certe situazioni, ma non attribuire colpe a te o tua sorella. Io sono specializzato in decisioni sbagliate. Infatti, non ne ho mai presa una giusta!"

Si sforzò di sorridere, poi si rivolse a Rita, e la invitò, con una leggera pacca sulle spalle, ad avviarsi al tavolo con Monica.

Sofia voleva uscire alla svelta dal suo raggio d'azione, si sentiva soffocare.

Però, fu talmente facile defilarsi, che rimase quasi delusa, perché credeva che lui le parlasse, o la trattenesse con una scusa, o, almeno, le riservasse lo stesso trattamento delle altre.

Si sentì stupida, non capiva cosa le stesse passando per la testa, cosa si aspettasse da lui.

Nel frattempo udì David che chiedeva ad Ilaria come mai fosse ritornata prima del previsto.

Ilaria gli rispose che si erano ritrovate con Sofia in città, e avevano deciso di venire a Boscoalto per una pausa di qualche giorno.

Sofia, intanto, si era fermata di proposito lì vicino a parlare con un vecchio compagno di scuola, così da poter ascoltare la conversazione tra Ilaria e David, quando fu interrotta dagli squilli insistenti del telefono.

Si spostò in un angolo per rispondere.

Lupus in fabula. Era Franco.

Nella confusione della sala, e soprattutto della sua mente, non riusciva a sentire bene quello che le stava dicendo. Capì soltanto che era notte fonda in Giappone, e che sentiva la sua mancanza.

Mentre tentava di coprire il rumore con la voce, cercando di rispondergli, incontrò casualmente lo sguardo di David, e all'improvviso lo stomaco le andò su e giù come sulle montagne russe, una stupida felicità s'impadronì di lei, quasi una febbre.

Distolse a fatica e di malavoglia gli occhi dai suoi.

Decise di uscire per potersi concentrare sulla telefonata.

Si sentì il suo sguardo addosso, finché non svoltò nel corridoio che conduceva nell'atrio.

Parlò a lungo con Franco, sotto l'effetto di quella strana ondata di euforia, ma d'un tratto subentrò uno strano senso di colpa. Franco era convinto che quella gioia fosse dovuta alla sua chiamata, non poteva certo immaginare…

Si fece seria e arrossì. In fondo, non aveva mica fatto nulla di male? Oppure aveva volutamente attratto l'attenzione dello straniero? Ma perché? Non era possibile! Si convinse che l'unica spiegazione a quella felicità poteva essere data solo dalla soddisfazione provata quando era finalmente saltata addosso a Rosalba, dalla salute ristabilita di David, e dai sogni finalmente realizzati di Filippo.

Da quel momento, prestò attenzione solo alla conversazione con Franco. Si accorse di sentire davvero la sua mancanza, e, trascinata dall'entusiasmo, prima che potesse rendersene conto, esclamò:

"Vorrei tanto che ti facessi promuovere per restare in ufficio, invece che andare sempre in giro e lasciarmi da sola! Sono quasi dieci anni ormai che viaggi, lo meriteresti un premio, per te e per me, non credi?"

Si stupì lei stessa delle sue parole, non appena le ebbe pronunciate. Ci fu un attimo di silenzio anche dall'altra parte del telefono. Udì un sospiro, poi, con voce calma, lui le chiese di poterne riparlare appena fosse ritornato, la settimana successiva. Stranamente, le parve che qualcosa si fosse incrinato fra loro due, e, prima di terminare la chiamata, avrebbe voluto che le parlasse in modo da farle dimenticare quella sgradevole sensazione. Ma il telefono non è il mezzo adatto per trasmettere gli stati d'animo, specie quando le persone sono così lontane. Si salutarono con il solito affetto, anche se le restarono un lieve disagio ed un'amara malinconia.

A quel punto, non se la sentiva di tornare di là con gli altri. Avrebbe dovuto spiegare, o inventare scuse, o fingere, e, al momento, tutto questo le riusciva difficile. Decise di andarsene verso casa.

Ma il disagio aumentava.

Si voltò indietro un paio di volte, come se si aspettasse che qualcuno la seguisse, la venisse a cercare.

Ma non c'era nessuno.

Rise di se stessa.

Si stava comportando come le ragazze che biasimava, quelle che cercavano *partner* alternativi, quando non avevano il compagno disponibile. Scosse la testa, facendosi beffe di se stessa. E si impose di non pensarci più.

La cosa buffa era che, all'insaputa l'uno dell'altra, stavano combattendo la stessa battaglia. Anche David infatti si stupiva della corrente elettrica che sentiva attraversargli il corpo quando era vicino a Sofia. Non conosceva il significato della parola *amore*, ma era certo che non si trattasse di quello. Eppure, non riusciva a spiegarsi il fastidio che aveva provato nel sentirla parlare con il fidanzato al telefono; il desidero istintivo di proteggerla, non appena era saltata con le altre addosso ad Rosalba; e la rabbia, quando quest'ultima l'aveva insultata.

Aveva un continuo bisogno di vederla, di starle accanto, allo stesso modo di chi, nel deserto, ha bisogno dell'acqua e del cibo.

Sapeva che lei non sarebbe ritornata, anche se sperava di sbagliarsi. Quando Maria venne ad informarli che Sofia aveva telefonato, scusandosi per essere dovuta scappare, a causa di un problema di lavoro, non provò nessuno stupore. Solo delusione ed una profonda malinconia.

Più tardi, cercò di spiegarsi con calma cosa potesse aver provocato in lui tutte queste assurde reazioni, e si convinse, dopo un lungo lavoro mentale, che era una sorta di empatia, un'amicizia a pelle, poiché probabilmente le loro anime possedevano una sensibilità simile.

Non ebbe in seguito l'opportunità di riflettere al riguardo, perché se ne convinceva sempre più. Pensava a lei di frequente, e, anche se non era lì con lui, scoprì che gli bastava rievocare con la mente il suo modo di parlare, di scherzare, di essere, per sentirsi felice.

VII.

I lavori alla villa erano cominciati da qualche mese, anche se venivano rallentati dai capricci del tempo.

Filippo non finiva di rammaricarsi che le concessioni erano arrivate solo a metà ottobre, e invece d'estate, quando sarebbe stato il momento adatto per lavorare, avevano dovuto sudare per preparare una montagna d'incartamenti.

Nel frattempo, comunque, Duilio ed alcuni suoi amici avevano ripulito un po' nei dintorni, rendendo almeno la visuale presentabile.

L'accordo con Filippo, alla quale si unì anche Ilaria, fu stipulato a metà settembre. David avrebbe autorizzato i due fratelli ad usufruire dell'ala posteriore della villa, oltre all'edificio nel retro, insieme ad una parte di parco adiacente, separandoli dal resto della tenuta, che sarebbe rimasta di sua esclusiva proprietà. Tutto questo dietro il corrispettivo di una quota d'affitto dei locali e di una percentuale dei guadagni, che David avrebbe incassato periodicamente.

Il notaio aveva poi definito le particolarità del caso, affinché ciascuno potesse sempre godere della propria indipendenza, qualunque fossero stati i loro rapporti.

Ilaria, intanto, aveva deciso di proseguire la sua carriera facendo servizi fotografici, ma almeno in futuro avrebbe avuto un'ancora di salvezza. Il fatto di trovare un punto fermo, per la prima volta nella sua vita, la faceva stare bene, anche se la rendeva inquieta. Sarebbe stata in grado di mantenere fede ad un impegno con costanza? E se si fosse sentita imprigionata? Per ora cercò di non pensarci, visto che suo fratello non l'avrebbe mai costretta a fare quello che non voleva, quindi avrebbe sempre potuto continuare ad inseguire i suoi sogni.

Anche per David era il primo passo verso la stabilità, una conquista che stava diventando una piacevole abitudine. Prendeva decisioni solo se ne era convinto, finalmente consapevole di poter essere padrone del proprio destino. L'unica voce che riusciva a sentire era quella della sua anima, che egli lasciava libera di esprimersi. Non era sempre facile, c'erano dei momenti in cui si verificavano delle piccole ricadute. Ma, in questi casi, l'amicizia e l'affetto sincero delle persone che lo circondavano, oltre alla soddisfazione di lavorare per costruirsi una casa degna di questo nome, gli davano la forza per superarle.

Il tempo scorreva veloce, ed era passato un anno da quando David era arrivato in quello splendido angolo dell'Italia.
I lavori alla villa fervevano, anche se la primavera tardava ad arrivare.
Comunque, la tenuta aveva già assunto un altro aspetto.
Alla parte posteriore della villa e alla *dependance*, che sarebbero diventate le aree adibite al locale principale, mancavano solo il tetto e l'imbiancatura esterna. Il parco era stato arricchito di nuovi alberi, siepi ed aiuole, in attesa delle piante da fiore. Gli alberi, vecchi di secoli, erano stati potati, le recinzioni rinnovate, erano stati sistemati impianti d'allarme e moderne cancellate. Si stava preparando anche il selciato per il vialone d'entrata ed i vialetti secondari, insieme alle piazzole ed al parcheggio.
Purtroppo pareva cominciata la stagione delle piogge, e gli operai non poterono far altro che sospendere i lavori.
Intanto, Filippo e David, con l'aiuto degli esperti, si misero a tavolino a decidere il programma dell'agriturismo, il personale che occorreva, e tutti quei dettagli che sembrano insignificanti, ma che invece rappresentano la parte fondamentale per il buon andamento di un'attività seria ed efficiente.
Per l'arredamento, avevano provveduto, e così per le forniture. Un'agenzia specializzata si sarebbe occupata della selezione del personale. La tenuta sarebbe diventata una sorta di agriturismo di lusso, con annessi ristorante, pub, ed ogni genere di comfort e di servizio, un luogo dalle atmosfere raffinate, affacciato sul panorama delle meraviglie storiche e paesaggistiche di Firenze e dei suoi dintorni. C'era anche la possibilità di andare a cavallo, giocare a golf, a tennis, praticare il nuoto ed altro ancora, perché Filippo aveva stipulato un accordo di collaborazione con un vicino centro sportivo.
L'organizzazione doveva essere perfetta, in modo tale da farsi conoscere per diventare un punto di riferimento, un marchio inconfondibile. Occorreva un'attenta promozione per pubblicizzare la propria immagine in tutto il mondo attraverso efficaci strategie di *marketing*.

Quando le piogge finirono ed i lavori ripresero, Ilaria ritornò al paese portando con sé Sofia come un trofeo. Infatti, era convinta che solo lei fosse in grado di fare pubblicità alla tenuta, visto il lavoro che svolgeva, e, soprattutto, le qualità che aveva. Sofia era venuta a dare un'occhiata, una specie di sopralluogo, così disse, per poi mandare un fotografo, insieme ad uno staff di giornalisti e di addetti alle riprese televisive. Promise, inoltre, a Filippo ed Ilaria di occuparsi personalmente della promozione presso l'ente turistico della Regione.

Sofia non era più tornata in paese dal giorno in cui era scoppiata la lite con Rosalba. Aveva preferito farsi venire a trovare dai familiari e dagli amici a Firenze, nell'appartamento che aveva in affitto, adducendo il lavoro come scusa. Ilaria le aveva tenuto spesso compagnia, a differenza di Franco, che non c'era mai.

Appena era rientrato dal Giappone, si erano visti a brevi intervalli, per un totale forse di una settimana, e non avevano avuto più né l'occasione, né la voglia di parlare della loro situazione. Sofia si sentiva comunque tranquilla, perché lui aveva sempre preso un'intera settimana di ferie a giugno, e allora, ne era convinta, avrebbero risolto la questione. Forse fu grazie a questa certezza che riuscì a tornare al paese accantonando lo strano disagio che la turbava.

Era una bella giornata di sole primaverile, quando salì a piedi fino alla villa insieme a Filippo ed Ilaria. Maria aveva preparato per loro un cesto pieno di cibarie, che sarebbe bastato per un reggimento.

Da lontano, si cominciarono a sentire i rumori e le voci degli operai al lavoro, ma Sofia rimase a bocca aperta quando vide, per la prima volta, l'entrata della villa. Le parve di trovarsi davanti ad un paesaggio da fiaba: non c'era più nulla di sinistro o spettrale, tanto che non le sembravano più possibili tutte le leggende e le storie truculente che l'avevano accompagnata nei secoli.

Percorsero il viale con ai lati cipressi, querce e lecci secolari, che, rinnovati e sistemati a dovere, se ne stavano impettiti, tutti in fila, come ad omaggiarli al loro passaggio. La villa, anche se non era stata ancora affrescata la facciata, aveva assunto un aspetto maestoso e signorile. Gli odori e la vista la inebriavano. Ogni tanto

Sofia spostava lo sguardo solo per gustarsi la faccia compiaciuta di Filippo.

Mentre erano assorti a contemplare questo spettacolo, all'improvviso si udì un rumore di zoccoli che si stavano avvicinando veloci. In un frusciare di rami apparve loro dinanzi un bel cavallo, dal manto lucido, marrone, con una graziosa macchia bianca sulla testa. Ma fu lo scintillare degli occhi verdi del cavaliere a dissolvere in Sofia la tranquillità che credeva di aver ritrovato. David salutò le ragazze con affetto, scendendo dalla sella e abbracciandole entrambe, ostentando orgoglioso i miglioramenti del suo italiano.

Sofia aveva il cuore che pareva uscirle di bocca, e tremava per la stizza di non riuscire a capire quello che le stava succedendo, per l'ennesima volta, senza poterlo controllare, temendo per di più che lui potesse avvertire la sua inquietudine ed interpretarla chissà in che modo.

Non riuscì a vedere più nulla delle meraviglie che le venivano mostrate. Adesso si concentrò sulla sua situazione, sulle sue assurde reazioni, sul disagio che stava sempre in agguato, ad oscurare la luce della ragione. Mentre era intenta a vagliare le ipotesi più disparate, si chiese alla fine, onestamente, se fosse innamorata di costui.

Lo guardò: era vestito come un cavaliere dell'Ottocento, gli mancava solo la spada. Aveva la solita aria ribelle, coi capelli lunghi e la barba incolta. Ma ciò che più la colpiva erano quegli occhi, che avevano qualcosa di demoniaco.

Si convinse che non poteva essere amore, perché non lo conosceva, e neanche gli interessava, non apprezzava niente di lui, tranne quei maledetti occhi. Oltre a tutte le buone qualità che comunque doveva riconoscergli.

Ma non lo desiderava. Non l'avrebbe voluto sempre accanto a sé, non ardeva per un suo bacio.

Eppure le piaceva pensare spesso a lui, al suo modo di essere, al suo sorriso, che rivelava un'anima provata dal dolore, ma gentile, al calore che emanava, alla sicurezza che le infondeva…

Si accorse che Filippo le stava chiedendo con insistenza un consiglio su degli specchi da sistemare all'entrata del ristorante.

Si riscosse subito dai suoi pensieri "inutili ed inconcludenti" – come li definì tra sé – arrossendo un po' per l'imbarazzo, e cercando di riprendere subito il filo della conversazione, seppure con quegli occhi sempre incollati addosso.

Siccome era davvero felice di poter aiutare i suoi amici, dopo qualche istante di esitazione, si gettò a capofitto nel lavoro, osservando, consigliando, discutendo con tutti loro, e riuscì finalmente ad affrontare lo sguardo di David senza timori.

Erano talmente immersi nelle loro conversazioni, da non essersi accorti che erano quasi le due del pomeriggio, ed ancora non avevano mangiato. Ilaria aveva lasciato la cesta con le provviste appesa al ramo di una grossa querce, davanti alla villa. Siccome l'aria era tiepida, si sedettero su dei pezzi di legna tagliata, e si servirono delle delizie preparate da Maria.

"Non sapevi che David si è già stabilito qui?" sbottò Ilaria con la bocca piena.

Sofia lo fissò stupita, e David si mise a ridere, fingendo un'aria d'importanza:

"Sono già due settimane che mi sono sistemato nella 'reggia'. Effettivamente, non ci sono i mobili, non li ho ancora comprati, e così mi sono fatto dare delle cianfrusaglie dalla gente del paese. Insomma, funziono un po' da discarica!"

Risero tutti. Poi, come illuminato da un'idea, prima di addentare un grosso pezzo di pane con il prosciutto, si rivolse con aria interrogativa alle ragazze:

"Che ne direste di accompagnarmi a scegliere i mobili giù in città? Sono sicuro che da solo non riuscirei a concludere niente. In effetti, è da un po' che continuo a rimandare!"

La sua espressione, che pretendeva scherzosamente di essere afflitta, suscitò invece l'ilarità generale, ma raggiunse comunque lo scopo. Ilaria e Sofia infatti gli promisero che lo avrebbero aiutato. Anzi, Ilaria aggiunse che avrebbero chiamato anche Monica, per scegliere le stoffe, e Rita, che era sempre al passo con la moda.

Finirono il pranzo con calma, conversando in allegria. Mentre Ilaria stava parlando ironicamente, ma con sguardo malinconico, del suo ultimo disastroso lavoro, David si fece serio, sinceramente commosso:

"Sono felice di vederti comunque serena, così come sono stupito di me stesso quando, in certi momenti, mi guardo allo specchio e non ricordo quasi nulla dei miei tormenti passati, dei miei errori. Non che sia cancellato del tutto, è rimasto come un torpore, come la cenere ancora calda sotto il fuoco spento. Ma adesso sono io a controllare me stesso, anche se non sempre ci riesco come vorrei..."

Parve rabbrividire, e fissò lo sguardo altrove.

Ilaria si alzò per avvicinarsi ad abbracciarlo, e Sofia si sentì pervasa da un'altra strana, inspiegabile sensazione.

La tensione fu smorzata dallo spirito combattivo di Filippo, che li invitò ad alzarsi e a riprendere il lavoro.

Il pomeriggio passò in un lampo, e gli operai avevano fatto gli straordinari, anche se erano già andati via da un pezzo, quando il sole cominciò a calare. David esortò gli amici a rimanere con lui, ma Ilaria e Filippo dovevano scendere ad aiutare alla locanda, e Sofia si unì a loro. Lui non obiettò, li salutò con affetto, e si dettero appuntamento per il giorno dopo, di buon mattino.

Sofia fu un po' sorpresa dal fatto che lui non le avesse riservato attenzioni particolari, non avesse mostrato segni d'imbarazzo, o di altre emozioni in sua presenza, né avesse insistito perché rimanesse lì. Ma, in fondo, non era quello che voleva? Cosa le faceva pensare che lui dovesse riservarle un trattamento speciale? E perché, poi? Non le pareva che lui fosse interessato a lei, al di là dell'amicizia e del rapporto di lavoro. Ed era giusto così.

Con questa convinzione, il disagio nel sostenere il suo sguardo diminuì giorno dopo giorno, e alla fine fu certa di aver avuto sempre ragione: tra loro non c'era nulla di particolare, e quelle strane sensazioni erano solo il risultato dell'incontro tra due anime con la stessa sensibilità. Accantonò ogni altro dubbio, e decise che la questione era chiusa, specialmente ora che il lavoro richiedeva tutto il suo impegno, e non c'era tempo da perdere.

Ormai non ce l'avrebbero fatta ad inaugurare l'agriturismo quell'estate: a maggio inoltrato mancava ancora tanto per finire ed organizzare, oltre alle ispezioni da superare. Perciò, contavano di cominciare la campagna di promozione a settembre, per poter aprire a Natale. Non che fosse un buon periodo per un agriturismo, dal punto di vista atmosferico. Però, essendo un momento di festa, potevano organizzare un mega *party*, cercando di accaparrarsi dei personaggi di spicco, qualche *vip* che servisse da richiamo.

Sofia stava tentando di farsi aiutare da un suo collega in Regione, molto amico di un cantante inglese di fama internazionale, che abitava vicino a casa sua. Per ora non c'era nessuna certezza, ci si preoccupava soltanto di seminare per cercare di raccogliere il più possibile.

Filippo si dedicava senza tregua, dalla mattina alla sera ad aggiustare, comprare, selezionare il personale che l'agenzia mandava, ordinare, spiegare, lavorare, e quant'altro riusciva a fare. Si incontrava con gli amici soltanto per compiere il tragitto che portava dal paese alla villa, perché poi ognuno aveva le proprie faccende da sbrigare.

Ilaria fu richiamata dopo tre settimane dal suo arrivo. Pareva ci fosse un importante servizio fotografico da realizzare, e volle tentare anche stavolta.

"Magari diventassi famosa, almeno faccio pubblicità da sola al nostro locale", esclamò, appena il fratello accennò una smorfia alla notizia della sua ennesima partenza.

Ma Filippo, come promesso, non le impedì nulla.

Fu David, invece, che la costrinse a rimandare di un giorno il viaggio, per andare a Firenze a scegliere i mobili, come gli aveva promesso.

E fu davvero una giornata eccitante. Ilaria e Sofia, insieme a Monica e Rita, proponevano a David di entrare nei negozi più stravaganti, additavano gli oggetti più bizzarri, e intanto si divertivano ad osservare la sua faccia, perplessa dapprima, sorpresa e confusa poi, fino a diventare spesso indignata o disgustata. In compenso, al tramonto avevano scelto l'essenziale. Per i lampadari, le tende ed i tappeti, ci sarebbe voluto ancora molto tempo.

Infatti, impiegarono altre tre settimane per trovare quello di cui c'era bisogno. Monica cercò le stoffe più preziose e raffinate. Rita puntò su nuove tendenze e motivi etnici. Sofia, invece, si fece guidare dal gusto del momento. Scoprì di non essersi mai divertita tanto, e di non essere stata così bene in compagnia prima di allora. David si lasciava consigliare, ma metteva anche del suo, senza sminuire il lavoro delle ragazze.

Lui e Sofia erano davvero degli ottimi amici, ormai, e non era successo più nulla di imbarazzante, da quando avevano cominciato a frequentarsi ogni giorno. Forse perché non erano mai da soli.

Comunque, pareva che la tensione allo stomaco di Sofia fosse dovuta al fatto di non conoscerlo bene, e quindi di non saper interpretare i suoi sguardi ed i suoi atteggiamenti.

Inoltre, si sentiva rassicurata dal fatto che Franco la chiamava quasi ogni giorno, anche se rimase delusa quando le annunciò, con voce sconsolata, che per quell'anno le ferie erano state rinviate, poiché c'era un grosso affare in corso e non potevano lasciarlo in sospeso. Le promise che, appena possibile, avrebbe trovato il tempo necessario per stare insieme, e questo servì in parte a consolarla.

Agosto arrivò alla svelta nella frenesia del lavoro.

Ilaria tornava in paese soltanto nei fine settimana. Parlava poco e con cautela del nuovo lavoro, non voleva sbilanciarsi, ma era visibilmente molto eccitata. Anche se si era illusa così tante volte che non voleva crederci.

Quanto a Filippo, era praticamente impossibile trovarlo, tanto che spesso restava a dormire da David.

Dal canto suo, Sofia, per promuovere l'immagine della tenuta, era riuscita a combinare la storia vera con le leggende locali, mescolandole sapientemente. Quando ne parlò con David, egli si mostrò entusiasta. Ricordava come anche lui fosse rimasto affascinato dal racconto di Maria, il primo giorno che era arrivato in paese.

A quel punto, per reperire le fonti necessarie, Sofia dovette rinchiudersi un paio di giorni nella biblioteca del paese. Andò a chiedere aiuto a don Carlo, perché dei volumi erano conservati nell'archivio della parrocchia. Inoltre, contattò una sua collega, per cercare eventuali altri testi anche a Firenze. Ampliò le ricerche su Internet, e ovunque potesse trovare notizie interessanti.

I fotografi ed i tecnici, intanto, erano venuti a fare una specie di sopralluogo, ma sarebbero tornati a settembre, quando i lavori all'agriturismo, almeno sulla carta, avrebbero dovuto essere terminati.

VIII.

Era quasi Ferragosto, e, per una settimana l'Italia si fermò, come ogni anno, per le vacanze.

Perfino Filippo rallentò i ritmi, anche perché era rimasto da solo, tutti avevano chiuso bottega.

Ilaria ritornò per godersi un po' di pace, anche se c'era da aiutare la famiglia alla locanda, dato che i turisti erano molto numerosi. Maria aveva cominciato a fare propaganda all'agriturismo, tanto che David confidò a Filippo ed Ilaria di essere certo che, di lì a settembre, senza nulla togliere al lavoro di Sofia, sarebbe riuscita a far conoscere il locale in tutto il mondo. E ne erano convinti anche gli altri, perché ben conoscevano la loquacità e la dolce invadenza di cui Maria era capace, specie ora che c'era di mezzo la sua famiglia!

L'unica nota stonata, che rovinò in parte l'atmosfera di felice aspettativa, fu la faccia desolata di Sofia all'ennesima telefonata di Franco. A causa del protrarsi dei suoi impegni di lavoro, disse di essere costretto a rimandare le loro vacanze, anche se continuò ad assicurarle che era solo questione di poco tempo.

Sofia aveva dovuto lavorare molto per cercare di ricostruire la storia della villa e del luogo. Stare in mezzo ai libri la faceva stare bene, perché poteva entrare in un mondo tutto suo, dimenticando il resto. Eppure, il tarlo del dubbio e la morsa dell'ansia si insinuavano continuamente nei suoi pensieri, creando congetture, ipotesi, sofferenze. Franco le telefonava anche più spesso, per via dei sensi di colpa che, diceva, lo facevano star male. Ma la rabbia e la frustrazione di Sofia giunsero al culmine all'ennesima richiesta di pazientare.

In una bella mattinata di cielo sereno, era seduta nel giardino della villa, sotto la grande querce. Stava prendendo appunti da uno dei numerosi volumi sparsi sul tavolo di legno, quando squillò telefono. Appena Franco cominciò a cercare di tranquillizzarla, accampando sempre le stesse scuse e continuando a prendere tempo, lei non riuscì più a trattenersi:

"Non puoi pretendere questo da me! Non si può stare insieme per telefono: io non so neanche se ti riconosco, quando ti vedo!

Capisco che è il tuo lavoro, ma, se mi ami come dici, non credo che tu non riesca a trovare almeno mezza giornata, o un'ora per vedermi! Lo hai fatto spesso, in passato. Non ti ricordi più?"

Franco provò a replicare, ma ormai Sofia non gli avrebbe più permesso di proseguire, finché non avesse buttato fuori la rabbia che aveva dentro. Le ultime parole rimbombarono come l'eco di una cannonata:

"Ti avevo chiesto di farti promuovere ad un altro incarico, perché te lo meriti, ma soprattutto per stare un po' di più con me, e ancora non mi hai risposto. Devo dedurre che la carriera è tutto per te, mentre io ho scelto di vivere a Firenze, pur di approfittare anche di cinque minuti per vederti. Dobbiamo parlare a quattr'occhi, e alla svelta! Non provare più a richiamarmi, perché non risponderò. Devi guardarmi in faccia e avere il coraggio di dirmi quello che pensi davvero. Se non ti vedo, significherà che ognuno di noi potrà andare per la propria strada, che non ci saranno più vincoli - ammesso che ce ne siano mai stati - e che ci siamo sbagliati! Hai una settimana per liberarti dai tuoi impegni, dopo di che considerami un fantasma del passato."

E riattaccò senza permettergli di replicare.

Si guardò intorno, e riprese fiato. Era sola. Nel silenzio udiva ancora l'eco delle sue parole, e la collera si trasformò in disperazione. Mentre sprofondava la testa sul tavolo coperto di libri, cominciò a piangere così forte, che più volte le venne meno il respiro. Sentiva il peso, che da tempo aveva sullo stomaco, alleggerirsi piano piano, e diventare meno opprimente. Si lasciò andare, per cercare di lavare via per sempre la sofferenza che l'attanagliava.

Nella quiete della mattina infatti, Filippo aveva udito delle urla, ed era corso nella direzione da cui provenivano. Ma, prima di lui, David, che era nelle stalle a pulire e a dar da mangiare ai suoi due cavalli, si era precipitato per vedere cosa stesse succedendo. Sofia pareva disperatamente costretta a lasciar scorrere tutte le sue lacrime, al punto da non riconoscere neanche chi aveva davanti. I ragazzi si spaventarono, perché non sapevano cosa potesse esserle accaduto di tanto grave da ridurla in quello stato.

Quando, alla fine, la ragazza sollevò la testa, con la faccia rossa e bagnata di lacrime, gli occhi talmente gonfi che non si aprivano nemmeno, David sentì una fitta allo stomaco, che subentrò allo spavento. In quell'istante ebbe una sola consapevolezza: non sopportava l'idea della sofferenza, in generale, ma ora sapeva che non voleva vedere LEI soffrire. Si accorse che il legame con Sofia era talmente forte, da non poter essere spezzato: l'anima dell'uno si perdeva nella disperazione dell'altra.

David osservava Filippo mentre la teneva stretta: anche lui provava lo stesso dolore, ma in maniera diversa. Erano cresciuti insieme, nello stesso luogo, frequentando le stesse persone, condividendo molte esperienze, e per questo egli la considerava al pari di sua sorella.

Lentamente, i singhiozzi si calmarono, ma gli occhi azzurri di Sofia apparivano spenti, come se la luce che vi splendeva fosse stata portata via da uno dei fantasmi della villa, sbucato fuori all'improvviso da uno dei grossi volumi adagiati sul tavolo

David provò una certa inquietudine ripensando alle maledizioni di cui aveva sentito parlare, e che aveva sempre considerato solo leggenda.

Sofia, tornata in sé, cominciò ad asciugarsi gli occhi, e a cercare di nascondere la faccia, che appariva più magra e sciupata. Con voce flebile, si scusò per essersi comportata in modo da farli spaventare. David, che fino ad allora era rimasto in piedi accanto a lei, senza riuscire a muoversi, paralizzato da quell'ondata di sofferenza che si era abbattuta su di lui come un uragano improvviso, si sedette su un tronco lì vicino, e le appoggiò la mano sulla sua.

Fu sorpreso di scoprire che era calda, nonostante il gelido vuoto che traspariva dallo sguardo. D'istinto, la strinse, come per proteggerla, e un'ondata di calore avvolse anche lui, quando sentì che non veniva opposta nessuna resistenza, ma, anzi, sembrava che quella mano desiderasse proprio questo contatto.

Filippo cercò di chiederle cosa fosse accaduto, ma un sussulto la scosse, e delle lacrime apparvero di nuovo ad offuscarle gli occhi. Con una calma algida, quasi inanimata, la voce atona e malferma, riassunse il contenuto della telefonata di poc'anzi con Franco.

Filippo non poté fare a meno di imprecare.

David si limitò a tenerle la mano con dolce fermezza, come se da quel gesto dovesse dipendere la vita di entrambi.

Dopo un tempo che parve interminabile, in un silenzio surreale, Sofia chiese di essere lasciata sola, e li pregò di perdonarla e comprenderla. I due ragazzi si guardarono tra loro, si alzarono lentamente senza dire nulla, rassicurandola soltanto che sarebbero rimasti nei paraggi, se avesse avuto bisogno di aiuto.

Sofia adesso non riusciva più a pensare. Era completamente svuotata dentro, tanto da apparire un vegetale anche fuori, come se un mostro orribile le avesse succhiato tutte le forze. Quando il telefono riprese a suonare, semplicemente lo spense, indifferente a tutto il resto del mondo.

Restò lì, con lo sguardo assente, ad ascoltare il cinguettare allegro degli uccelli, ed il fruscio delle foglie mosse dalla brezza. Sfogliò distrattamente uno dei grossi volumi che aveva sul tavolo, e, mentre alzava la testa per rimetterlo insieme agli altri, vide qualcosa che la fece tornare bruscamente alla realtà, lasciandola senza fiato.

Un'ombra, almeno così le pareva, si era spostata, dal grande leccio dietro le stalle verso la macchia che conduceva nel boschetto della tenuta, in direzione del campo di grano, oltre il vigneto, giù per il pendio, dalla parte opposta alla villa.

Si scosse dal torpore e si stropicciò gli occhi, per essere certa di non essersi sbagliata. Vide chiaramente dei rami bassi e dei cespugli che si muovevano. La paura e la sorpresa le impedirono di gridare per chiamare i ragazzi. Si alzò di scatto, e si mise a correre in direzione delle stalle. All'angolo dell'edificio si scontrò con David, che camminava in senso opposto.

Rimase immobile tra le sue braccia per qualche istante, stordita dall'urto. Quando si scostò da lui, si accorse che era bagnato da capo a piedi, e sembrava anche piuttosto arrabbiato. Sofia, inebriata dal suo profumo e dall'involontario abbraccio, si dimenticò il motivo per cui gli era corsa incontro.

"Maledetto Stardust! Lo sapevo che alla fine il bagno toccava a me!" ringhiò David indispettito.

Il cavallo si era ribellato al suo tentativo di lavarlo, e David stava imprecando nella sua lingua. Era molto buffo, così conciato, e con quell'espressione irritata.

Le chiese subito scusa, e stava per proseguire, quando si fermò di colpo.

"Eri venuta a cercarmi? Come mai andavi così di corsa?" le chiese.

Sofia per un attimo fu indecisa se rivelargli quello che aveva visto, anche se, a dire il vero, non ne era più sicura nemmeno lei. Ma lo sguardo interrogativo di David esigeva una spiegazione plausibile, un "Non è niente!" non sarebbe bastato. Inoltre, non era brava a mentire.

Raccontò allora l'episodio, precisando che le lacrime non le avevano permesso di vedere bene, e che non ne era affatto certa. Lui si mostrò più preoccupato di quanto si fosse aspettata. Il disagio che David aveva provato poco prima, riguardo alla veridicità di certe storie sulla villa, traeva fondamento da questi piccoli episodi.

Non ne aveva fatto mai parola con nessuno dei suoi amici, ma non era la prima volta che vedeva ombre, sentiva strani rumori, ed assisteva a strani episodi, da quando abitava alla villa. Come quando aveva udito un tonfo sordo, e, subito dopo, aveva trovato una torcia, simile a quelle usate nel secolo scorso, abbandonata vicino alla stalla.

Sofia notò che i suoi occhi si facevano cupi, ma egli si affrettò a rassicurarla:

"E' meglio se, per ora, stai tranquilla, e non ti preoccupi. Adesso non è il caso di parlare di queste sciocchezze. Ti prometto che ne discuteremo quando saremo tutti insieme!"

Il suo tono era calmo, ma deciso, e Sofia non poté fare obiezioni.

In quell'istante però arrivò di corsa Filippo, pallido e stravolto. Ansimava forte e non riusciva a parlare. Capirono soltanto che dovevano chiamare i pompieri, perché era scoppiato un incendio nel retro del ristorante.

Sofia si affrettò a cercare aiuto.

David scappò via senza dire nulla.

Filippo e Sofia cercarono di usare gli estintori e di gettare acqua, in attesa dell'arrivo dei pompieri.

Fu come un terribile incubo, perché i danni erano ingenti, ed andavano ad aggiungersi al notevole ritardo nello svolgimento dei lavori.

Inoltre, a peggiorare la situazione, avevano cominciato a diffondersi strane voci sul posto, tanto che Filippo temeva di dover abbandonare il progetto, dopo aver speso tanti soldi e tante energie. La disperazione stava prendendo il sopravvento, alimentata dal senso di impotenza e di frustrazione.

Dopo che i pompieri furono andati via, Sofia ripose i libri in una delle enormi stanze completamente rinnovate della villa, Filippo si chiuse alle spalle quel che restava del locale, e, quando ebbe finito nella stalla, David li fece accomodare nella grande camera d'ingresso, che aveva adibito a dimora. Il massiccio portone blindato in stile ottocentesco aveva sostituito quello rosicchiato dal tempo. All'interno della villa furono piacevolmente accolti dal fresco, tipico delle antiche abitazioni.

Sofia rimase incantata da come David aveva sistemato le poche cose che gli erano state donate in paese. Da una parte, una rudimentale cucina, con un vecchio acquaio. Accanto, una stufa decrepita, ed una dispensa arancione scrostata, con le gambe piegate, piena di piatti, bicchieri e pentole lucidissimi. Di fronte, un grande tavolo rettangolare di legno, abbastanza frequentato dai tarli, ricoperto da una tovaglia plastificata dai colori vivaci, e delle sedie impagliate un po' storpiate. In mezzo alla stanza, che aveva il pavimento protetto da vecchi stracci, per evitare di sciupare il nuovo marmo pregiato, un enorme sofà, rivestito da una specie di coperta di un bel rosso vivo. Al lato opposto, un letto a baldacchino, anch'esso un po' tarlato, e delle tende di seta finissime color avorio. Accanto c'era una piccola porta, che dava in uno dei bagni di servizio, grande quanto la metà della camera, tutto rimesso a nuovo, con delle lussuose rifiniture , marmi e specchi.

"Questa è la mia reggia! Fino a settembre non mi saranno consegnati né mobili, né tende, né tappezzerie, né nulla! Per ora, non è poco, non vi sembra?" dichiarò compiaciuto.

Era entusiasta ed orgoglioso di quello che era riuscito a concludere, con la propria volontà e con l'aiuto degli amici.

"Non avrei mai creduto di essere capace di fare qualcosa!" confessò ridendo. Ma, dal tono malinconico, si capiva che ancora gli tornavano in mente dei brutti ricordi.

Furono interrotti all'improvviso da una voce familiare, che li stava chiamando. David si affacciò ad una delle grandi finestre, e la invitò ad entrare, aprendole il portone. Era Ilaria, appena ritornata dalla città, che portava a fatica un enorme cestino. Sua madre, al solito, temeva che "i suoi ragazzi", come li chiamava, non avessero cibo a sufficienza.

Ilaria appariva raggiante, ma alle domande insistenti degli amici continuava a rispondere:

"Non mi fate parlare, perché porta male! Non c'è rimasto molto tempo, ormai, e poi vi dirò tutto, e spero anche di più!"

Fu messa al corrente di ciò che era successo, anche se già l'avevano informata alla locanda. Dapprima, se la prese contro gli ignoti attentatori, ma subito dopo, con il suo solito ottimismo, cercò di convincere il fratello che avrebbero rimesso tutto a posto meglio di prima.

Si sedettero a tavola per pranzare, visto che fuori era troppo caldo. Fu piacevole godersi il fresco ed il cibo, per una breve pausa di momentanea tranquillità. Ma, alla fine, David dovette affrontare l'argomento, prendendo spunto dall'incendio di poche ore prima:

"Mi dispiace non avervi detto niente fino ad ora, ma non pensavo che fossero eventi significativi. Stanno succedendo cose strane. E' da un po' che mi capita di vedere ombre che si muovono tra le piante. Ho trovato una torcia davanti alle stalle. E anche l'episodio di oggi, l'incendio, è scoppiato quando Sofia ha visto quell'ombra. Non credo alle leggende, probabilmente è solo una suggestione, eppure..."

Filippo fu d'accordo:

"C'è qualcuno che vuole spaventarci, facendoci credere che ci sono davvero i fantasmi! Sarà inutile fare una denuncia contro ignoti, come per l'incendio, ma avviserò comunque il maresciallo, chiedendogli di non farne parola con nessuno. Non ci deve essere niente di ufficiale, altrimenti si diffonderanno notizie ancora più disastrose di quanto non lo siano già. In quel caso, saremmo rovinati, ed il misterioso sabotatore avrà raggiunto il suo scopo!"

Ilaria era preoccupata:

"E se fosse davvero la maledizione della villa? Io non ho mai creduto fino in fondo alle storie che si raccontano, ma ho sempre avuto un certo timore di questo posto, forse perché era tutto desolato! Ora, devo ammetterlo, l'aspetto della tenuta è luminoso, splendido, però resta un certo non so che..."

Già Filippo cominciava ad irritarsi per quello che, a suo parere, era un attacco di irrazionalità da parte della sorella, quando anche Sofia non riuscì a smentirla:

"Dai libri che ho consultato – ancora non tutti, in verità – sembra che le fonti siano autorevoli. Cioè, non si tratta di vecchi ubriaconi o di pazzi mitomani, ma di personaggi stimati per la loro perizia storica. In certi casi, anche loro erano convinti che si trattasse solo di leggende, fino a quando non si sono trovati di fronte all'evidenza. Ad ogni modo, pare che nel grande incendio di fine Ottocento, quando i proprietari erano i Signori Malerba, in molti avessero visto le due figure che correvano attraverso le fiamme, urlando, e la descrizione fornita dalle testimonianze sarebbe stata perfettamente corrispondente a quella degli amanti."

Filippo scuoteva la testa: non riusciva a credere che si potesse prestare fede a delle leggende.

David era in piedi davanti ad una delle finestre aperte, e si godeva la leggera brezza che attraversava il giardino. Per qualche istante regnò il silenzio, rotto solo dal frinire delle cicale. Un merlo andò a posarsi nella fioriera sul davanzale, e pareva stupirsi di quella quiete, mentre si guardava intorno curioso. David si mosse lentamente, e quello fece un piccolo balzo, ma rimase al suo posto.

Fu quando Filippo esplose, dando un pugno sul tavolo, che il gruppo intero si riscosse, e l'uccello volò via spaventato:

"Non sopporto questa tensione! Vado in paese a parlare col maresciallo, così non dovrò più sentire queste stupide storie!"

E, prima che qualcuno avesse il tempo di ribattere, aveva già oltrepassato il portone, se ne era andato giù per il viale in sella alla sua bici, ed era scomparso.

Ilaria gli corse dietro per cercare di calmarlo.

Anche Sofia voleva andarsene, per tentare di scacciare l'ansia di quel giorno, in cui tutto pareva andare storto.

"Perché non vieni anche tu a dormire in paese, stanotte? Siamo un po' nervosi, abbiamo bisogno di rilassarci un po' " propose a David con aria assente.

Ma lui scosse la testa:

"Non ho paura dei fantasmi, né di chiunque altro. Ormai ho imparato, a mie spese, di chi e di che cosa devo avere paura."

Sofia tentò di sorridere, cercando di dissimulare l'imbarazzo e l'agitazione che quegli occhi verdi avevano suscitato in lei per l'ennesima volta.

Mentre gli voltava le spalle, il suo cuore batteva all'impazzata.

Si aspettava un gesto, una parola, perché quel silenzio le faceva male, le veniva da piangere.

E un'idea, terribile, devastante, le balenò in testa come un lampo a ciel sereno: e se la sua mente avesse usato il recente comportamento di Franco come un pretesto per assecondare il suo cuore? In fondo, erano molti anni che stavano insieme, ma nel tempo si cambia, cercò di ragionare, ed ora entrambi avevano esigenze diverse, o almeno lei ne aveva. Però lui non aveva mai rimandato così a lungo il loro incontro, anche se era sempre stato un arrivista...

Ma se tutte le sue convinzioni fossero state sbagliate? O peggio, se avesse cercato di dare un'interpretazione di comodo a sentimenti e fatti, per avere la coscienza pulita? Aveva manipolato se stessa, ingannandosi, reprimendo l'istinto, per convincersi forzatamente con la ragione che era tutto sotto controllo, e che non poteva esistere quello che invece provava realmente? E aveva il coraggio di riversare tutta la colpa su Franco, quando invece era il suo cuore ad essersi rifugiato in un posto segreto, che lei si rifiutava di rivelare?

Sentì che le mancava l'aria. Si affrettò verso l'uscita, salutando David senza voltarsi, e promettendo di portare via i libri il giorno dopo.

Non lo sentì rispondere, così, d'istinto, si girò per guardare nella sua direzione.

Non avrebbe mai dovuto farlo.

La stava osservando in una maniera che la spaventò a tal punto da farle sobbalzare lo stomaco. Si sentì irrigidire, e fu assalita da un caldo insopportabile, tanto che pensò di trovarsi alle porte dell'inferno.

Stava per perdere il controllo della sua razionalità e di se stessa.

Voleva fuggire, ma le gambe non rispondevano ai comandi.

All'improvviso fu travolta da un'ondata di felicità, tanto potente, quanto inaspettata, che le fece salire un groppo in gola. Trattenne il respiro, sperando di trattenere con esso anche l'attimo.

David ebbe un sussulto. Le voltò le spalle, e, senza aggiungere altro, scomparve in uno dei corridoi bui e vuoti della villa. Sofia sentì l'eco dei suoi passi che si allontanava, ed una porta che si chiudeva. Poi, scese di nuovo il silenzio.

Allora si chiese se non avesse lavorato troppo con l'immaginazione. Magari, aveva fatto anche la figura della stupida, mettendolo in imbarazzo.

Il cuore ancora in tumulto, decise che per quel giorno ne aveva decisamente abbastanza. Non volle più pensare. Camminò come un automa fino alla fine del viale, prese la bicicletta, si calcò bene in testa il cappellone. Scacciò la sensazione di sentirsi osservata, lasciandosi andare nella discesa che portava al paese, gli occhi semichiusi, l'aria calda come un soffice massaggio sul corpo.

E intanto David, accovacciato in un angolo della sala grande, ancora tutta vuota, al secondo piano , si stava chiedendo anche lui che cosa fosse successo nel suo cuore.

IX.

I giorni che seguirono furono inaspettatamente tranquilli, e non capitò più nulla di strano.

Filippo, dopo aver parlato con il maresciallo, ed aver ottenuto il suo appoggio, era più attivo che mai.

I danni provocati dall'incendio non erano gravi, ma, finché non fossero terminate le ferie d'agosto, non c'era speranza di trovare qualcuno per le riparazioni.

Mancavano solo un paio di settimane a settembre, e l'impazienza di Filippo fu tenuta a freno dalle tante altre faccende che restavano da sbrigare, con l'aiuto di Ilaria e David, qualche volta anche di Sofia, Monica e Rita, quando era loro possibile.

In una di queste occasioni, Sofia ricevette la telefonata dall'agente del cantante inglese, Lion, a cui tanto avevano fatto la corte: gli confermava la sua presenza per l'inaugurazione della vigilia di Natale.

Lion aveva accettato volentieri, perché conosceva e stimava il collega di Sofia, ma soprattutto perché aveva sentito molto parlare della villa, e le voci dei fantasmi che circolavano al riguardo lo affascinavano molto.

Finalmente pareva che qualcosa cominciasse ad andare per il verso giusto. Questa ventata di ottimismo faceva lavorare sodo i ragazzi, nonostante il caldo afoso e la penuria di mezzi, per via delle ferie.

Di lì a poco, però, l'ultimo giorno che Sofia aveva concesso come *ultimatum* a Franco arrivò a turbare questa relativa tranquillità.

Quando ormai disperava di rivederlo, lo sentì arrivare, mentre stavano lavorando al locale, ed ebbe un tuffo al cuore.

L'ansia prese il sopravvento. La notte precedente non aveva chiuso occhio, pensando a lui, alla loro storia, e a come fossero cambiati entrambi, ancora non rassegnata ad accostare la parola 'fine' alla loro relazione.

Gli andò incontro, e si abbracciarono a lungo.

Non riuscì a parlare, ma non poté trattenere lacrime di commozione. Non lo vedeva da così tanto tempo, ed era ancora più affascinante di come lo aveva lasciato. Era vestito senza la solita giacca e cravatta, i capelli scuri e gli occhi neri, profondi.

"Mi dispiace!" riuscì a dire soltanto.

Sofia fu felice di vederlo emozionato, anche se temeva di sbagliarsi, visto che ultimamente non aveva una grande capacità di discernimento.

Sedettero sotto alla grande quercia. Ella notò con piacere che lui non le lasciava la mano, e continuava a guardarla senza staccare gli occhi dai suoi. Quando meno se lo aspettava, la baciò con dolcezza, come se davvero nulla fosse cambiato.

Poi Franco cominciò a spiegare:

"Non sai quanto mi sei mancata, ma non potevo tornare a casa per un giorno, perché non mi hanno mai concesso un attimo di riposo. Gli unici momenti di *relax* li trovo mentre sono in volo da una parte all'altra del mondo, perché ora ci sono grandi cambiamenti in atto, delle fusioni importanti. Ho provato più volte a chiedere una pausa, ma il direttore ha sempre lasciato la mia domanda sul tavolo, senza neanche guardarla."

Il tono di Franco stava diventando serio, e Sofia trattenne il respiro, sperando di non udire quello che non avrebbe voluto, pregando che lui spazzasse via tutti i dubbi e le incertezze, augurandosi che tutto tornasse come era prima.

Lui continuò:

"Purtroppo siamo arrivati al punto che tu hai dovuto darmi un *aut-aut*, ed io ho dovuto penare per poter essere qui adesso. Ho discusso a lungo con il direttore, ma anche lui mi ha dato un *aut-aut*."

Fece un profondo respiro, e proseguì con calma:

"Alla fine sono riuscito ad ottenere quello che si può considerare il massimo. Ho firmato un accordo: quando l'azienda sarà ufficialmente risistemata, avrò il posto che ho chiesto, quello che mi permetterà di non viaggiare più così spesso e di rimanere con te tutto il tempo che vuoi."

"Quando?" si limitò a chiedere Sofia.

Lui la strinse forte a sé, quasi temesse di vederla fuggire, e rispose in un soffio:

"Probabilmente, la fine del prossimo anno."

Lei si liberò subito dall'abbraccio, in un impeto di rabbia e frustrazione. Prima di dargli l'opportunità di aggiungere altro, si allontanò di qualche passo, e, sconvolta, sibilò:

"Se pensi che sia così stupida da credeгti ancora ti sbagli! L'anno prossimo troverai altre scuse per rimandare, perché non te ne frega niente di me, né di nessuno! Non è possibile che, con le tue capacità, e la tua esperienza, tu non riesca a trovare di meglio, per il bene di tutti e due, della nostra relazione. A te interessa soltanto la carriera, e, se l'ho sostenuta, perché agli inizi era giusto per entrambi, adesso non voglio essere solo io a sacrificarmi per un rapporto che non esiste. Perciò, da oggi sarò un problema in meno per te, anche se negli ultimi mesi non è che ti abbia dato tanto fastidio! Facciamo finta che ci siamo sbagliati. Adesso sei libero di andare per la tua strada, ed io per la mia!"

Sentendo che la voce si stava per incrinare, scappò verso le stalle, per fuggire da quell'incubo.

Franco cercò di seguirla.

Ilaria aveva assistito alla scena da lontano, e provò ad andare incontro all'amica.

Ma Sofia non voleva nessuno accanto: si era nascosta nella stalla insieme a Stardust, che le accarezzava i capelli con il muso. Non riusciva neanche a piangere, ormai, di lacrime ne aveva versate anche troppe. La rabbia e l'orgoglio avevano preso il sopravvento.

Quando Franco riuscì ad avvicinarsi, il suo sguardo gelido lo bloccò. La conosceva abbastanza bene da sapere che era la persona più generosa del mondo, ma, se si sentiva ferita, riusciva ad essere la più dura ed inflessibile.

"Non posso pretendere che tu mi creda, questo è vero, c'è solo la mia parola che non ti ho tradito, e che la lontananza non ha cambiato niente, dentro di me, nei tuoi confronti. Sono stato e sono un egoista, lo riconosco. Ho tirato troppo la corda, approfittando della tua pazienza. Eppure non posso stare senza di te, sei troppo importante. Purtroppo non sono così coraggioso – o forse, come pensi tu, sono troppo ambizioso- per abbandonare tutto da un momento all'altro. Ho lottato per trovare una soluzione, ma non è abbastanza per te, e ne sono consapevole. So che mi odierai per questo, ma spero che tu ci possa ripensare. In fondo è solo un anno, e stavolta c'è nero su bianco: se non credi a me, credi almeno alla carta bollata."

Esitò un istante, per cercare di sostenere lo sguardo carico di rimprovero di Sofia. Poi aggiunse:

"Starò via un mese esatto, poi tornerò in città per una settimana. Ti prometto che farò di tutto, purché tu mi perdoni e capisca quanto ti voglio bene."

Franco sapeva che ora non gli avrebbe permesso di avvicinarsi per salutarla. Si limitò a sfiorarle un braccio, che lei allontanò subito.

Salì lentamente in auto, sperando che lei lo richiamasse. Dopo alcuni attimi, che parvero interminabili, mise in moto e partì.

Fu allora che Sofia cominciò a piangere, in silenzio, abbracciata a Stardust, e lasciò le lacrime scorrere, mentre vedeva Franco allontanarsi nella nebbia che le offuscava lo sguardo. Era come se una parte di sé fosse andata via per sempre.

Sentiva che, qualunque fosse stato l'esito finale, qualcosa era cambiato irrimediabilmente, triste epilogo di una fase incerta e mutevole della sua esistenza. Pensava che il dolore l'avrebbe certo uccisa, o, quanto meno, le avrebbe annientato l'anima.

Nei momenti più difficili, a volte, senza una ragione apparente, vengono alla mente delle immagini, che, in quell'occasione sembrerebbero fuori luogo. Così, per un istante, Sofia vide, o almeno, le parve di vedere i due amanti, Carolina e Reginaldo - così come erano raffigurati nei libri che aveva consultato - che correvano sul prato, tenendosi per mano, inseguiti dal feroce Aristarco.

Ebbe paura di aver perso il senno.

Non riusciva più a muoversi per lo spavento, si sentiva mancare il respiro… Poi si sentì afferrare da una mano forte e gentile. Allora chiuse gli occhi, e non volle pensare più. Lasciò le lacrime scorrere, mentre si aggrappava disperatamente al braccio che la sorreggeva.

Quando si risvegliò, era distesa sul grande sofà rivestito di rosso, al centro della sala.

Come spesso accade, dopo un forte turbamento interiore, non riusciva a ricordare con esattezza che cosa fosse accaduto, e perché si trovasse lì. Si sforzò di riportare alla mente gli eventi: era al lavoro nel locale e poi, ecco, era arrivato Franco.

Una fitta terribile le trapassò lo stomaco e la gola. Scacciò il resto del ricordo, e si alzò in piedi di scatto, quasi per fuggire da esso. Ma era troppo debole, e ricadde seduta.

Si ricordò di non aver mangiato dal giorno prima, e vide che sulla tavola apparecchiata le erano stati lasciati dei piatti. Una brezza fresca e la luce obliqua del sole indicavano che era pomeriggio avanzato.

Mentre il cibo, a fatica, pareva darle un po' di sollievo, o almeno un po' di forze, impose a se stessa di fare il possibile per non preoccuparsi di questa faccenda per tutto il mese. Aveva bisogno di sentirsi libera di pensare ad altro, di vuotare la mente, per fare luce nella sua anima confusa, strapazzata, lacerata dal dolore di una ferita fresca.

A settembre avrebbe stabilito che cosa fare. Procrastinare le serviva come balsamo, illudersi di poter rimandare decisioni sofferte la incoraggiava ad andare avanti con fiducia. Sarebbe stato inutile disperarsi adesso. Poteva solo sperare che il trascorrere del tempo portasse una soluzione, un cambiamento, una svolta.

Decise di pensare solo al lavoro, visto che aveva molto da fare prima dell'arrivo dei fotografi e dei *reporters*. Sapeva che era più facile a dirsi che a farsi, ma contava sull'aiuto dei suoi amici.

Ilaria, infatti, giunse di lì a poco, scrutandola con aria preoccupata. Non le chiese nulla, anzi, un sorriso di eccitazione le illuminò il volto:

"Lo sai cosa ha proposto Filippo? Una settimana al mare! Ha chiamato un amico, che ci ospita a casa sua insieme ad altri ragazzi! Non è meraviglioso? Finalmente una vacanza tutti insieme a Porto Santo Stefano!"

Sofia sentì un'ondata di calore scaldarle il cuore. Era quello di cui avevano davvero bisogno, fare una pausa e allontanarsi da lì, per raccogliere le forze necessarie a continuare a lottare.

Quando Filippo entrò, si accorse subito che la sorella aveva già rivelato i suoi propositi, e la rimproverò bonariamente per la sua invadenza. Ma ormai Ilaria era già proiettata verso la vacanza, e non riusciva a controllare l'entusiasmo.

La partenza fu fissata per l'indomani, di buon mattino.

In loro assenza, Duilio avrebbe pensato alla tenuta e ai cavalli, con l'aiuto del nonno di Sofia e di un paio di uomini. Il maresciallo avrebbe fatto dei controlli quotidiani.

David però non era del tutto convinto.

Era felice della vacanza, ma avvertiva un lieve disagio, che imputò al fatto di temere altri incidenti e stranezze.

"E' per questo che ci prendiamo una pausa", replicò Filippo di fronte ai suoi dubbi, quando furono rimasti soli. "Un po' è perché abbiamo tutti bisogno di riposo, ma più che altro dobbiamo riprendere il controllo di noi stessi. Sofia deve prendere una decisione, per quanto riguarda la sua relazione con Franco. Ilaria deve pensare alla carriera, e, anche se non lo dice, ad un fidanzato come si deve. Io, per togliermi dalla testa lo stress, le disavventure, i problemi, lo studio arretrato, le cattiverie della gente, e di Rosalba in particolare…"

David lo guardò con aria interrogativa.

Filippo aggiunse:

"Mi sibila frasi minacciose, me la trovo davanti continuamente, pronta a spararmi in faccia frasi velenose, mi fa dispetti di ogni tipo. E' insopportabile!"

Era visibilmente scosso, e quando David provò a chiedere: "Ne sei sempre innamorato, vero? La odi, ma non puoi farne a meno, non è così?", egli cercò di negare l'evidenza. Ma poi dovette ammetterlo, con tutto il dolore che questa consapevolezza portava con sé:

"La mia anima non ha mai goduto di buona salute, e, proprio quando credevo di aver trovato la strada giusta, ho capito che non sarà mai possibile stare in pace con me stesso, e forse neanche con gli altri. A volte mi sento strano, ho delle sensazioni bizzarre ed incontrollabili, che non riesco a spiegarmi."

Lo sguardo di Filippo si fece all'improvviso indagatore:

"Anche tu sei innamorato, non è vero?"

Filippo sorrideva, ma David si sentì sprofondare nel vuoto a questa domanda inaspettata:

"Sinceramente, non so cosa voglia dire amare, né riconosco quello che è bene e buono. Questo è il mio più grosso problema. Cerco di farmi guidare dall'istinto e dal cuore, ma non ne sono capace, forse ho troppa paura, oppure non conosco o non voglio ascoltare la sua voce."

Filippo gli mise una mano sulla spalla:

"Non puoi riconoscere l'amore, se non ti lasci andare. Ogni volta che avverti qualcosa di insolito, hai paura che sia negativo, e scappi. Ma queste cose accadono senza che tu lo voglia, e non è sempre detto che siano un bene. Né, per questo, tu le potrai evitare. Prima devi verificare di cosa si tratta, affrontarlo a viso aperto: solo allora lo riconoscerai, e saprai come comportarti, senza neanche pensarci. Anzi, meno pensi, meglio è!"

David aveva capito cosa intendeva Filippo, anche se non servì a fare ordine nella sua mente confusa.

Si sentirono entrambi sollevati per aver condiviso un peso più grande di loro, pur non avendo trovato nessuna soluzione. Sperarono che questa vacanza servisse a riflettere, a mettere le carte in tavola, per poter decidere finalmente del loro destino.

La mattina seguente, quando arrivarono nei pressi di Porto Santo Stefano, il cielo si era un po' offuscato, e dei nuvoloni neri erano comparsi in lontananza.

La casa di Marco, l'amico di Filippo che li avrebbe ospitati, era a metà della collina che si affaccia sul porto. Da lì si godeva lo spettacolare panorama del mare, delle isole in lontananza, delle forme sinuose e verdeggianti dei boschi del promontorio dell'Argentario. I riflessi dorati del sole contrastavano con l'acqua scura come il cielo, mossa solo dalle increspature argentate create da una leggera brezza, che gonfiava a malapena le vele dei naviganti. La cittadina era affollata da turisti sonnacchiosi che, con asciugamani ed ombrelloni, cercavano di accaparrarsi un posto nelle piccole spiagge nascoste tra spuntoni di roccia e vegetazione selvaggia. Altri, invece, sedevano sui pontili delle imbarcazioni ormeggiate al porto, assaporando l'inizio di una nuova giornata di vacanza.

La casa di Marco e della sua compagna, Debora, era una villetta a tre piani, colorata di rosa all'esterno, con tanti fiori ed un bel giardino. Accolsero calorosamente gli ospiti, dimostrando l'enorme affetto che nutrivano per Filippo. In particolare, Marco e Filippo erano stati compagni di liceo, avevano frequentato gli stessi ambienti e le stesse amicizie, avevano condiviso tutte le loro esperienze, e la stima reciproca era rimasta immutata, a dispetto della lontananza, delle scelte diverse, degli impegni di ciascuno.

Grande fu la gioia di Filippo quando entrarono nel vasto atrio, ed una piccola bambina di circa due anni gli andò incontro chiamandolo 'zio'. Non pareva più lui, tanto è vero che Sofia si chiese da quanto tempo non lo vedeva così felice. Teneva la piccola Angela, sorridente, in braccio, la riempiva di coccole e di complimenti, oltre che dei regali che le aveva portato.

Marco, intanto, si offrì di prendere i loro bagagli, mentre li faceva accomodare in salotto.

"Per adesso, sedete e rinfrescatevi. Debora, porta qualcosa da bere e da mangiare. Oggi dovrebbero arrivare anche Edoardo, Nicola, Catia e Eleonora, forse anche Francesco. Così stiamo tutti insieme!" li informò Marco.

Marco era un ragazzone biondo, con gli occhi scuri, e l'aria bonaria. Debora era una bella ragazza, mora, con gli occhi dello stesso azzurro dell'acqua del mare, l'aspetto curato, dei modi eleganti e gentili.

Sofia non poté non notare quanto le occhiate tra lei e David fossero insistenti, come se si conoscessero già. Ma, in fondo, si sentì sollevata dal fatto che le attenzioni di lui si fossero spostate altrove. La partenza da casa, l'aria di mare, l'accoglienza degli amici, il clima sereno e tranquillo, le facevano già l'effetto di un massaggio rilassante: sentiva che la rabbia e la tensione dei giorni scorsi lentamente sfumavano come in una nebbia confusa.

Debora mostrò loro le camere, una accanto all'altra, al secondo piano, entrambe con la veranda comunicante che dava sul lago. La stanza di Sofia ed Ilaria era grande ed accogliente, arredata con gusto moderno e raffinato. In ogni stanza c'era un bagno, ed un altro si trovava anche a metà del lungo corridoio.

Marco spiegò ai ragazzi che avevano una tata per badare alla bambina e alla casa, che, effettivamente, era troppo grande per tre persone. Però lui era nato ed aveva vissuto tra quelle mura, ed era così attaccato a quel luogo, che preferiva invitare degli amici per tenerlo occupato, piuttosto che venderlo. Nel frattempo, mostrò loro la casa, raccontando gli avvenimenti della sua vita e della sua famiglia, ma soprattutto fu curioso di conoscere le novità sull'agriturismo di Filippo e David.

Sofia invece si era seduta sul letto. Accanto a lei, Ilaria si era distesa ad occhi chiusi. Nessuna delle due mostrava la minima voglia di disfare le valigie. Sofia respirava la brezza che veniva dalla finestra aperta, e rabbrividiva della piacevole sensazione di libertà. Le chiacchiere ad alta voce degli uomini nella stanza accanto impedirono loro di sonnecchiare, così presero dalle valigie qualcosa per cambiarsi, e scesero a fare una passeggiata. Invitarono anche Debora ad uscire con loro, ma doveva badare alla bimba per fare colazione.

Si avviarono perciò a passo lento, senza quasi parlare, facendosi cullare dal piacevole torpore che segue ad una corsa sfrenata. I negozi della cittadina erano pieni di *souvenirs*, ma c'era anche abbigliamento, sport, un piccolo supermercato, e tutto quello che poteva servire non solo ai turisti, ma anche a chi viveva lì tutto l'anno.

Quando arrivarono al porto, l'odore del pesce si fece intenso. Le nuvole nere si allargavano a tratti, lasciando filtrare la luce del sole d'agosto. Un pescatore, che stava rammendando delle reti, guardò il cielo, e vaticinò al suo compagno che nel pomeriggio ci sarebbe stato un temporale.

La pigrizia indolente delle ragazze le costringeva di tanto in tanto a sedersi, ma era bello farsi carezzare dal vento, che diventava sempre più caldo e più forte. Non c'era molta gente a quell'ora, a parte i pescatori e gli aiutante di servizio nelle imbarcazioni. Una motonave per il giro turistico all'Isola del Giglio stava attraccando. Quando cominciarono a scendere i primi passeggeri, Ilaria si riscosse all'improvviso ed esplose in un urlo di gioia:

"Edoardo, brutto bestione! Sei venuto a rovinarmi le vacanze?"

Un ragazzo moro e robusto, con dei bei lineamenti, si avvicinò sorridendo e abbracciò Ilaria. Lo seguivano un tipo magro dai capelli rossi, Nicola, una ragazza castana dall'aria comune, Catia, ed un'altra, che pareva la sua gemella bionda, Eleonora. Per ultimo, Francesco, un ragazzo castano ed altissimo, con due profondi occhi scuri. Sofia rimase molto colpita da lui, e notò quanto fosse diverso dal resto del gruppo. Infatti, mentre Edoardo e Nicola avevano l'aria bonaria e scanzonata, mentre le due signorine si atteggiavano a damigelle snob, lui pareva a disagio, come se si chiedesse ad ogni passo cosa ci facesse lì.

Mentre risalivano verso casa, Ilaria animò la compagnia, e si intrattenne in particolare con Edoardo – erano amici da tempo, perché lui faceva il fotografo. Sofia, invece, si tenne volutamente in fondo al gruppetto, non perché si sentisse esclusa, anche se conosceva tutti, più o meno, ma solo per stanchezza ed inerzia.

In breve furono alla villetta, ed i saluti si sprecarono, a tal punto che l'atmosfera rarefatta e silenziosa si riempì delle risate festose e delle chiacchiere in piacevole compagnia.

Sofia non aveva davvero la forza di partecipare a quei pur giustificati convenevoli. Si sentiva stremata. Restò quanto bastava per non apparire sgarbata, poi trovò una scusa, e sgattaiolò in camera sua.

Quando ebbe richiuso la porta della stanza, ritrovò finalmente il silenzio, rotto solo dal vociare dei gabbiani, dal frusciare del vento e dallo sciabordare delle onde del mare sottostante. Fece un bel respiro, e si mise a sedere in terrazza, ad assaporare quell'aria leggera ad occhi chiusi. Sentiva le membra che si distendevano, ed il sonno che prendeva lentamente il sopravvento.

Si alzò per andare a distendersi sul letto. Aprì appena gli occhi, l'indispensabile per trovare la strada giusta, ma senza sciupare la sensazione del torpore, e, in quell'istante, le parve di vedere un'ombra che rientrava nella camera accanto. Eppure era sicura che fossero tutti di sotto. Riaprì del tutto gli occhi, il cuore accelerò i battiti. Si mise in ascolto. Ma sentì soltanto che i nuovo arrivati venivano fatti accomodare al terzo piano. Decise di non pensarci: di certo era stata una tenda, che il vento aveva fatto agitare fuori dal finestrone aperto. Con questa convinzione, si tranquillizzò subito, si gettò sul letto, e si addormentò profondamente.

X.

Le giornate trascorrevano pigre, in spensierata allegria.

Si divertivano molto tutti insieme. Perfino Catia ed Eleonora avevano messo da parte la loro aria aristocratica, per non parlare di Francesco, che si era rivelato un piacevole conversatore.

Fra gite in barca, bagni, ore di ozio sotto il sole, passeggiate, escursioni, cene all'aria aperta, giochi per Angela - felice di essere sempre al centro dell'attenzione e gelosissima dello 'zio Filippo'- il tempo scorreva inesorabile e veloce, come capita sempre nei momenti felici.

Il cielo, a parte quel temporale pomeridiano, che aveva predetto il pescatore sulla banchina, rimase limpido per tutta la settimana. Solo il giorno prima della partenza le nuvole si addensarono tanto fitte e scure, da far diventare il mare uno specchio grigio, mentre le onde si infrangevano a riva sempre più impetuose.

I ragazzi avevano programmato di fare una gita, senza fissare una mèta precisa. Debora fu costretta a rimanere a casa per badare alla piccola, che aveva un po' di febbre.

Catia aveva deciso di conquistare ad ogni costo Filippo, che pareva non prenderla sul serio.

Eleonora, invece, aveva preso di mira l'americano, e cercava di affascinare David sciorinando tutte le parole in inglese che conosceva.

Ilaria era scatenata ed animava più di tutti la comitiva, insieme ad Edoardo e a Nicola. Cercava di coinvolgere con il suo entusiasmo anche Sofia, che, completamente rilassata, aveva riconquistato un sorriso luminoso, ma si crogiolava beata nell'indolenza, incurante di quello che le succedeva intorno.

Tutte le sere, prima di andare a dormire, Ilaria le faceva il riepilogo di quello che si era perduta a causa della sua pigrizia, ma lei si limitava a rispondere con dei monosillabi stanchi. Già era preoccupata perché Marco aveva organizzato una festa per la loro ultima sera. Sperava che con il fresco del crepuscolo avrebbe trovato le energie per chiacchierare, e magari anche ballare.

Era felice in questo stato di *relax* fisico e mentale. La testa le si era svuotata, o così le pareva, e l'anima pareva ritemprarsi ad ogni boccata di aria pura, soprattutto in quel luogo lontano dai ricordi, incontaminato. Il corpo seguiva l'andamento di quel dolce cullarsi nella natura, e neanche David poteva turbare la sua idilliaca serenità.

Quell'ultima mattina di vacanza, mentre stavano camminando verso il porto, la voce di Francesco, che l'aveva raggiunta, in fondo al gruppo, la risvegliò dal torpore. Lo guardò ora, per la prima volta, come se tutte le piacevoli chiacchierate dei giorni precedenti le avesse fatte con un'altra persona, invece che con lui. Notò che era molto abbronzato: indossava una polo arancione, abbinata ad un paio di pantaloni bianchi, che facevano risaltare l'altezza ed il fisico atletico. Era un pittore abbastanza famoso, ed amava parlare del suo lavoro e della sua arte. Ma aveva dimostrato di essere anche sprezzante dei luoghi comuni e dell'ipocrisia.

"Mi chiedo perché sia obbligatorio essere per forza in coppia, specialmente quando si è in vacanza. Diventa necessario l'abbordaggio, così, invece di riposarsi, è come se si dovesse soltanto fare un altro lavoro!" esclamò in tono scherzoso.

Non avevano mai parlato delle loro vite private, perché entrambi avevano evitato l'argomento di proposito. Adesso, improvvisamente, la colse di sorpresa con una dichiarazione inaspettata, uno sfogo che uscì fuori quasi con violenza:

"Io ne ho avuto abbastanza prima di partire. Sai, la classica situazione: si progettano le vacanze, è tanto che stiamo insieme, ci amiamo tanto, ci vogliamo sposare... E poi, una settimana prima di partire, per caso torni a casa in anticipo per farle una sorpresa, e la trovi a letto con un altro? Sembra un film!"

Rise sprezzante.

Sofia non osò replicare, finché non fu di nuovo lui a rompere il silenzio:

"Guarda quella stupida di Catia! Lo sai che è fidanzata? Ma anche se si è fidanzati, o sposati, o legati a qualcuno, non vuol mica dire che non si può andare a letto col primo che passa per strada e ci piace!"

Il suo tono era sarcastico, ma il dolore e la rabbia di ciò che aveva subìto erano forti e vivi, lo sguardo, perso nel paesaggio, nascosto dalle lenti scure.

Sofia fu profondamente colpita, e, per la prima volta da quando era arrivata, si rammentò della sua ferita. Si accorse dell'uggia che ancora le provocava, se pur stordita dall'alone di apatia che il suo inconscio le aveva creato faticosamente intorno. Le vennero in mente le parole di Sir Thomas Wyatt, un poeta inglese alla corte di Enrico VIII, che aveva studiato di recente: "*anche se la ferita viene curata, tuttavia resta la cicatrice*". Si rese conto di quanta verità ci fosse in questa frase.

Non poté evitare una smorfia di dolore. Francesco se ne accorse, e abbandonò subito il tono insolitamente aspro per tornare gentile:

"Mi dispiace, non voglio rovinarti la gita. Perdonami, ma sai, a volte non sopporto certi atteggiamenti e reagisco come un bruto! Guarda anche quello, quell'americano, è con voi, non è vero? Si vede benissimo che è innamorato di un'altra donna, che di certo lo fa morire dentro, forse senza che neanche lui se ne accorga. Eppure quella cretina di Eleonora sta lì, a fare la civetta, pur di spassarsela con lui! A me non si avvicinano neanche, queste tipe, altrimenti le getto in mare e le affogo, a loro e a quella... loro cara amica!"

Sofia fu sorpresa di venire a sapere che la sua ex fidanzata era amica anche di Eleonora e Catia. Ma ciò che le mise sottosopra la mente ed il cuore fu la frase che Francesco aveva pronunciato con una sicurezza tale, come se fosse una delle verità più lapalissiane al mondo: "si vede benissimo che è innamorato di un'altra donna, che di certo lo fa morire dentro". Come poteva essere così evidente, ad uno che conosceva David da pochissimi giorni, ciò che non aveva capito neanche lei, che ci viveva accanto tutti i giorni, e, addirittura, se neanche lui se ne rendeva conto?

Il cuore prese a batterle forte.

Cercò di osservare da lontano l'atteggiamento di David, che guidava il gruppo insieme a Filippo. Sì, non pareva molto attratto da Eleonora, ma rideva e scherzava amabilmente con lei, in tutta tranquillità. Dove erano i segni tanto evidenti, secondo Francesco, del suo malessere interiore? In quell'istante la comitiva si fermò, e David si voltò per accertarsi che ci fossero tutti.

Il cuore di Sofia ebbe un sussulto così forte, che riuscì a trattenere a stento un gemito. Nel momento in cui lui si tolse gli occhiali scuri ed incontrò il suo sguardo, capì cosa intendeva Francesco. Si chiese come poteva non averlo capito prima. Forse perché effettivamente lui non pareva consapevole del suo stato, anzi, ne rifuggiva spaventato. O, forse, perché lei si era rifiutata tante volte di riconoscerlo.

Per fortuna, lui rimise subito gli occhiali, e, con un sorriso, annunciò che erano arrivati a destinazione.

C'era una panchina lì vicino, e Sofia dovette sedersi. Le gambe non parevano più in grado di sopportare il suo peso, e, soprattutto, temeva che qualcuno si accorgesse del suo stato d'animo. Ma perché reagiva così? Anche se lui provava qualcosa, che cosa c'entrava lei? Il caos si era impadronito di nuovo del suo cuore.

Meno male che Francesco le sedette accanto in silenzio, apparentemente perduto nei suoi pensieri, mentre Filippo si era messo in coda per comprare i biglietti per la gita col traghetto. Ilaria, Edoardo e Nicola facevano un gran baccano, ridendo e scherzando. Catia stava incollata a Filippo, mentre Eleonora aveva attaccato un discorso apparentemente complesso con David.

Nessuno badava a lei, e questa consapevolezza l'aiutò a riprendersi. Inspirò a lungo l'aria fresca, portata dal vento abbastanza sostenuto. Ora Franco le appariva in mente come un fantasma, ma non aveva il coraggio di alzare lo sguardo su David, neppure attraverso gli occhiali da sole.

Nel frattempo, Francesco si alzò, e le propose di andare a prendere qualcosa da bere nel piccolo bar lungo la banchina. A Sofia parve una buona idea: aveva bisogno di zuccheri per far funzionare il cervello a dovere. Si sedette su uno degli sgabelli vicino alla parete, e si appoggiò al bancone, ordinando un succo di frutta ed una *brioche*. Francesco fece altrettanto. Giunsero anche gli altri, mentre Ilaria protestava per non essere stata invitata .

Sofia provava un forte senso di smarrimento, ma per fortuna arrivò il traghetto. All'istante, si materializzò, come dal nulla, una folla numerosa, e dovettero affrettarsi a mettersi in fila. Era quello che ci voleva: nell'euforia generale era difficile soffermarsi a pensare a ciò che poteva risultare sgradevole, così la giornata poteva trascorrere senza più pensieri.

Nel tardo pomeriggio, quando, stremati, erano sulla via del ritorno, cominciò a piovere. Erano ancora lontani da casa, così cercarono riparo sotto alcune piante. Tornarono a casa bagnati come pulcini, ma non accennava a smettere di diluviare.

Marco e Debora dovettero rinunciare alla festa sulla terrazza, ed ovviare all'inconveniente, sistemando il grande salone d'ingresso, con l'aiuto della piccola Angela, che pareva stare meglio.

Erano tutti nelle proprie stanze a cambiarsi, quando Sofia dovette scendere per chiedere alla tata altri asciugamani, mentre Ilaria era sotto la doccia. Si era tolta i vestiti bagnati, si era annodata un pareo sotto le braccia, e camminava scalza.

Non appena arrivò a metà della scalinata, vide un grande sfavillare di luci, e, al centro, la tavola meravigliosamente apparecchiata. Solo in un secondo momento si accorse che, in un angolo poco illuminato, Debora stava parlando a bassa voce con David. Egli aveva ancora addosso i vestiti bagnati. Erano molto vicini, e lei stava sorridendo, quando lui si chinò, come per darle un bacio.

Sofia non volle vedere altro. Corse via prima che si potessero accorgere della sua presenza.

Era sconvolta.

Come poteva aver pensato di essere lei, l'oggetto della sua attenzione? E come faceva lui, ad essere così viscido da prendersi a tradimento la compagna di chi lo ospitava e lo considerava un vecchio amico? Non sapeva più cosa pensare. Per fortuna Ilaria era ancora sotto la doccia, e, quando uscì, trovò il modo di infilarsi al suo posto alla svelta, evitando di dover giustificare la sua agitazione.

Rimase a lungo immobile, lasciandosi scorrere l'acqua calda addosso. Il suo corpo era rigido, dentro sentiva il gelo, ma non per la pioggia. La mente si perdeva nella nebbia più fitta, e sentiva una morsa allo stomaco al pensiero che sarebbe dovuta scendere alla festa. Non poteva parlarne neanche con Ilaria, non voleva rovinare la felicità che si stava godendo, per tormentarla con problemi inutili. In fondo, poi, non erano affari loro.

Si vestì e si truccò con calma, cercando di guadagnare più tempo possibile per farsi forza, e convincersi che, dopo cena, avrebbe trovato il modo di nascondersi in un angolo, per poi sgattaiolare indisturbata fino in camera. Prese questa decisione, che servì a sollevarla un poco, anche se il peggio sapeva che sarebbe stato l'impatto all'entrata nella sala.

A dispetto di quello che aveva programmato in precedenza, aveva indossato un abito nero molto semplice, per cercare di passare inosservata. Fece un grosso respiro e si guardò allo specchio: gli occhi erano spenti, il sorriso non le illuminava il volto, tutta la sua immagine era opaca, come una foto sbiadita.

Provò a ridere forzatamente a se stessa. Notò che andava un po'
meglio, anche se appariva sempre molto tesa.

Ilaria la chiamò dal pianerottolo. Cercò di farsi coraggio,
convincendosi che era solo questione di un attimo, fece un altro
grosso respiro, tentando di controllare i battiti irregolari del suo
cuore, ed uscì.

Con suo grande sollievo, stavano scendendo anche gli altri
ragazzi, almeno si sarebbe risparmiata la sfilata in assolo giù per le
scale. Appena fuori dalla porta, Francesco le offrì sorridendo il
braccio, ostentando un inchino galante, ma, vista la sua altezza, il
gesto risultò così goffo che Sofia non poté trattenere un sorriso. Si
sentì subito meglio. Grazie a lui aveva superato il momento che più
temeva, ed il nodo allo stomaco si era sciolto.

Quella sera, infatti, Francesco aveva deciso di gettare via la sua
maschera da burbero, per diventare amabile e faceto. Mentre erano
in piedi davanti al tavolo degli aperitivi, non faceva altro che
raccontare aneddoti e storielle. Sofia era sollevata dal fatto che lui
assecondasse a meraviglia il suo desiderio di fuga dalla realtà, e
tenesse lontana l'ansia e la tensione.

Fuori pioveva ancora, lampi e tuoni si facevano più fitti. L'aria,
che arrivava dalle finestre aperte della veranda, era fresca e pulita.
L'allegria delle luci soffuse, delle candele colorate, della tavola
imbandita, oltre che del sottofondo di musica latina, creavano
un'atmosfera incantata.

Filippo si sedette accanto a Sofia, che non poté evitare di
commentare:

"Accidenti! Da quanto tempo non ti vedevo così tirato a lucido!
L'aria di mare ti giova…"

Lui le strinse la mano, con gli occhi che luccicavano:

"Ho deciso di lasciarmi andare, e mi sembra di riuscirci bene.
Anche tu, te la cavi, a quanto pare!" insinuò con aria maliziosa,
ammiccando in direzione di Francesco.

Poi aggiunse piano:

"Non volevo, ma poi Catia ha insistito tanto, così stasera io
vado su da lei e David rimane con Eleonora! Se le occasioni si
presentano, non si può non approfittarne! Non c'è di meglio, in
fondo, per vuotare la testa!"

Filippo continuò di certo a parlare, ma Sofia non riusciva più a
sentirlo. L'entusiasmo di lui aveva frenato all'improvviso l'euforia

di lei. *"David rimane con Eleonora"*. Queste parole le rimbombarono come dei colpi di cannone nella testa, che fino ad allora aveva tenuto faticosamente sgombra. Si sentì mancare la terra sotto i piedi, per l'ennesima volta, ed il colorito dal viso venne meno. Una sorta di rabbia le serrò la gola, le tempie le martellavano.

Si sforzò in quell'istante di pensare a Franco con un'altra donna, e, con suo grande stupore, le apparve perfettamente normale. Dentro di sé, senza rendersene conto, si era convinta che lui, a causa delle lunghe e continue assenze, dovesse avere, per necessità, qualcun'altra. Ma solo ora si era accorta che non le importava. E non sapeva nemmeno da quanto tempo questo non le interessasse più, perché non ci aveva mai pensato prima di allora. Forse era stato come una candela, che si era consumata lentamente fino a spegnersi. Franco aveva rappresentato un punto fermo, in un determinato periodo della sua vita, e l'aveva dato per scontato. Per questo motivo, probabilmente, non si era mai preoccupata di stabilire come stessero realmente le cose dentro la sua testa e dentro il suo cuore, finché la vita stessa non glielo aveva imposto con la forza ineluttabile degli eventi, che cambiano con lo scorrere del tempo. Da qui, l'*aut-aut*, il diverbio, e la crisi che ne erano conseguiti.

La testa cominciò a ronzarle, perché si stava nuovamente riempiendo di pensieri sgradevoli – anche se prendeva lentamente coscienza dei lati oscuri della sua anima, e, per questo, avvertiva una sorta di strano sollievo liberatorio, mescolato a disagio e paura.

Si riscosse soltanto quando David, con le maniere galanti di un cavaliere d'altri tempi, fece accomodare Eleonora accanto a sé, proprio di fronte a lei. Si sentì gelare il sangue nelle vene: come avrebbe potuto evitare il suo sguardo per tutta la durata della cena? E, d'altronde, sapeva di non essere in grado di sostenerlo. Ma, ancora una volta, con suo grande stupore, non incrociò i suoi occhi neanche una volta, e nemmeno di sfuggita. Fu certa che lui si stesse comportando così di proposito, poiché doveva sforzarsi e rimanere concentrato, per non alzare casualmente lo sguardo davanti a sé.

Era molto elegante e curato, quella sera. Forse anche troppo, pensò Sofia. Naturalmente lo scrutava con la coda dell'occhio, facendo finta di niente, mentre si girava da Filippo a Francesco, fino ad Ilaria, seduta alla sua sinistra. Comunque fosse, intenzionale o no, la decisione di non guardarla mai le fece provare sollievo quanto la loquacità festosa di Francesco.

Infatti la cena proseguì in allegria e nella massima serenità, anche se non le sfuggì un fatto che le parve alquanto strano. Non sapeva bene come era cominciato il discorso, perché, nel frattempo, stava cercando di ribattere alle battute di Filippo ed Ilaria, aizzati da Francesco su qualche argomento frivolo. Colse solo la parte finale, giusto quando venne chiesto anche l'intervento di Filippo.

David stava parlando del locale e della tenuta. Appariva stranamente nervoso, e sfuggiva gli sguardi, dissimulando l'imbarazzo con delle risposte piuttosto asciutte, che volevano essere ironiche, condite con dei sorrisi strascicati.

Ma il fatto strano era che Debora sembrava ancora più agitata. Si era fatta pallida e seria, frugava le reazioni degli altri commensali con gli occhi nascosti dietro al bicchiere – che stringeva in mano così forte, da rischiare di farlo esplodere in mille pezzi. Appena riusciva ad incontrare lo sguardo di David, si facevano degli strani cenni di una preoccupata intesa.

Sofia osservò che, per fortuna loro, solo lei pareva accorgersi di tale anomala situazione, e, mentre si stava chiedendo di che cosa potesse trattarsi, accadde ciò che più aveva evitato e temuto: incontrò lo sguardo di David. Avrebbe voluto essere più veloce di una frazione di secondo per eluderlo, ma era troppo tardi.

Una specie di rimprovero seguì alla sorpresa, poi ci fu il sospetto, la collera, l'angoscia e la paura. Lo sguardo era diventato lo specchio dell'anima, che si mostrava senza veli.

Sofia fu presa dall'agitazione, aveva un gran tumulto nella mente e nel cuore.

Quell'istante parve durare un'eternità, senza che nessuno dei due riuscisse a staccare la corrente che li stava fulminando. Mille pensieri apparivano e sparivano in quel mare di verde, in cui Sofia rischiò di affogare, finché trasfigurò in qualcosa di indecifrabile.

Solo che, per la prima volta, sentì di poterlo sostenere, e, anzi, di poter fare lo stesso nei suoi confronti.

"Per Natale sarete tutti nostri ospiti, quando ci sarà l'inaugurazione dell'agriturismo. Non mancherete, vero?"

La domanda di Filippo la fece ritornare bruscamente coi piedi per terra, e, senza accorgersi in che modo fosse successo, si ritrovò a scherzare con Francesco.

Si rammaricò di non essere riuscita a cogliere l'inizio del discorso, che aveva messo tanto in agitazione David e Debora. Avrebbe voluto sfidarli a venire allo scoperto, a smettere di ingannare tutti. Non aveva mai sopportato sotterfugi, falsità, ipocrisie ed ingiustizie. Ed era inutile che lui si facesse tanto compiacente in pubblico con Eleonora, quando alle spalle degli amici tramava chissà cosa.

Razionalmente, dopo quello che aveva penato, Sofia non poteva credere che David si potesse comportare in maniera tanto subdola. Però doveva prendere atto della realtà dei fatti. D'altronde, nessuno conosceva molti particolari della sua vita e del suo passato, prima che venisse a stabilirsi a Boscoalto, non ne aveva mai fatto parola, se non per vaghe allusioni. Ma, per come era ridotto quando era arrivato in Italia, non doveva essergli capitato niente di positivo. Anche se questo non significava nulla, perché con loro si era sempre comportato onestamente, doveva ammetterlo.

Notò con dispetto che lui si ostinava ad evitare nuovamente il suo sguardo, ma dopo un po' non ci badò più. Fortunatamente, erano già al dolce e cominciarono i brindisi. L'atmosfera, il vino prima, e lo *champagne* adesso, avevano reso la compagnia euforica. Marco dette il via alle danze con Debora, seguito da Filippo con Catia, Ilaria con Edoardo, David con Eleonora. Sofia fu felice che Francesco non le avesse chiesto nulla, e la conversazione diventò ancora più piacevole quando si unì a loro anche Nicola. Marco li incitò ad andare con gli altri a ballare, ma Francesco declinò l'invito con delle battute spiritose. Si trattava per lo più di balli lenti e sensuali, non adatti al suo stato d'animo, e Sofia gli fu grata per questo. Ma, non appena il ritmo si fece incalzante, non esitarono e si gettarono subito nella mischia festante.

Nel corso di uno sfrenato samba, in cui si passavano la mano l'uno con l'altro, la musica si fece di colpo lenta, ed ognuno dovette stringersi a chi teneva per mano in quell'attimo. Sofia stava per raggiungere la mano di Francesco, quando quella che stava per lasciare la tenne stretta, facendola avvicinare al corpo di

David. Le sorrise in un modo che le apparve di sfida, e la costrinse a guardarlo in faccia, da molto vicino stavolta, tanto che poteva sentire il suo respiro e l'odore della sua pelle. Cercò di voltare la testa dalla parte di Francesco, che le sorrideva mentre ballava con una Eleonora piuttosto indispettita. E senza farsi vedere, le faceva il verso, fingendo di svenire dietro a David. Sofia scoppiò a ridere divertita, dimenticandosi di chi la stava stringendo tra le braccia. David dovette irritarsi parecchio, e di certo pensò che si stavano prendendo gioco di lui, perché, senza dire una parola, si fece serio, evitò di guardarla per tutta la durata del ballo, e l'unica volta che soffermò gli occhi sui suoi erano vuoti e spenti.

Si accorse ora di non conoscerlo affatto, e ne fu spaventata. Ebbe un brivido di timore e di dispiacere, ma non riuscì a dirgli nulla, perché era diventato impenetrabile. Alla fine del ballo, lasciò la presa, con un sorriso forzato, ed un lampo di quello che le parve un muto e severo rimprovero. Le faceva male che non si fossero scambiati neanche una parola, non era mai accaduto tra loro, ed ebbe paura di perdere la sua amicizia, nonostante tutto. Lo vide sedersi sul divano abbracciato a Eleonora, proprio mentre Francesco veniva nella sua direzione con aria disgustata:

"Vuoi uscire un po' in terrazza, ora che ha smesso di piovere? L'atmosfera si è fatta troppo sdolcinata per dei duri come noi!"

Sofia accettò volentieri.

L'aria era frizzante, ancora cadeva qualche goccia di pioggia, mentre il cielo ogni tanto si illuminava di fulmini, ed il rombo dei tuoni scuoteva la terra, circondata dal mare nero ed agitato.

"Mi sento sempre uno stupido in queste circostanze" attaccò Francesco, che si era fatto serio. "Tutti in coppia, ed io lì, come un baccalà, con una tempesta dentro, peggio di questa qua fuori! Non fraintendermi, sei un'ottima compagnia, ma spero tu capisca cosa intendo…"

Sofia comprendeva perfettamente, perché avvertiva lo stesso disagio:

Si appoggiarono alla balaustra della terrazza, vicini, a guardare le luci che brillavano ondeggiando nello specchio scuro del mare in burrasca, che ruggiva sotto di loro.

"Non so come ci riesci, ma sembra che tu sappia leggermi nella mente. Forse perché abbiamo gli stessi problemi!" replicò Sofia.

Era facile parlare con lui, forse perché aveva dei modi da fratello maggiore e l'aria di chi la sa lunga. Francesco aveva scoperto di essere tradito dalla donna che amava, Sofia aveva scoperto di non conoscere affatto l'uomo che aveva creduto di amare. E ora, c'era quel pensiero fisso, gli occhi verdi dell'americano puntati su di lei, l'ombra di una passione, che forse era solo nella sua immaginazione.

Francesco le raccontò i bei momenti passati con la sua ragazza, i progetti, i viaggi, le sensazioni, la vita insieme...

Sofia ricordò a sua volta la romantica storia con Franco, il progressivo allontanamento, la sospensione in cui si trovavano, la delusione per aver scoperto quanto fosse diverso da come lo aveva conosciuto. Non ebbe il coraggio di parlare delle nuove sensazioni che David sapeva evocare nella sua anima, e delle mille domande che continuavano a turbinarle in mente: forse era per questo che adesso Franco le appariva cambiato, oppure Franco era davvero cambiato? Magari era lei ad essere cambiata? Era un'illusione, la sua? Oppure le piaceva essere l'oggetto delle attenzioni di David perché si sentiva gratificata, visto che tutte le ragazze del paese se lo contendevano?

"Che cos'è l'amore, secondo te?" le chiese Francesco, mentre era assorta in questi vorticosi pensieri.

Sofia esitò, prima di rispondere:

"Se devo essere sincera, non lo so. Per come sono andate le cose, non credo di averlo mai incontrato. In genere, si dice che si è disposti a tutto, si perdona tutto, per amore, e l'uno deve essere parte integrante dell'altro. Hai presente la teoria filosofica della metà della mela? Ognuno di noi dovrebbe trovare l'altra metà della mela, per creare un'unità perfetta. Non è tanto facile, in mezzo a miliardi di mele a metà, trovare la parte corrispondente, l'unica che combacia!"

Francesco sorrise, mentre si sedeva su una panchina:

"Sì, si dicono tante cose. A parole, è un discorso, nella realtà è un altro. Certo, l'amore è difficile da trovare, da riconoscere e da coltivare. Però, quando perdi la testa per qualcuno, si è davvero disposti a tutto. Anche a perdonare... forse. "

Ci fu un breve silenzio, interrotto dal rombo di un tuono.

"Tu saresti disposto a perdonare la tua ragazza, se te lo chiedesse?" chiese Sofia.

"No" rispose lui senza esitazioni.

Il dolore, la rabbia, la ferita che non si rimargina, il desiderio, più o meno consapevole, di vendetta prevalgono sempre, inevitabilmente, sul perdono. A meno che non subentri l'indifferenza.

"E tu, perdoneresti Franco, pur di averlo accanto a te?" le chiese, prendendola alla sprovvista.

"Probabilmente, no..." rispose Sofia dopo un lungo silenzio. "Non si può costringere l'altro ad essere come vogliamo, ma neanche noi possiamo annullarci del tutto, per quanto l'amore sia una specie di compromesso."

In quell'istante ella si voltò, ed i suoi occhi incontrarono di nuovo quelli di David, che stava appoggiato allo stipite della porta, mentre si intratteneva con Nicola, Filippo e Marco. Si sentì avvampare, ferita nell'orgoglio per essersi lasciata colpire da quello sguardo per l'ennesima volta. Si sedette, chinando la testa, per cercare di dissimulare la tensione e l'imbarazzo.

"A lui perdoneresti tutto, non è vero?" chiese Francesco quasi sottovoce.

Sofia si riscosse, e arrossì ancora più violentemente:

"A che cosa alludi, scusa?" chiese con una voce troppo acuta, che tradiva l'agitazione.

"Non voglio insinuare nulla, e non intendo offenderti, o farmi gli affari tuoi, per carità. E' solo che non ho potuto fare a meno di notare come vi guardate. C'è una specie di reazione chimica, tra voi due, un'alchimia rara, direi. A tal punto che forse non ve ne rendete neanche conto, forse..."

Sofia si sentì mancare il respiro. Era davvero così evidente? Dunque non era una suggestione, dettata dalla sua fantasia contorta?

Non seppe cosa rispondere, perché rimase sommersa dall'ondata di emozioni che seguirono a questa presa di coscienza.

"Scusami, Sofia, non sono affari miei. Non dovevo permettermi. Mi dispiace..." sussurrò Francesco, sinceramente mortificato per averla messa in imbarazzo.

"Non devi scusarti" riuscì a rispondere, alzando di nuovo la testa e costringendosi a guardare David.

Stava parlando con gli amici, mentre sorseggiava un *drink*. Studiò il suo profilo, si soffermò sulle mani, sui modi eleganti, sul sorriso... Scoprì di conoscere ogni particolare del suo aspetto, di avere impressi nella mente i contorni del viso, il suono della voce, il profumo della pelle... Non ricordava di aver mai notato in maniera altrettanto precisa l'aspetto di Franco, nonostante tutto il tempo trascorso insieme. Non poteva negare a se stessa una verità così evidente.

Francesco si alzò e si sedette accanto a lei.

"Non è colpa tua, né di nessun altro. Credo che sia semplicemente così, e basta. Il fatto è che io non me rendo conto, neanche adesso..."

La voce di Sofia si strozzò, mentre un lampo illuminò a giorno la terrazza. Ebbe l'irresistibile impulso di correre incontro a David, per urlargli in faccia tutta la disperazione che le stava devastando l'anima.

Per un brevissimo istante, la luce parve illuminare solo lui, unico attore nel palcoscenico del suo cuore.

Poi, il buio, il tuono fortissimo, ed un nuovo scroscio di pioggia.

Sofia fu trascinata dentro da Francesco, mentre Marco si affrettò a chiudere le imposte.

La festa volgeva al termine. Le facce stanche e soddisfatte dal cibo e dal vino, le luci soffuse delle candele, la musica bassa e lenta di sottofondo, preludevano ad una imminente ritirata nelle rispettive camere.

Filippo salutò la comitiva, tenendo per mano Catia.

Ilaria continuò a scherzare con Edoardo e Nicola, finché, esausti, andarono a coricarsi ciascuno nella propria stanza.

Eleonora si era letteralmente incollata a David, decisa a non mollare la preda. Questi indugiò a lungo, ma alla fine si fece trascinare via.

"Buona notte!" augurò, rivolto a Debora, Marco, Sofia e Francesco, gli unici rimasti nella sala.

Tutti risposero in coro, tranne Sofia, che, a testa china, cercava di scoprire chissà quale verità dentro al proprio bicchiere vuoto.

XI.

Il cielo cominciava a diventare grigio all'orizzonte. Le nuvole parevano dissolversi lentamente, ma più si avvicinava l'alba, più si prospettava una bella giornata di sereno. Il mare ancora agitato, per via della tempesta appena passata, si colorava di mille sfumature.

Sofia si svegliò tutta indolenzita. Si era addormentata nell'enorme divano del salone, in una posizione piuttosto contorta, così che adesso le membra doloranti erano un concerto di scricchiolii.

Rimase ancora là distesa, in silenzio, cercando di articolare le ossa, finché Debora, che doveva preparare la colazione alla bimba, si presentò in vestaglia, più addormentata che sveglia, con la piccola in braccio.

"Ehi, perché sei rimasta qui a dormire?" le chiese appena la vide.

Sofia arrossì. La verità era piuttosto scomoda.

"Non me ne sono neanche accorta. Stavo così bene qui, che devo essermi addormentata come un sasso, fino a pochi minuti fa, quando la mia schiena mi ha avvisato di essere stufa del divano!" mentì.

Come poteva spiegare, proprio a Debora, che aveva deciso di dormire nel salone per stare lontana dalle camere e da quello che accadeva dentro di esse? Sarebbe riuscita a chiudere occhio, sapendo che nella camera accanto probabilmente lui e quell'altra erano insieme?

Angela si tuffò nel divano accanto a lei, chiedendole, ad occhi semi-chiusi, di leggerle *Cenerentola*, la sua fiaba preferita. Debora si oppose fermamente: lei doveva fare colazione, e Sofia doveva salire a cambiarsi.

Ovviamente, per non far piangere Angela, Sofia lesse volentieri la favola e poi si diresse lentamente verso la camera.

Ilaria stava ancora dormendo, quando lei rientrò nella stanza. Nonostante avesse dormito malamente quella notte, il suo aspetto era migliore di quello dell'amica, che era andata a letto tardi dopo aver abusato un po' dell'alcool. Ad Ilaria faceva male la testa, e non riusciva a sopportare la luce del sole, che era già molto forte.

In questo stato di confusione, doveva anche preparare la valigia. Era talmente stordita, da non avere affatto voglia di chiacchierare e di fare tante domande. Sofia ne fu felice, dato che non se la sentiva di dare spiegazioni – la nebbia nella sua testa era ancora così fitta, che pensava di non riuscire a ritrovare la strada.

Quello che le faceva più male era la sensazione di aver perduto qualcosa dell'amicizia con David, qualcosa che avvertiva ora come una parte fondamentale della sua vita. Decise che l'avrebbe affrontato, non appena fossero tornati a casa, perché era doveroso chiarire qualsiasi equivoco o questione in sospeso.

Aiutò Ilaria a prepararsi e a mettere le sue cose in valigia. Stavano per scendere a fare colazione, quando udirono bussare piano alla porta. Erano Filippo e Francesco. L'aspetto di Filippo era peggiore di quello di Ilaria, e Sofia si meravigliò che non fosse insieme a Catia. Invece, Francesco appariva rilassato, e con un bel sorriso stampato in faccia. Uscì anche David, da solo: Sofia ne fu segretamente felice. Quando poi lo vide avvicinarsi deciso verso di lei, cominciò a batterle forte il cuore per l'agitazione. Ma rimase delusa, perché in realtà si rivolse a Filippo, per chiedergli qualcosa che lei, nella sua bruciante delusione, non riuscì a sentire. Scese le scale con Ilaria e con gli altri, il cuore in tumulto, nell'anima il senso di vuoto che segue la sconfitta.

Angela li accolse con uno dei suoi strilli di gioia, e corse loro incontro con una gran voglia di giocare. Francesco, Edoardo, Sofia e Nicola, anche se un po' storditi, si prestarono volentieri ai capricci della piccola. Ilaria, pallida, occhiali scuri e labbra contratte, parlava appena, e, ad ogni urlo di Angela, si sentiva scoppiare la testa.

Mentre stavano aspettando che la colazione venisse servita nella veranda, Sofia non poté evitare di scorgere Debora, impegnata con la tata in cucina, che, richiamata dal segnale di qualcuno, alzava la testa ed usciva di corsa, assicurandosi che nessuno badasse a lei. D'istinto, la seguì. La vide incamminarsi verso il corridoio del sottoscala, e là c'era David ad aspettarla. Si guardarono intorno furtivi, poi si infilarono nello studio, richiudendo la porta alle loro spalle.

Se non fosse stato per il suo razionale buon senso, che le diceva di chiarire la situazione, prima di creare confusione ed intromettersi in cose che non la riguardavano, sarebbe corsa a chiamare Marco, e li avrebbe costretti a spifferare la verità dinanzi all'evidenza dei fatti.

Frenò di colpo il corso tempestoso dei suoi pensieri. Aveva toccato un punto cruciale: *intromettersi in cose che non la riguardavano.* Sì, perché, a parte l'amicizia e l'onestà, cosa le importava se Debora tradiva Marco? Li conosceva, erano cari amici di Filippo, e poteva dirsi dispiaciuta. Ma erano pur sempre affari loro, e non aveva il minimo diritto di mettere il naso e lo scompiglio nella casa di due persone, che l'avevano gentilmente ospitata.

Allora, la domanda che le venne dal cuore, dopo quella della ragione, fu ancora più terribile: se si fosse trattato di Filippo, o di Francesco, o di Nicola o di Edoardo, avrebbe provato lo stesso sdegno, la medesima riprovazione, l'identica rabbia incontenibile? Non seppe rispondere, o meglio, non volle. Le sembrò che le si aprisse un vuoto sotto i piedi, anzi, una voragine, che la risucchiava spietata.

Si sentì perduta come mai, piccola ed indifesa, come se si fosse rimpicciolita per colpa di un incantesimo, e nessuno la potesse più vedere, né sentire.

Fu presa dal panico. Il cuore le batteva così forte, da rimbombarle nelle orecchie, la testa le girava, un sudore gelido l'attanagliava come in una morsa.

In quel preciso istante la porta si aprì all'improvviso, e si trovò davanti David.

Rimasero entrambi senza fiato, lei perché era stata sorpresa ad origliare, lui perché non si aspettava di trovarla lì.

Ci fu un lungo silenzio carico di tensione.

A pochi passi di distanza l'uno dall'altra, immobili come statue, entrambi furono consapevoli che qualcosa si era rotto, l'equilibrio era compromesso, ed era venuto il momento di giocare a carte scoperte.

Dopo un tempo che parve interminabile, fu Sofia a parlare per prima, in tono sferzante:

"Ti avevo giudicato male. Non credevo che tu potessi essere così falso e subdolo!"

David socchiuse gli occhi, come per cercare di attutire il colpo. Senza distogliere lo sguardo, le chiese:

"Cosa te lo fa pensare? Cos'hai sentito?"

Sofia sorrise, sarcastica:

"Non ho sentito nulla, ma non ce n'è bisogno. E' chiaro che tu e lei ve la intendete, alle spalle degli altri…"

Appena pronunciò queste parole, Sofia avvertì una fitta allo stomaco, e si pentì di essere stata tanto crudele. Si aspettava che lui si arrabbiasse, e le intimasse di farsi gli affari suoi.

Invece, David deglutì, distolse lo sguardo, si appoggiò alla parete, e sospirò:

"Quindi è questo che pensi?"

Sofia annuì, per niente convinta.

Quando tornò di nuovo a guardarla, si sentì un verme. Fu consapevole di aver agito solo perché accecata dalla gelosia, dalla rabbia di non poterlo avere tutto per sé. Capì che non le importava più chi fosse, cosa avesse fatto in passato, e non le sarebbe importato neanche se fosse stato un galeotto, o un uomo sposato, o persino un *killer*. Seppe solo di amarlo, di averlo amato fin dal primo momento, e di essersi mostrata cieca e sorda di fronte a tutte le sensazioni che la sua presenza aveva sempre suscitato in lei. Non riusciva a credere di essere finalmente capace di guardare in faccia una verità tanto spaventosa, quanto certa, di sentirsi finalmente libera e viva, anche a costo di non essere ricambiata.

"Mi dispiace… non dovevo. Non sono affari miei, perdonami", riuscì a scusarsi con un filo di voce.

Stava per andarsene, umiliata, ferita, ma con la nuova consapevolezza dei suoi sentimenti, quando lui la trattenne, afferrandola per un braccio:

"Non devi scusarti, e non è vero che non sono affari tuoi."

"Avrai i tuoi motivi, e le tue buone ragioni. Non sei tenuto a spiegarle a me!" ribatté Sofia, mentre sentiva come una scossa elettrica al contatto con la sua mano, ed un tuffo al cuore riaccendeva la speranza.

"E se io volessi farlo, tu saresti disposta ad ascoltarmi?" le chiese con aria di sfida.

"Perché?"

Si osservarono per qualche istante.

Sofia vide il verde scuro di quel mare diventare più chiaro e limpido, sentì il calore della mano che stringeva forte il suo braccio, e le parve di udire i battiti irregolari del suo cuore inseguire quelli altrettanto irregolari del cuore di David.

Senza aggiungere altro, lui si avvicinò a lei, l'attirò a sé, e appoggiò le labbra sulle sue. Fu un bacio tenero, dolce, appena accennato, come per paura di rompere un incantesimo. Sofia si abbandonò tra le sue braccia, inebriata dalla felicità di quel momento. David si sentì sicuro, per la prima volta in vita sua, della forza e della verità dei suoi sentimenti: la realtà aveva superato qualsiasi aspettativa, almeno per ora.

Rimasero a lungo, in silenzio, ad assaporare quell'attimo, finalmente consapevoli di essere ormai legati l'uno all'altra in maniera indissolubile.

Dopo un tempo indefinito, Sofia si accorse della presenza di Debora, e ne rimase turbata. Lei sorrise debolmente, mise una mano sulla spalla di David, per richiamare la sua attenzione, e gli lanciò un'altra delle occhiate di intesa, che Sofia aveva intercettato tante volte, prima di aggiungere:

"Credo sia meglio che tu le dica la verità, a questo punto", mormorò lei con aria convinta. "Spiegale come stanno davvero le cose: sarà lei a decidere. Mi dispiace, David, anche se in fondo è meglio così, per tutti!"

Poi si rivolse a Sofia, sinceramente abbattuta:

"E mi dispiace anche per te, ma sono certa che capirai, se davvero gli vuoi bene."

Le rivolse un sorriso che voleva essere rassicurante, l'abbracciò con affetto, e tornò a rivolgersi a David con dolcezza:

"Spero che tu possa essere finalmente sereno, mio caro, perché hai già sofferto abbastanza. Sarà doloroso, ma ne varrà la pena, vedrai. Se hai bisogno di qualsiasi cosa, conta sempre su di me."

Lanciò un'altra occhiata d'intesa a Sofia, e si diresse verso la terrazza, insieme agli altri.

Quando furono di nuovo soli, ci fu un lungo silenzio. Poi David, disse, con un filo di voce, che era meglio sbrigarsi a fare colazione, per poter ripartire subito dopo.

I suoi occhi avevano perduto la luminosità, ed egli aveva una strana espressione sul volto, che le fece paura. Sofia cominciò a parlare, per scacciare l'imbarazzo e riprendere possesso di se stessa:

"Io non voglio costringerti a darmi spiegazioni che non vuoi. David, io sono felice di aver scoperto, attraverso una specie di catartica, dolorosa *via crucis*, che cosa vuol dire amare qualcuno, sentirsi l'anima ed il cuore ricolmi di gioia per la purezza di certe sensazioni che si cercano per tutta la vita, e, se si ha la fortuna di trovarle, non le si riconoscono e si fuggono, come ho fatto io!"

Esitò, evitando il suo sguardo, poi continuò:

"Mi basta aver superato il vuoto che avevo dentro, sapere che adesso ho qualcosa per cui vale la pena vivere, che sono capace di veri sentimenti, e che il mio cuore batte, perché ne ha motivo. Ora la mia anima è guarita, non pretendo nulla da te, mi basta poterti restare vicina, perché sei una persona speciale, che è riuscita ad infondere in me qualcosa di speciale, che non voglio più perdere."

David la guardò in maniera dolce ed intensa, e lei si sentì pervadere da una gioia, che aveva il sapore della follia. Le accarezzò i capelli, le sfiorò la mano con un bacio, e, quando rispose, la voce gli tremava:

"Sarà doloroso per entrambi, ma devi sapere, anche a costo di mutare i tuoi sentimenti nei miei confronti. Sono felice se riesco a restituirti, almeno in parte, quello che tu dai a me."

Si sforzò di sorridere, e, quando alzò di nuovo lo sguardo su di lei, Sofia ebbe un sussulto: l'amore e la passione erano offuscate da un velo di tristezza, che rendeva cupo e sbiadito il verde cristallino degli occhi.

Attraversarono insieme il corridoio senza dire nulla, come sospesi in attesa di un esito che poteva essere loro fatale.

Quando arrivarono nella terrazza, tutti erano seduti allegramente a tavola. Francesco invitò Sofia ad accomodarsi accanto a lui, mentre David prese posto accanto ad Eleonora, che neanche si degnò di alzare lo sguardo.

Francesco chiese a Sofia come stava, e lei si affrettò a rassicurarlo che era tutto a posto, aveva semplicemente un po' di malinconia, perché le vacanze erano finite.

Solo una volta osò guardare David: non aveva quasi toccato cibo, e pareva che il caffè nella tazza fosse così denso da soffocarlo.

La conversazione, per fortuna, non era molto animata, visto che erano tutti assonnati.

Di malavoglia, cominciarono i saluti.

Francesco e Sofia promisero di rimanere in contatto:

"Spero che tu stia bene, e non esitare a chiamarmi quando hai bisogno di fare due chiacchiere, *ok*?"

Sofia annuì, e dal suo tono capì che anche stavolta aveva intuito, almeno in parte, in quale stato di sospensione si trovasse.

"Ora so qual è la strada, ma devo vedere se è quella giusta. Questo grazie anche a te e alle tue parole!" riuscì a dirgli, mentre si alzava in punta di piedi per sfiorargli il viso con un bacio.

Francesco le regalò una piccola tela, in cui aveva dipinto il suo ritratto. Sofia ne fu sinceramente commossa.

Filippo intanto aveva cominciato a suonare il clacson per richiamare Francesco, Nicola, Edoardo, Catia ed Eleonora. Prima doveva accompagnare loro al porto, per poi tornare indietro e ripartire con gli altri verso casa.

Il viaggio di ritorno fu tranquillo. Le acque del mare mosso, splendenti sotto la luce del sole, immerso nel cielo azzurro, lentamente scorrevano via dalla loro vista.

L'unica nota di entusiasmo fu data da Ilaria, che voleva sapere ad ogni costo com'era andata la storia di suo fratello con Catia. Di fronte alla riluttanza di Filippo, insisteva per cercare di persuaderlo con suppliche e con minacce, finché lui, esasperato, vuotò il sacco:

"Non me ne importa niente, se è questo che vuoi sapere! Ci siamo divertiti, come nei patti! E' stato bello, da vacanza! Fine!"

Ilaria non pareva ancora soddisfatta, anzi, piuttosto scandalizzata ed incredula:

"Vuoi dire che sei ancora innamorato di Rosalba? Stai scherzando?"

Filippo diventò rosso per la collera, e rispose irritato:

"Ma mi stai prendendo in giro? Ogni volta che sei andata a letto con qualcuno, te ne sei innamorata?"

Ilaria parve offendersi un po', e non osò replicare.

Poi si voltò a guardare l'espressione divertita di Sofia, seduta accanto a lei, e scoppiarono a ridere. Fu allora che Ilaria trovò il coraggio di chiedere quello che voleva da tempo:

"Allora, voi due, vi siete finalmente resi conto di essere innamorati persi? O vi dobbiamo sbattere la testa insieme?"

Sofia si sentì avvampare, mentre David, dal suo posto accanto a Filippo – che intanto aveva sibilato ad Ilaria di essere una stupida pettegola – si voltò verso di lei, scostò gli occhiali da sole, le sorrise appena.

"E' davvero così evidente?" provò a scherzarci su, ma la sua voce non era ferma.

Filippo aveva cominciato a borbottare che non erano affari loro, e che se ne volevano parlare o meno non doveva certo riguardare lei. Ma David pose fine alla questione con un tono così serio, che non ammetteva repliche:

"Ci sono molte cose che non sapete di me. E nessuno di voi può decidere se vuole starmi accanto o no, in qualunque modo, senza prima conoscerle. Adesso non si può più evitare."

Ilaria lo osservò un istante, e poi, con il senso pratico che aveva in comune con sua madre, sbottò con una naturalezza ed una spontaneità disarmanti:

"Sappiamo che ti sei trovato nei guai, e per questo volevi anche morire. Ma adesso, tutti insieme, abbiamo trovato il modo di compensarci a vicenda, e di aiutarci. Chi non passa periodi critici? Non interessa il passato, ma il presente ed il futuro, con la consapevolezza di poter contare gli uni sugli altri. Per quanto mi riguarda, potresti essere stato anche un assassino, ma ti conosco come la persona più dolce, gentile e disponibile del mondo, per cui non mi interessa affatto il resto, fino a prova contraria. Insieme abbiamo cercato di trovare dei punti fermi nelle nostre vite tormentate, e cambierò idea su di te il giorno stesso in cui mi farai un torto enorme, cioè, quando te ne andrai!"

Il tono quasi infantile rese la sua dichiarazione così tenera, ma allo stesso tempo determinata, che David gliene fu grato, e le strinse forte la mano, sinceramente commosso.

Il discorso cambiò piega, ed il tragitto scorse via veloce, senza che si ritornasse più sull'argomento.

Quando arrivarono alla villa era pomeriggio inoltrato. Trovarono Duilio, con il nonno di Sofia, insieme ad altri due o tre uomini, che li rassicurarono: durante la loro assenza non erano capitati altri fatti strani, e, anzi, il giorno prima, il maresciallo aveva portato in caserma due tipi loschi che si aggiravano da quelle parti. Duilio pareva convinto che adesso fosse tutto finito.

David lo invitò ad entrare, per parlare di alcune faccende da sistemare, mentre gli altri risalivano sulla *jeep* per tornare in paese. D'un tratto, parve ricordarsi di una cosa importante, così chiese a Duilio di aspettarlo. Lasciò a terra la valigia e chiamò Sofia, mentre le andava incontro. Restò un attimo davanti a lei senza parlare, lo sguardo nascosto dalle lenti scure. Poi si passò una mano sulla fronte, e disse, come a se stesso:

"*Ok*, domani sera ti aspetto qui, a cena, così risolviamo la questione, una volta per tutte. Purtroppo domani mattina devo andare in città con Duilio a sbrigare delle commissioni."

Sofia annuì:

"Se proprio lo ritieni necessario, allora verrò!"

Egli abbozzò un sorriso, la salutò, e se ne andò, voltandole le spalle.

Sofia cominciò a temere qualcosa di terribile. Lo stomaco fu stretto da una morsa, e le ore cominciarono a passare lente, a rendere l'attesa uno strazio dell'anima.

XII.

La mattina seguente, il tempo era più soleggiato e caldo che mai, tanto che Ilaria riuscì a trascinare Sofia e Filippo nelle piscine del Centro Sportivo, con il quale avevano firmato l'accordo per l'agriturismo. Per lo meno, all'ombra della pineta che circondava le vasche, si poteva trovare un po' di refrigerio.

Là incontrarono altri amici del paese, ed uno strano tipo con dei cuccioli di cane, che dichiarò di aver trovato ospitalità presso i gestori della piscina. Parlare con lui e trastullare i cuccioli servì a far trascorrere velocemente la giornata.

Quando Sofia si accorse che era già pomeriggio inoltrato, tornò in fretta a casa in sella alla sua bici,e, dopo una doccia veloce, indossò un semplice abito di cotone a fiori.

Il caldo si era fatto insopportabile, e, dai monti vicini, nuvole minacciose avevano oscurato il sole. Erano quasi le sette quando Filippo si offrì di darle un passaggio fino alla villa. Insieme ad Ilaria volevano provare a sbrigare alcune faccende al locale, sperando che ci fosse un po' di fresco.

Diversamente dal solito, quando arrivarono alla villa David non uscì a salutarli.

Ilaria cercò di minimizzare, per non far agitare ancora di più Sofia:

"Lo sai com'è lui! Deve essere sempre tutto limpido e perfetto, altrimenti non è contento. Sicuramente dovrà soltanto confessarti a quattr'occhi quanto è innamorato di te, dal momento che la sua timidezza ha superato ogni limite!"

Sofia si sforzò di sorridere, ma il caldo e l'ansia le toglievano il respiro.

Vide che il grande portone era socchiuso, e, mentre si incamminava nel vialetto, fino ai tre grandi scalini dell'entrata, un forte tuono rimbombò sopra la sua testa, oltre le chiome ondeggianti delle piante. Si stava per scatenare un forte temporale, e questo non le era certo di conforto, anzi le mise addosso una certa inquietudine.

Entrò chiudendosi la porta alle spalle.

Il largo ingresso era buio.

La luce proveniva dall'unica stanza ammobiliata dove David viveva.

Si sentiva il cuore in gola, le gambe tremavano.

Bussò piano alla porta aperta, quasi senza respirare. Non ebbe risposta.

Entrò appena.

La tavola era apparecchiata con dei piatti di porcellana antica, bicchieri di cristallo, ed una tovaglia di lino bianchissima. Le portate erano appoggiate su un tavolino, le finestre erano aperte, ed entrava un vento carico dell'odore della pioggia. Si era fatto scuro all'improvviso, ma due eleganti candelieri d'argento illuminavano gran parte dell'enorme stanza.

David stava di fronte al camino, intento ad accendere altre candele, mostrando le spalle.

"Sono qui!" sussurrò con un filo di voce, senza staccare gli occhi dalla figura immobile, che non accennava a spostarsi.

Sofia avanzò timidamente di qualche passo. Il battito del suo cuore e l'ululare del vento attraverso le piante erano gli unici rumori che riusciva a sentire.

David continuava a restare in silenzio, appoggiandosi all'enorme camino con entrambe le mani, dopo aver sistemato sulla mensola un altro candeliere acceso.

Lei, tremando sempre più, fece per avvicinarsi ancora, sperando che il tonfo sordo dei suoi passi sul pavimento di marmo lo costringesse almeno a guardarla.

Un lampo, seguito da un forte tuono, che fece vibrare i vetri, le impedì di proseguire, quasi paralizzandola laddove si trovava.

Fu allora che lui si voltò.

E le venne meno il respiro.

Aveva già notato, vedendolo di spalle, che i suoi capelli erano più corti e curati, ma era anche senza barba e senza baffi.

Sulle prime stentò a riconoscerlo. Il lampo dei suoi occhi verdi la convinse che si trattava proprio di lui.

Il suo aspetto era molto diverso, corrispondeva ad un uomo che non conosceva. Se non fosse stato per lo sguardo – reso cupo da un'angoscia dolorosa – avrebbe detto che non era lui.

Si sedette su una delle poltrone, e continuò a fissarlo, incredula, con la rinnovata sensazione di averlo già conosciuto, non come David.

Il volto di lui era molto teso, tanto da diventare livido, ed una ruga creava un'ombra scura sulla fronte.

Sofia non riusciva a fissare bene quel viso nella sua mente, ed uno strano senso di ansia aveva cominciato a darle un primo sentore di panico.

Anche David tremava, ed appariva sempre più pallido.

Finché si fece forza, raccolse una rivista aperta dalla mensola del camino, e gliela porse lentamente. Era una pagina di un noto mensile americano di spettacolo e finanza. In alto spiccava il titolo *"Ancora senza esito le ricerche del figlio traditore dello scomparso 'Re dell'Elettronica' "*, e sotto: *"Thomas David McDouglas, figlio del fondatore della McDouglas Inc.Corporated, pare svanito nel nulla. L'F.B.I. ha avviato le ricerche con l'Interpol. Un testimone dichiara di averlo visto all'aeroporto J.F. Kennedy di New York il giorno stesso della scomparsa. Tutte le ipotesi sono al vaglio degli inquirenti."* Seguivano quattro colonne intere dedicate alla vicenda, e, al centro, un riquadro con la foto dello scomparso, la foto dell'uomo che adesso le stava davanti come un fantasma.

Sofia continuava ad osservare prima la foto, e poi lui. Rilesse più volte il nome, ma era in uno stato di confusione tale, da non essere in grado di comprendere il contenuto dell'articolo.

Adesso capiva perché aveva sempre avuto la sensazione di conoscerlo. Restava difficile da credere che quei due uomini fossero in realtà la stessa persona.

Con uno sforzo enorme, si impose di essere lucida e calma, in modo da poter riandare con la memoria all'indietro, a rispolverare, nell'archivio della sua mente, tutti i *files* che riguardavano la saga dei McDouglas, perché di saga si trattava.

I McDouglas erano infatti una delle famiglie più ricche e potenti d'America, se non del mondo, proprietari di un impero costruito su tutto ciò che riguardava l'elettronica, dai computer ai più piccoli *microchips*. Avevano laboratori di ricerca e stabilimenti sparsi nei quattro continenti. La sede occupava un intero grattacielo nel centro finanziario di New York, e c'erano filiali sparse in tutto il mondo.

Oltre a questo, la famiglia era nota anche per le vicissitudini dei suoi componenti. Non passava giorno senza che giornali di ogni genere, dalla cronaca, al giornaletto rosa, alla finanza, al *gossip,* non riportassero almeno una notizia che li riguardasse. Negli ultimi tempi, gli eventi erano precipitati, in particolare dalla morte del capofamiglia, Charles Gordon McDouglas. Proprio lui, che le era sempre apparso così lontano dal mondo dei comuni mortali, adesso pareva materializzarsi di fronte a Sofia dalle pagine di giornali e riviste, come il padre dell'uomo che era lì davanti a lei, l'uomo che le aveva cambiato la vita, con il quale aveva sofferto, aveva condiviso timori e periodi bui, che le aveva ridato la speranza e la felicità. Almeno fino a quel momento, quando non le apparve più un essere umano, ma una sorta di mostro, emerso da un pianeta parallelo ed artefatto a lei infido, oscuro ed estraneo.

Ebbe paura, il suo cuore vacillò.

La delusione, lo sconforto, l'amarezza presero possesso della sua mente, insieme alla rabbia e alla frustrazione. Pensò di aver perduto tutto in un istante, e, soprattutto, di aver costruito faticosamente la sua felicità su un castello di illusioni, che adesso le cadeva inevitabilmente addosso.

Quando finalmente riuscì a guardarlo, senza confrontarlo con la foto del giornale, lo stomaco le affondò e le ripiombò in gola.

Gli occhi di lui erano pieni di terrore, la luce si era spenta e vi regnava l'ombra. Si limitavano a fissare, senza più speranza, l'espressione dura e piena di rancore della donna che l'aveva aiutato ad essere lì, vivo e libero, nonostante quel passato e quel marchio che avrebbe sempre avuto addosso. Ma forse sarebbe stato meglio essere morto, piuttosto che vederla soffrire ancora, ferita e, soprattutto, delusa.

Non riusciva a dire nulla, mentre lei invece si era messa in tacita attesa: una strana calma, dettata dalla ragione, era subentrata in modo prepotente, ed esigeva a questo punto delle spiegazioni. Non poteva essersi sbagliata così tanto sul suo conto. Aveva sempre preso con le molle le notizie diffuse da giornali e *mass media*. Perché non fare lo stesso anche adesso? Si impose di essere lucida ed imparziale, il che le riuscì abbastanza bene, perché doveva chiarire una questione che riguardava la sua vita e quella di chi amava.

Egli deglutì a fatica, come se qualcuno gli avesse ficcato in gola qualcosa che l'avrebbe lentamente soffocato.

Un lampo saettò attraverso la stanza, ed il vento fece entrare la pioggia con impeto. Sofia si alzò ed andò lentamente a chiudere le finestre.

Mentre gli voltava le spalle, riuscì a chiedere, con una voce così fredda e atona che neanche lei riconobbe come sua:

"Non sono affari miei, in fondo, e hai tenuto tutti all'oscuro fino ad ora. Perché hai deciso di parlarne proprio con me, e proprio adesso?"

Si voltò di scatto, con aria di sfida.

Ed incontrò la disperazione.

David si era accasciato sul divano, la testa fra le mani, il respiro affannoso. Si avvicinò lentamente a lui, e, in quel preciso istante, sentì la voce del cuore che le suggeriva di dargli la possibilità di spiegare, lasciando a dopo i giudizi ed i commenti, specie quelli dettati dall'orgoglio. Era certa che non avrebbe mentito, non poteva farlo, visto che era braccato da tutto il mondo, ma soprattutto da se stesso.

Stentava a riconoscere il David di sempre: adesso lo vedeva con occhi diversi, lo sentiva estraneo, ma si sforzò ugualmente di comportarsi come aveva fatto finora, al di là delle apparenze e degli istinti. Ricordò quanta sofferenza e tristezza l'avevano quasi spinto a morire, come aveva riacquistato il sorriso e la serenità grazie ad Ilaria, a Filippo, agli amici e alle amiche del paese, lei compresa. Si convinse che non poteva aver finto per tutto questo tempo, e con tutti loro. Anche se stavolta era più difficile, doveva starlo a sentire. In fondo, aveva ascoltato e creduto alle scuse balorde di Franco…

Gli prese la mano, sinceramente pentita della sua aggressività, e mormorò:

"Mi dispiace! Non volevo essere così dura, ma devi capire che è un brutto colpo. Non so più chi sei, e, anche se avevo detto che non mi importava nulla del tuo passato, adesso non so davvero che punto di riferimento avere! Ti ho conosciuto come una persona meravigliosa, e non voglio credere che non sia così!"

David alzò la testa e la guardò. Le strinse la mano e trasse un gran sospiro. Un po' di colore tornò nel viso pallido e teso, e riuscì ad abbozzare un timido sorriso di sollievo e di speranza. Avrebbe voluto dirle che la sola cosa che importava era l'amore nei suoi confronti, che faceva apparire insignificante tutto il resto. Ma sapeva che non poteva esordire così, doveva attenersi solo ai fatti, lasciando che fosse lei a decidere del loro destino.

"Ti sono grato per la possibilità che mi dai. Comunque, potrai verificare facilmente se dico il vero, le fonti non mancano" , le disse in tono neutro.

Strinse ancora più forte la sua mano e socchiuse gli occhi, sforzandosi di essere lucido. Con voce bassa ed atona, cominciò a ricordare il periodo più terribile della sua vita, rinnovandone tutto il dolore:

"Silvana Verdelli era una giovane donna di questi luoghi. Appena maggiorenne, si innamorò di Alfredo Baldi, un alto ufficiale, erede dei Conti Baldi, proprietari di questa villa, all'epoca residenti nelle vicinanze di Roma. La famiglia della ragazza era di umili origini, e non venne ritenuta all'altezza del Conte dai nobili genitori di lui, che si opposero alla loro unione. Ma Alfredo e Silvana si amavano, così decisero di scappare insieme per potersi sposare, visto che lei era già incinta di una bambina. Dopo molto peregrinare, vennero a rifugiarsi qui, dove si trovava uno dei possedimenti di famiglia. Rimasero per molto tempo nascosti, e l'unica persona da cui ricevettero aiuto fu la sorella maggiore di Silvana, Adele. Quest'ultima si era sposata con un gentiluomo dell'alta borghesia e viveva a Firenze.

Ma i Conti erano sulle tracce del figlio, sempre determinati a riportarlo a casa per maritarlo con la sposa da loro scelta tra le giovani aristocratiche romane. Fu Adele ad avvisare Silvana ed Alfredo, e ad organizzare la loro fuga. Con la bambina di pochi mesi, scapparono prima in Africa, e da lì ripartirono per gli Stati Uniti, dove finalmente trovarono un po' di pace. Mentre erano in Africa, infatti, Alfredo era riuscito, tramite amici fidati, a prendere possesso di alcune delle sue rendite, che permisero a lui e alla sua famiglia di trasferirsi oltreoceano e di rifarsi una vita.

Erano gli anni della Grande Guerra, e negli *States* egli riuscì ad entrare negli alti ranghi del corpo militare senza difficoltà, vista la sua esperienza. Ma appena la guerra finì, ritornarono gli stenti, e Silvana cominciò a non sopportare l'indolenza di Alfredo. Non accettava di dover vivere di nuovo nella miseria, e per questo lasciò a casa lui con la bambina, e decise di darsi da fare di persona. Per qualche tempo, trovò lavoro come cameriera nei ristoranti dei quartieri più bassi, ma amava troppo il lusso, e lo voleva senza dover fare troppi sacrifici. Cominciò a circondarsi di amanti danarosi, che la riempivano di regali e di soldi. In certi periodi, non tornava dal marito e dalla figlia per mesi interi. Alfredo si procurava i soldi necessari per sé e per la piccola adattandosi a fare i lavoretti più umili, ma presto fu colpito da una grave malattia, che gli impedì di prendersi cura di Sandra. Allora tentò di richiamare Silvana per affidarle la figlia, ma lei dichiarò di essere vicina a concludere un'unione proficua e di non potersi permettere intralci. Chiese il divorzio ad Alfredo, che, da cattolico convinto e da uomo innamorato, glielo negò.

Sandra fu mandata in un orfanotrofio, perché il padre era ormai costretto a letto dalla malattia. Silvana decise di approfittarne: fece di nuovo visita al marito e gli iniettò una dose più forte dell'eroina, che usava abitualmente per alleviare il dolore. Così, drogato ed incosciente, Alfredo si lasciò convincere a firmare le carte per il divorzio.

Dopo qualche tempo, Silvana si sposò con McDouglas, che già all'epoca era uno dei principali uomini d'affari d'America. Lei si era introdotta nell'ambiente attraverso le fitta rete di conoscenze che si era procurata. Si era presentata come la vedova di un Conte italiano, e quindi poté ostentare come eredità nobiliare il ricco patrimonio che invece si era procurata con i suoi loschi traffici e con la sua ingordigia senza scrupoli. McDouglas era separato da qualche anno, e aveva avuto una figlia dalla prima moglie. Poco dopo le nozze, Silvana partorì un figlio maschio, che fu chiamato Thomas David.

Nonostante gli agi e la ricchezza, Silvana era sempre irrequieta, e non riusciva a saziare la sua sete di potere: non fu mai una persona limpida ed onesta. Infatti, dopo qualche tempo, all'insaputa di tutti, si invaghì del suo confessore, Padre Jonathan, un prete cattolico, che frequentava spesso casa McDouglas. A distanza di pochi mesi dalla nascita di Thomas si scoprì di nuovo incinta, ma solo lei sapeva che il figlio che sarebbe nato non era del marito. Cominciò a comportarsi con Thomas esattamente come aveva fatto con Sandra, e tutte le sue attenzioni furono per Adam Scott, il nuovo arrivato. Inoltre, continuava a vedersi clandestinamente con Padre Jonathan, che custodiva con lei il segreto del figlio avuto dalla loro unione peccaminosa, ed era

131

costretto ad aiutarla a tessere le trame dei suoi inganni, prigioniero dei fili della ragnatela da lei accuratamente ordita.

Finché il sacerdote, oppresso dai sensi di colpa, esasperato dalla cattiveria insaziabile della donna, decise di affrontare McDouglas e di confessare la verità. Ma Silvana, sempre all'erta, riuscì a captare i segnali di allarme, e, per evitare di perdere tutto per colpa dell'amante, cercò di convincerlo, prima con le lusinghe, poi con le minacce. Nel momento in cui si rese conto che per lei non c'era più nulla da fare, perché la volontà dell'uomo era irremovibile, Padre Jonathan venne accusato di molestie sessuali a minori, e sottoposto a processo, prima da parte del Tribunale americano, e poi da quello della Chiesa. Da prove certe, rinvenute solo negli ultimi tempi, si è appreso che Silvana aveva pagato profumatamente un gruppetto di ragazzini di strada, comprando le loro menzogne, per portare avanti il suo piano. Dopo più di un anno di appelli e contrappelli, le prove schiaccianti, che furono trovate contro il Padre, lo fecero condannare all'espulsione dalla Chiesa cattolica, e all'ergastolo. A quel punto la credibilità di Padre Jonathan era crollata, e anche se avesse tentato di dire la verità a McDouglas, questi non lo avrebbe preso in considerazione. Non si può prestare fede ad un uomo che si dichiara non colpevole di un crimine, quando viene dimostrato il contrario, senza ombra di dubbio. Padre Jonathan, però, continuava a non darsi pace: doveva almeno provarci. Raccolse tutte le sue forze, ritrovò la lucidità per scrivere una lunga lettera a McDouglas e scaricare così il peso di una verità che lo opprimeva, prima di affidare a Dio la sua anima, togliendosi la vita.

La lettera riuscì miracolosamente a sfuggire ai controlli di Silvana, arrivando direttamente a McDouglas. Questi, dapprima non prese sul serio quello che vi era rivelato. Ma quando seppe che Padre Jonathan si era ucciso, si mise a ripensare al processo, al comportamento della moglie, e si rammentò di tanti piccoli particolari, che sotto questa nuova luce venivano ad acquistare un significato diverso. Riandò con la memoria alla sua profonda amicizia con il sacerdote, e, ricollegando tutti i pezzi del *puzzle*, cominciò a credere che la confessione contenuta nella lettera fosse attendibile.

McDouglas era un uomo molto determinato, e volle andare fino in fondo per scoprire la verità. Così venne a sapere che dal precedente matrimonio Silvana aveva avuto una figlia, Sandra, abbandonata da piccola in un orfanotrofio. Egli rintracciò quella che era diventata ormai una ragazza, e la invitò a casa loro. Silvana non la riconobbe, e sulle prime pensò che fosse una compagna d'università di Jenny, l'altra figlia di McDouglas. Quando il marito le rivelò che si chiamava Sandra Baldi, specificando da dove veniva e chi erano i suoi genitori, ella, dopo un attimo di smarrimento, cercò di negare, ma non si perse d'animo, e subito inscenò una grandiosa commedia. Si gettò a terra, piangendo ed urlando che il suo defunto marito, perfetto gentiluomo, si era rivelato nel tempo un uomo violento, che l'aveva costretta a prostituirsi per farsi mantenere. Finché lei un giorno aveva trovato la forza di scappare, portando in salvo la bimba, ed affidandola ad un orfanotrofio, con suo grande dolore. A suo dire, lei non sarebbe stata in grado né di difenderla dalle ire del marito, né di mantenerla. Ma quando McDouglas le chiese perché mai, in seguito, non l'avesse più cercata, dal momento in cui si era di nuovo sposata e si era trovata al sicuro di una famiglia, per di più potente, lei giurò di non sapere che l'ex marito crudele fosse morto, e di temere una cattiva reazione da parte del consorte che amava. Confessò di aver avuto paura che lui non le credesse, e la giudicasse nella maniera sbagliata.

McDouglas parve convincersi della buona fede della moglie, confidando sul fatto che Padre Jonathan aveva perduto il senno, e poteva aver travisato la realtà dei fatti. Nascose la lettera in un posto sicuro, e non ne fece mai parola con sua moglie. Dichiarò di aver scoperto casualmente la storia di Sandra, per una serie di coincidenze, durante una trattativa di affari con un cliente italiano.

Per un certo periodo, Silvana si comportò come la più devota delle consorti, piena di affetto per il marito, e dedita ai figli, anche a Jenny, che spesso aveva ignorato. In particolare, dava l'impressione di voler ricolmare Sandra dell'affetto che le aveva fatto mancare per tutti quegli anni.

Eppure McDouglas aveva sempre un tarlo che gli rodeva l'anima. Stava diventando vecchio e doveva affidare le redini dell'azienda ai figli, che già vi erano inseriti. C'era un posto per tutti, anche per Sandra, e li aveva sistemati nei settori di formazione, intanto che terminavano gli studi. Ma la presidenza al suo posto l'avrebbe avuta il primogenito, a patto che fosse veramente suo figlio. Decise allora, in segreto, di togliersi il dubbio definitivamente. All'insaputa di tutti, con l'aiuto del suo medico di fiducia, volle procedere alla verifica del *DNA* dei suoi due figli maschi, prendendo personalmente qualche capello, senza farsi notare. Ora più che mai, però, Silvana stava in guardia, perché ultimamente il marito le era apparso troppo chiuso e sospettoso. Così si mise a spiarlo senza sosta, finché riuscì ad intercettare una conversazione telefonica di McDouglas, in cui egli accennava ai risultati di certe analisi.

Pur senza sapere di cosa si trattasse, Silvana ebbe paura per sé e per il figlio Adam, che ella amava più di tutti, perché le assomigliava e la aiutava nelle sue trame – subdolo e malvagio fin da piccolo, pronto a tutto pur di ottenere ciò che voleva.

Non si doveva scoprire che Adam non era un McDouglas, altrimenti madre e figlio sarebbero stati rovinati. Non potendo evitare però, a questo punto, l'accusa di adulterio, e immaginandosi, che in qualche modo, Padre Jonathan fosse riuscito a comunicare con suo marito, costruì ad arte, con l'ausilio di Adam, una lettera indirizzata ad un altro sacerdote della parrocchia. Questa fu fatta risalire a qualche anno dopo la nascita dei due figli, con la grafia falsificata di Padre Jonathan – poiché Adam scriveva esattamente come suo padre. Nella lettera egli confessava all'amico di essersi accorto di soffrire da tempo di gravi crisi nervose, che adesso non era più in grado di controllare. Sorpreso infatti da un violento attacco, mentre era in confessionale con Lady McDouglas, era stato posseduto da un desiderio demoniaco, e l'aveva violentata più volte contro la sua volontà. Ritornato in sé, aveva chiesto perdono alla nobildonna, la quale, dopo aver riconosciuto la malattia ed essersi impietosita del suo stato, con spirito cristiano – dato che lui si era sempre mostrato un sacerdote di perfetta moralità - e anche per il profondo affetto che li legava nella fede, aveva deciso di non denunciarlo, e di mantenere il segreto. In compenso, si era offerta generosamente di aiutarlo a guarire, mentre lui, sconvolto da quell'episodio, sopravviveva alla colpa solo grazie alla magnanima stima che la signora continuava a riporre in lui. Ora, però, dichiarava di aver deciso di parlarne al suo amico e confessore, a distanza di qualche tempo, perché non sopportava il peso del rimorso, specie dopo che da quell'unione peccaminosa era nato un figlio.

Quando la lettera fu scritta, bisognava trovare qualcuno che potesse poi spiegare perché non fosse stata mai recapitata. Rose, la migliore amica e complice di Silvana, con la quale aveva condiviso molte esperienze, si offrì di prestarle aiuto per inscenare la commedia.

Si presentò a casa McDouglas il pomeriggio convenuto, con la scusa di una visita occasionale. Mentre passavano davanti allo studio di McDouglas, intento al proprio lavoro, Rose cominciò a parlare, con fare concitato, della lettera, attirando l'attenzione dell'uomo:

"L'ho ritrovata la settimana scorsa tra le mie cose, perché l'aveva affidata a me, il povero Padre, ricordi? Ma tu mi pregasti di non consegnarla, finché non fosse stato necessario - se proprio fosse diventato pericoloso, nonostante le cure del povero professor Andrews, pace all'anima sua - per non compromettere Jonathan davanti alla Chiesa e ai suoi fedeli. Era tanto malato, e tu sei stata così generosa nei suoi confronti! Ora, non vorrei far sanguinare di nuovo la tua ferita, mia cara, per questo ho deciso di consegnartela, anche se avrei dovuto bruciarla e seppellirla con tutti i brutti ricordi che porta con sé!"

La messinscena andò avanti per un po', specie quando le due donne furono sicure che McDouglas fosse dietro la porta ad ascoltarle. Quindi Silvana, appena fu uscita l'amica, prese la lettera e la gettò nel camino, preoccupandosi di dare alle fiamme solo i fogli lasciati appositamente bianchi, mentre si curò di far cadere la parte a cui teneva ben lontana dal fuoco. Poi uscì di corsa, fingendo di essere in lacrime.

McDouglas si precipitò nella stanza a raccogliere la lettera e a leggerla, abboccando all'amo che la perfidia della moglie gli aveva gettato, e rimase sconvolto da quello che apprese. Tutto collimava, la nuova lettera era la perfetta integrazione di quella ricevuta da Jonathan, e non ebbe più dubbi, perché non poteva immaginare che la moglie, per difendersi, fosse capace di mentire fino ad alterare la realtà.

Tuttavia, mal sopportava che questo fosse accaduto senza che lui lo sapesse. Era pur sempre suo marito: segreti, promesse e buone intenzioni non avrebbero dovuto lasciargli credere suo un figlio che non lo era. Adesso poi restava da stabilire quale dei due non fosse sangue del suo sangue.

Ancora una volta, Silvana ebbe il valido appoggio di Adam.

Ora che un eventuale divorzio, con la conseguente caduta in miseria, pareva scongiurato, grazie alla magnanimità di McDouglas, ma, soprattutto, per la grande abilità di Silvana, Adam, scaltro manipolatore, trovò facilmente una scusa per intrufolarsi nello studio del medico incaricato delle indagini. Riuscì ad avvicinarsi ad un assistente di laboratorio, lo corruppe, e lo ricattò pur di ottenere i suoi servizi. Lo convinse così ad alterare i risultati delle analisi, e tutto fu subito risolto, tempi e modalità combaciarono in un *puzzle* perfetto: Adam era il figlio legittimo, Thomas destinato alla gogna."

XIII.

David fece una pausa per riprendere fiato. La sua voce aveva cercato di rimanere ferma durante il racconto, ma a tratti aveva faticato a proseguire. La ferita, specie quella inferta da una madre, era troppo profonda per permettere anche al tempo di cicatrizzarla.

Sofia lo ascoltava, quasi trattenendo il respiro, incredula, ma soprattutto colpita dal distacco forzato che egli mostrava nei confronti dei fatti narrati. All'inizio, aveva stentato a capire, e non ci sarebbe riuscita, se non avesse ricollegato queste notizie con quelle che aveva letto sui giornali. Per di più, David parlava di sé in terza persona, come se si trattasse di un altro, un estraneo di cui aveva sentito raccontare. Non c'era emozione nella sua voce, né mostrava un minimo di coinvolgimento: aveva eretto un muro di apatica indifferenza per non farsi schiacciare dal peso di una sofferenza altrimenti insopportabile.

Sofia non si rendeva conto se stesse ascoltando una storia vera, oppure se si fosse addormentata davanti ad un intricato *thriller* trasmesso alla tv. Sedeva accanto a lui, che teneva le mani serrate, fino a farle diventare bianche, in mezzo alle gambe divaricate, la schiena china, lo sguardo fisso davanti a sé, con tutte le immagini vivide del racconto che riprendevano una vitalità inaspettata, ed acuivano un dolore che pareva sopito, abbandonato in un angolo della sua anima.

Il silenzio fu rotto soltanto da un tuono, che rimbombò con violenza, portando un nuovo, violento scroscio di pioggia.

Lentamente Sofia si alzò, prese i due bicchieri che David aveva preparato per gli aperitivi, li riempì di Martini e ne porse uno a lui, che lo prese come un automa, senza neanche alzare lo sguardo. Ne bevve un sorso, poi strinse il bicchiere tra le mani, tanto che Sofia pensò che il cristallo schizzasse via in miliardi di frammenti colorati. La sua voce roca ed atona la colpì più del tuono:

"I giornali si sono sempre occupati dei McDouglas, cercando ogni pretesto pur di parlarne, e forse è normale per chi è considerato importante. Ma nessun buon *reporter*, neanche quello più ardito ed affamato di successo, riuscirebbe mai a venire a conoscenza della verità. Sono stati tutti molto abili a creare una sorta di mondo parallelo, in modo tale da poter gestire le cose a loro piacimento, magari aiutati anche dagli stessi McDouglas. Io ho scoperto la verità solo alla fine, quando era troppo tardi..."

Si lasciò sfuggire una smorfia di disprezzo, poi proseguì:

"McDouglas, convinto ormai da tutte quelle prove, e senza mai sospettare fino a che punto potesse arrivare il potere malefico di sua moglie, stese il testamento a favore di Adam, nominandolo primo erede, designando Thomas insieme a Jenny e Sandra alle altre cariche. Non per questo Thomas era scontento, né protestò, anzi, preferiva non dover reggere tutto il peso della McDouglas in qualità di presidente, anche se sapeva che suo fratello aveva molte meno capacità di lui, pur essendo più ambizioso. Se questa era la volontà di suo padre, non l'avrebbe certo messa in discussione.

Il problema era che Thomas sapeva la verità. L'aveva scoperta un giorno, quando si era trovato ad ascoltare per caso una conversazione tra suo fratello e sua madre in salotto, mentre erano convinti di essere in casa da soli. Li aveva sentiti parlare di 'analisi scambiate', di 'lettera finta', e aveva deciso di indagare per conto suo. Li aveva spiati, controllati, aveva raccolto notizie, fino a scoprire tutta la complicata macchinazione. Purtroppo, sembrava impossibile smascherare un piano così ben congegnato, portato avanti nel tempo con una fitta rete di bugie e di inganni. Rischiava di rovesciarsi addosso la perfidia della donna, che fino a quel momento aveva amato più di se stesso, e magari suo padre l'avrebbe accusato di essere geloso, così che avrebbe perso la sua stima ed il suo affetto. Sì, perché ora sapeva con certezza che sua madre sarebbe stata disposta a tutto, pur di difendere quello che si era malvagiamente conquistata. Quindi, era consapevole di non poter contare sull'aiuto di nessuno, perché di nessuno si poteva fidare.

Thomas riuscì a raccogliere di nascosto tutte le prove, con tenacia e coraggio. Senza però fare i conti con l'astuzia della madre. Probabilmente si era accorta del suo cambiamento d'umore, anche se lui cercava di comportarsi sempre allo stesso modo. La donna dovette aver pensato che il figlio non avesse accettato di buon grado la nomina del fratello Adam al posto suo. Poiché chi tesse le sue tele con l'inganno resta sempre all'erta, per evitare di essere a sua volta raggirato, all'inizio avrà pensato che la gelosia per il fratello e l'orgoglio ferito lo spronassero a tentare qualcosa di avventato, per vendicarsi o cercare una sorta di rivalsa. Magari avrà notato i suoi misteriosi impegni improvvisi, le telefonate interrotte all'arrivo di qualcuno, le frequenti visite del suo amico Mike.

Fatto sta che un giorno, mentre Thomas era nel suo studio per depositare nella cassaforte privata un documento, che aveva appena ricevuto via fax da un'agenzia, e che doveva servire a smascherare definitivamente queste trame, sua madre entrò con una scusa, si avvicinò a lui, e, senza tanti convenevoli, gli strappò i fogli dalle mani. Il colorito scomparve di colpo dal volto inespressivo, per fare spazio ad un livore e ad un odio che dovrebbero essere estranei ad una madre nei confronti di un figlio. Non disse nulla, le labbra serrate, lo sguardo carico d'ira e di malvagità. Girò sui tacchi e sbatté la porta.

Da quel momento Thomas seppe che la sua vita sarebbe stata impossibile, anche se doveva far finta di niente, cercando di fronteggiare quel mostro di donna, in attesa di avere tutte le prove per incastrarla definitivamente, ed evitare di venire incastrato a sua volta. L'impresa si sarebbe presentata più difficile, ora, perché lei sapeva e l'avrebbe ostacolato in ogni modo.

Nel frattempo McDouglas morì, e quello che più fa male ancora a suo figlio è il fatto che egli non abbia potuto conoscere la verità, non abbia mai saputo di essere stato ingannato. Thomas tentò infatti di parlare con lui nei suoi ultimi istanti di vita, ma sua madre era sempre di guardia, e ogni volta trovò delle scuse per farlo allontanare.

Non appena il vecchio McDouglas chiuse gli occhi, Thomas dovette combattere con il dolore per la perdita dell'unica persona che gli aveva davvero voluto bene. Sapeva anche che, da un momento all'altro, sua madre lo avrebbe sbattuto fuori di casa, screditandolo definitivamente, in modo da impedirgli qualsiasi mossa in futuro.

Infatti, dopo qualche settimana, scoppiò lo scandalo. A seguito di un'inchiesta, l'*FBI* aveva rinvenuto dei documenti che dimostravano come Thomas David McDouglas avesse tramato ai danni dell'intera famiglia, con l'aiuto di personaggi di dubbia fama, per ridurre l'azienda ad una filiale della concorrenza, la *Techno Inc.* . Gli scambi che Thomas aveva avuto con loro erano stati manipolati, delle persone si erano fatte pagare migliaia di dollari per testimoniare il falso… In breve, era stato tutto sistemato nei minimi dettagli, affinché ogni singolo pezzo del *puzzle* incastrasse perfettamente con gli altri, fino a definire il quadro di un cinico mostro senza scrupoli, che aveva sempre cercato di mettere nel sacco il padre, i fratelli, e la famiglia intera, insieme all'azienda, ingannando, ricorrendo ad ogni sotterfugio e mezzo illecito, pur di ottenere il potere tutto per sé, a maggior ragione dopo che non era stato designato erede al posto di Adam.

Come poteva Thomas riuscire a smontare un castello di accuse così ben congegnato, per rivoltarlo poi contro i veri artefici del piano? Chi gli avrebbe creduto? Se ne occuparono intere trasmissioni televisive, giornali, riviste, psicologi, esperti, puritani... Addirittura nacquero delle associazioni e dei movimenti di protesta, per combattere mostri come lui. Tutti erano schierati contro Thomas McDouglas, perché la sua storia appariva chiara ed inconfutabile, dalle testimonianze e dai documenti. Anche gli amici lo avevano abbandonato, e così la sua precaria fidanzata dell'alta società. Non poteva più uscire senza essere aggredito ed insultato. Veniva minacciato al telefono. I giornalisti lo rincorrevano per assicurarsi esclusive, promettendogli fior di milioni, purché dichiarasse in diretta tv che le accuse erano fondate. E intanto c'era il rischio che ne scaturisse un processo per attività illecite, e chissà quali altre imputazioni avrebbero montato, purché fosse condannato almeno all'ergastolo.

L'universo intero era ormai deciso a metterlo alla sbarra.

Sua madre gli fece trovare tutte le porte chiuse, senza lasciargli neanche uno spiraglio. Dopo la morte del marito si era messa a letto, dichiarandosi molto malata, profondamente segnata dallo stress a seguito della perdita del consorte e, soprattutto, del tradimento del figlio Thomas, che gettava la famiglia nella vergogna e nell'imbarazzo, oltre che nel dolore.

Così un giorno, davanti a dei testimoni, fra i quali anche molti giornalisti, aveva espresso quelle che definì le ultime volontà. Oltre a ringraziare tutti quanti per l'appoggio morale e l'affetto dimostrato, rinnovò l'amore per il figlio Adam; assicurò a Jenny di considerarla, da sempre, a tutti gli effetti, sua figlia; si sciolse in lacrime di fronte alla bontà di Sandra, che da bambina aveva dovuto privarsi dell'amore di una madre così sciagurata, e, quando l'aveva ritrovata, l'aveva perdonata senza indugi. La sua recitazione era perfettamente studiata nei tempi e nei modi. Il finale doveva essere un'esplosione mai vista di bombe atomiche mascherate da fuochi d'artificio ad effetto. Si rivolse infine a Thomas con aria compassionevole:

"*Una madre non può smettere di amare suo figlio per nessun motivo. Anche se questi la ferisce mortalmente. Per questo ti perdono, figlio mio, davanti a Dio e a tutti voi, e possa il mio perdono farti ritrovare la strada che io e la buonanima di tuo padre ti avevamo indicato.*"

Con questa *performance* si era guadagnata la piena fiducia dell'opinione pubblica, mentre Thomas ne usciva a pezzi.

Per fortuna, nei momenti di disperazione, capita di trovare un appiglio insperato. L'avvocato e migliore amico di Thomas, Mike Fontana, credeva senza dubbi alla sua buona fede, perché era stato testimone delle trame, dei complotti, e di tutti gli eventi, fin dall'inizio, quando lo aveva aiutato a raccogliere le prove della colpevolezza della donna. Così si era anche adoperato per procurarsi e nascondere gli indizi raccolti insieme a Thomas contro sua madre. Gli aveva consigliato di partire subito, ma questi decise di aspettare, finché non fu inevitabile. Nel frattempo, Mike aveva già preparato dei documenti falsi ed un travestimento adatto per la fuga.

Prima della soluzione estrema, Thomas decise di affrontare sua madre per l'ultima volta, forse illudendosi di farle cambiare idea, o forse sperando che gli dimostrasse almeno un po' di affetto. Ma quando entrò in camera sua di nascosto, senza avvisarla, non la trovò affatto in punto di morte, come aveva fatto credere. Il suo sguardo era pieno di odio e di vendetta nei suoi confronti, non c'era spazio per la misericordia. Si scagliò contro di lui con terribile lucidità, controllò che non avesse addosso microfoni o registratori per incastrarla, poi prese ad insultarlo con disprezzo:

"*Sei un povero deficiente! Cosa credevi di fare, piccolo scemo, volevi essere più furbo di me? Io me lo sono conquistato a caro prezzo quello che ho, e tu, con la tua faccia da bravo ragazzo, pensi di portarmi via tutto? Non ho sopportato neanche quello stupido del mio primo marito per la sua integrità, né tuo padre, il 'principe della finanza onesta', come lo chiamavano! Puah, che disgusto! E non pensare che finisca qui: ormai tu hai cominciato il gioco e adesso andremo fino in fondo, ma ad affondare sarai tu, bello mio! E se credi che io ti abbia davvero perdonato, ah, ah, ti sbagli di grosso! L'ho detto al prete per farmi dare l'assoluzione, e l'ho detto ai giornalisti perché così la giuria ed il mondo intero non potrà far altro che condannarti soltanto per aver fatto soffrire la tua povera madre vedova! Non hai scampo, caro il mio figliolo!"* -

David interruppe il racconto, si prese la testa fra le mani, ed emise un lamento.

Sofia era talmente impressionata da questa storia, che non riusciva a capacitarsene.

Egli sospirò di nuovo, e, ad occhi semi-chiusi, proseguì, a fatica, per uscire alla svelta da quel vortice orribile di ricordi:

"Lei lo maledisse, scagliandogli contro tutta la sua rabbia, e fu così che Thomas scappò di corsa da quella casa, dopo averle gridato in faccia la disperazione del suo dolore e del suo disprezzo. Prese la prima auto che trovò nella rimessa, e nel frattempo chiamò Mike perché gli organizzasse la fuga, prenotando un posto nel primo aereo in partenza, ovunque andasse.

Mike lo raggiunse nei bagni pubblici dell'aeroporto. Grazie al suo lavoro, e a quello di altri tre collaboratori fidati, poté dargli l'assegno, con tutti i soldi che aveva ritirato dal conto personale, non appena la situazione si era fatta difficile. Gli consegnò anche il passaporto fasullo, con la borsa dei documenti. Lo trasformò in uomo d'affari arabo, che era venuto in America per conto di un importante emiro del Qatar. Lo avvertì che poliziotti ed *FBI* lo stavano già cercando ovunque. Quindi doveva mantenere i nervi saldi per superare i controlli. Intanto Mike sarebbe rimasto nei bagni, senza farsi vedere, finché l'aereo non fosse decollato. Poi avrebbe indossato la parrucca, che si era portato dietro, insieme ad un pastrano logoro e sudicio, per potersi mescolare facilmente in mezzo alla folla.

Thomas aveva il cuore affranto, ma era la sua ultima speranza di vita. E lui voleva vivere, perché fino a quel momento non gli era stato permesso. Affrontò *check-in*, dogana, ispezioni, con il coraggio e la calma che, misteriosamente, inaspettatamente, si riesce ad avere nei momenti particolarmente difficili della vita. Nessuno parve sospettare di lui, anche perché sapeva parlare arabo molto bene, ed evitò sempre di guardare le persone in faccia.

Il tempo trascorreva lentissimo, e quando Thomas si trovò finalmente sull'aereo, ricominciò a respirare. Stordito e confuso, ancora tremante per il timore di essere scoperto, non riuscì a mangiare nulla. Soltanto dopo un po' si accorse di avere la gola secca, e chiese da bere alla *hostess.*

Cominciò a prendere coscienza dei pericoli e delle sofferenze alle quali era andato incontro, e, soprattutto, vedeva davanti a sé un futuro vuoto, ignoto, tutto da ricominciare. In quell'istante perse le speranze, e pensò di non riuscire a farcela. Si chiese perché era scappato. Sarebbe stato meglio restare là, e farsi uccidere alla svelta. Avrebbe potuto farlo adesso: costituirsi e farsi riportare indietro

Ma, all'improvviso, gli ritornò in mente la faccia feroce e piena d'odio di sua madre, e fu certo di non volerla rivedere mai più. Solo ora, in tutta la sua vita, aveva la possibilità di essere padrone di se stesso, di non essere più McDouglas, ma un uomo libero qualsiasi, con dei sentimenti ed un'anima che erano rimasti inerti, fossilizzati, senza mai essere stati vivi. Aveva il mondo intero da scoprire, e valeva la pena affrontare il rischio: lo doveva a se stesso.

L'improvvisa sensazione di libertà lo fece sentire per la prima volta un essere umano. Fu turbato da una lieve inquietudine, ma invaso da una strana, insolita emozione che lo inebriava. Dall'oblò, sotto le nuvole, si scorgevano già le coste della Spagna. Un nuovo mondo, una nuova vita: faceva paura, ma voleva provare, per continuare a sentirsi vivo."

David stava parlando con voce tranquilla, lo sguardo perduto, nel ripercorrere quei momenti drammatici della sua vita.

Quello che stupiva Sofia era la sua ostinazione nel raccontare di sé in terza persona, con la volontà di tenere separati per sempre il passato dal presente. Non ebbe il coraggio di interrompere il breve silenzio della sua pausa. Si sedette più vicino a lui sul divano, fino a sentire il suo calore, e solo allora si rese conto che stava facendo quello sforzo terribile per avere la possibilità di iniziare una nuova vita con lei. Anche se pareva non accorgersi della sua presenza, in quell'attimo seppe che lui era lì solo grazie a lei. Si sentì invadere da un senso di profondo rammarico e di angoscia.

Non ebbe modo di approfondire le condizioni del suo stato d'animo, perché egli lentamente riprese a parlare:

"Nonostante il viaggio fosse lungo, per Thomas, assorto in tutti questi pensieri, il tempo scorreva veloce. Ancora non aveva deciso cosa fare. Avrebbe dovuto improvvisare, farsi guidare dall'istinto del momento, ma sarebbe stata dura.

Il volo era diretto in Italia. All'aeroporto di Roma, dopo aver sbrigato le pratiche doganali ed aver ritirato i bagagli, gettò i panni dello sceicco, e prese quelli del turista David Raynolds, con i documenti che Mike gli aveva fatto preparare. L'amico lo aveva aiutato, ma non aveva voluto sapere nulla dei suoi progetti, così nessuno lo avrebbe potuto costringere a rivelare ciò che non conosceva. I ponti col passato erano tagliati definitivamente, non c'era possibilità di ritorno.

All'uscita dall'aeroporto, il timido sole di una giornata qualsiasi di un gennaio italiano colpì Thomas come una lingua di fuoco. Si diresse verso la fila di gente in attesa di un taxi, e si sentì perduto, per la prima volta in vita sua, dinanzi alla semplice domanda del taxista: *"Da che parte andiamo?"*. Non si era goduto neanche un istante la sua 'normalità', un essere comune fra tanti, che già era in difficoltà. Dopo qualche attimo d'esitazione, cercò di guadagnare tempo, facendosi portare alla stazione di Termini, così avrebbe avuto modo di pensare alla prossima destinazione.

Era un uomo solo nel mondo. Rinato, certo, ma quando si nasce c'è sempre qualcuno che ci aiuta a trovare una collocazione, solo raramente si viene abbandonati, e questo era proprio il suo caso.

La stazione era affollata di uomini d'affari, studenti, turisti, gente comune, chi di fretta, chi col naso in aria verso il tabellone di arrivi e partenze, chi in attesa, seduto sulle valigie, chi sperduto, come lui. Scoprì di non essere veramente solo, e neanche l'unico a sentirsi smarrito. Questa consapevolezza lo fece sentire un po' meglio.

Il primo treno in partenza era un *Intercity* per Firenze. Il destino giocava con lui, perché proprio da quei luoghi venivano i suoi nonni e le sue origini. L'istinto gli suggerì di prendere un altro treno per la direzione opposta.

Ma, come capita spesso, quando meno ce lo aspettiamo, incontriamo nei posti più impensati le persone più improbabili. Tra la folla, con una ventiquattrore in pelle, abito scuro impeccabile, sguardo di ghiaccio, Thomas intravide uno degli avvocati di fiducia di sua madre, di sicuro in 'missione', per occultare personalmente le ultime tracce compromettenti del passato della sua cliente.

Il caso aveva deciso per lui, e Thomas fu costretto a salire sull'*Intercity* per evitare di essere visto, anche se, per un istante, ebbe paura che quegli occhi gelidi lo avessero individuato. Thomas si sedette in uno scompartimento assieme ad un'allegra brigata di studenti. Si accorse di potersi confondere facilmente tra la folla, visto che indossava dei jeans, un maglione azzurro ed un giaccone blu, scarponi, occhiali scuri, barba e baffi incolti, capelli lunghi e ribelli. Osservò dal corridoio il movimento della gente sul marciapiede, e vide l'avvocato salire sullo stesso treno, ma più avanti, nei vagoni di prima classe. Per fortuna Thomas, quando era rimasto a vagare in stazione, ancora indeciso sul da farsi, aveva già fatto il biglietto.

Il treno si mosse lento e silenzioso. Il senso di libertà, ispirato dalla partenza, fu soffocato subito dal pensiero dell'uomo che lo poteva riconoscere, poco più avanti, troppo vicino. Cercò di non farsi uccidere da quell'idea, ma ogni volta che qualcuno passava nel corridoio, non poteva fare a meno di sobbalzare. Alla prima fermata, tentò di vedere se l'avvocato era sceso, ma non ci riuscì, neanche quando il treno riprese la sua corsa. Per calmarsi, provò a guardare fuori dal finestrino.

Il paesaggio era unico al mondo. Uscito dalle colline delle campagne laziali, il treno puntava ora su una serie di gallerie che attraversavano gli Appennini, adorni di boschi sempreverdi, con intermezzi di piante spoglie e di macchie dai tipici colori invernali.

Arrivati alla stazione di Chiusi, dopo aver superato l'erto colle di Orvieto in lontananza, finalmente l'avvocato scese. Thomas si sentì togliere un grosso peso di dosso, anche se ebbe un ultimo fremito quando lo vide voltarsi a guardare verso il convoglio. In realtà, stava aspettando una persona, che gli si fece incontro poco dopo. Li tenne d'occhio, finché se ne andarono insieme verso l'uscita della stazione, intanto che il treno si allontanava pigro. Da allora si godette il panorama fino a Firenze.

Scese alla stazione di Santa Maria Novella, e si lasciò guidare dall'istinto. Si fermò a mangiare in un locale lì vicino, perché confondersi in mezzo a tanta gente lo faceva sentire al sicuro. Poi si incamminò verso il centro, per cercare un posto dove trascorrere la notte. Si fermò presso un decoroso *bed and breakfast*, si accordò per una camera, e chiese al proprietario alcune informazioni. Sistemò i bagagli, ed uscì per andare all'agenzia immobiliare che gli era stata indicata.

Stava cercando un alloggio in una località fuori mano, che fosse subito disponibile. L'ometto dell'agenzia rimase un po' perplesso dalla fermezza e dalla fretta di quel cliente straniero, e, per un breve istante, parve sospettare di lui. Ma un mazzo di dollari gettati sulla sua scrivania, ingombra di scartoffie, gli fecero cambiare idea, ed ogni dubbio si dissolse con *"la massima velocità, discrezione e soddisfazione del cliente"*, come dichiarò untuosamente, sorridendo beato dei soldi, che infilò alla svelta nella tasca della striminzita giacchetta a quadri. Gli promise di mettersi subito al lavoro, ma gli chiese, con affettata cortesia, di lasciargli almeno qualche ora di tempo.

Thomas ne fu lieto, così poté approfittarne per fare una passeggiata nel sole tiepido di una Firenze lussureggiante e chiassosa. Nonostante si sentisse ancora stordito, si ritrovò a guardare questo o quel monumento a naso in su, mentre un fiume di gente lo spingeva di qua e di là. La storia, l'arte, la vita, gli apparvero così enormi e meravigliosi, da non poter essere contenuti in una definizione. Per un istante, si ricordò quante volte era stato in quella città, senza mai averla vista veramente, come adesso. Andò a visitare anche la Galleria degli Uffizi, dove poté ammirare le opere maestose, che nei secoli continuavano ad esibire la maestria unica dei loro creatori, nelle forme più elevate dell'arte. C'erano ragazzi e ragazze seduti dinanzi a marmi o dipinti, completamente assorti nello studio delle forme, delle linee, della bellezza. Thomas si lasciò piacevolmente trasportare da quel clima di contemplazione per gran parte del pomeriggio.

Appena uscito, fece un po' di compere, passeggiando per le vie del centro. L'aria frizzante, con tutti gli odori dei bar, dei negozi, dei musei, delle acque copiose dell'Arno, lo faceva sentire bene.

Quando ritornò all'agenzia era quasi il tramonto. L'ometto lo accolse con entusiasmo, mostrando orgoglioso una cartella rossa, che conteneva piante e documenti della dimora che aveva scovato per il cliente. Dichiarò, con aria solenne, che si trovava troppo lontano da lì, per andarci subito, e così si era permesso di organizzare il viaggio per il giorno dopo. Mentre, con aria compiaciuta, sventolava i biglietti del treno, lo fece accomodare, e gli mostrò alcune foto della tenuta, illustrando quale era lo stato attuale, la posizione, e tutta una serie di dettagli.

Thomas dette qualche occhiata svogliata alle scartoffie, ma si riservò di giudicare non appena l'avesse vista di persona. Voleva sentire lo 'spirito del luogo', per capire se, d'istinto, sarebbe stato il posto adatto al nuovo se stesso. L'ometto cominciò ad impallidire, balbettando che, in così poco tempo, non si poteva fare di meglio, e che, anche se necessitava dei dovuti restauri, la villa era molto più imponente di quanto risultasse dalle foto. Inoltre, aggiunse che queste vecchie dimore italiane hanno tutte un aspetto un po' gotico, creano una suggestione accresciuta dalle dicerie popolari, che, in genere circolano al riguardo, ma egli confidava che un *'Signore'* come lui non avrebbe badato a certe sciocchezze.

Thomas si sentiva troppo stanco per parlare di affari, e rimandò le trattative all'indomani.

Ritornò al *bed and breakfast*, e si sentì sollevato nel trovarlo caldo ed accogliente. Nel piccolo atrio incontrò un tipo strano, di certo un artista, perché aveva con sé una cartella enorme, con dei fogli gettati dentro alla rinfusa. Non si poteva non notarlo, dato che si vedeva chiaramente che non era a suo agio in quell'ambiente. Probabilmente stava aspettando qualcuno. Nonostante fosse freddo, indossava dei calzoni larghi di cotone, una polo a maniche corte, con dei sandali estivi slacciati. Mentre Thomas sbrigava le formalità alla *reception*, quello si tolse le scarpe e, senza calzini, cominciò a tormentare certi calli che parevano infastidirlo a tal punto, da non poterli sopportare un secondo di più. Era magro ed allampanato, i capelli cortissimi e chiari, irti sulla testa, l'aria di un cinquantenne, con degli occhiali tenuti insieme da più di un'incollatura, che gli scivolavano giù, mentre stava piegato in due ad operare sui piedi.

In quel momento entrò una signora, con al seguito quella che doveva essere la tata, due bambini, ed un grosso cane San Bernardo. I bambini si stavano litigando un dolcetto, e cominciarono ad urlare, finché il più piccolo si mise a piangere in una buffa maniera. Il grosso cane iniziò ad abbaiare, voltandosi dall'uno all'altro dei suoi padroncini, come per tentare di sedare la lite. La signora era diventata di mille colori, e lanciava occhiate terribili alla povera tata, che cercava disperatamente di mettere a tacere i due contendenti.

Quello che colpì Thomas fu la reazione del tipo coi sandali. Dinanzi a quell'improvvisa confusione, aveva lasciato andare all'istante i piedi, e si era messo a contemplare lo spettacolo a bocca aperta, ora ridendo della spontaneità dei bambini, ora osservando teneramente il cane, ora gettando uno sguardo di rimprovero alla signora troppo altera, e commiserando la sua disgraziata sottoposta. Le espressioni sul suo viso passavano tanto rapide e mutevoli, che pareva una maschera, in contrasto con il resto del corpo, che restava immobile. Per la prima volta Thomas, attraverso gli occhi di quell'uomo, riuscì a vedere la vita, la quotidiana semplicità dello scorrere dell'esistenza, l'importanza di un alito, di un sorriso, di un fruscio, dei piccoli particolari, ai quali spesso non si bada. L'universo intero parve imperversare nella sua anima, tanto che si sentì travolgere da quell'impeto di vitalità. E allora pensò a chi poteva dirigere tutto questo, ad un dio che orchestra le cose, gli eventi, ed i destini delle persone. Infatti, solo una divinità, un essere superiore può concepire qualcosa di così perfetto. Ma noi non sempre siamo in grado di riconoscerlo, perché diamo tutto per scontato e non ci accorgiamo dell'enorme tesoro messo a nostra disposizione. Thomas l'aveva finalmente scoperto, e promise a se stesso di tenerlo sempre presente, perché solo così poteva avere la felice certezza di essere vivo.

Nel frattempo, era tornato il silenzio: i bambini con le due donne erano saliti nelle loro stanze, e l'uomo si era di nuovo messo a lavorare sui suoi calli, poiché non c'era più nulla di interessante da osservare.

Thomas si sentì la gola secca, e chiese del bar. Il destino beffardo gli mise dinanzi l'esatto opposto dell'artista. Il ragazzo del bar era un giovanotto sui vent'anni, sciatto, coi capelli lunghi ed unti, lo sguardo incollato al televisore che aveva davanti. Rispondeva ai clienti a monosillabi, guardandoli appena, di sfuggita, mentre li serviva. La vita gli scorreva dinanzi senza che lui se ne preoccupasse. Gesti meccanici, dialoghi vuoti e ripetitivi riempivano i silenzi che lo separavano dal mondo, quel mondo di cui lui era capace di vedere solo la forma esteriore nel suo complesso, ma non la sua anima.

Nell'arco di pochi minuti, Thomas era stato messo di fronte a due possibili modi di vivere. C'erano altre alternative probabilmente, ma questi due antipodi servivano da parametro. Si convinse che non era in grado di decidere della sua vita in un solo giorno. Per questo andò a letto, nella camera comoda e pulita che gli era stata assegnata, e riuscì a dormire di un sonno breve ma profondo.

La mattina, di buon'ora, salì sul treno insieme all'ometto dell'agenzia. Dopo un breve tragitto, si fermarono in una linda stazione di provincia, attorniata dalle colline toscane, con tanti paesi, più o meno piccoli, appollaiati in mezzo a boschi, vigneti, oliveti, e file di cipressi, che si affacciavano sulla valle dove si distendeva Firenze. Appena furono scesi dal treno, l'agente immobiliare ricevette una telefonata da un altro cliente. Thomas lo lasciò ai suoi affari, e si sedette ad aspettarlo su una panchina, fuori dalla stazione.

Accanto a lui, arrivarono due ragazzi, che si misero a litigare in italiano. Non capiva cosa stessero dicendo, ma poteva intuire qualcosa dalle loro espressioni e dalle loro urla. Non si preoccupavano della gente che passava, né degli estranei che potevano ascoltare la conversazione. Ad un tratto lei girò sui tacchi, facendo volare i bei capelli lunghi e neri, lasciando l'altro a guardarla mentre si allontanava. Doveva avergli detto qualcosa di brutto e definitivo, perché non tentò nemmeno di richiamarla. Il dolore gli serrava palesemente la gola, irrigidendo i lineamenti del volto olivastro. Si sedette come un automa lì vicino, lo sguardo perduto nel vuoto, e rimase così, immobile, ignaro del tempo e del mondo che scorrevano accanto.

Thomas dovette aspettare ancora, perché l'agente si trovò impegnato con un altro cliente che l'aveva raggiunto – si scusò in mille modi per quello che definì uno 'spiacevole incidente imprevisto', promettendo di liquidare la faccenda alla svelta.

Invece trascorse quasi un'ora, e Thomas si alzò due o tre volte per comprarsi qualcosa da mangiare e per andare a riscaldarsi un po'. Intanto il ragazzo non accennava a muoversi, pareva una statua, un tutt'uno con la panchina. Finché, all'improvviso, ritornò la ragazza, che, con aria decisa, si sedette accanto a lui, e cominciò a parlare a bassa voce, gesticolando, per dare più efficacia alle sue parole. L'altro non accennò a muoversi, continuava a fissare il vuoto davanti a sé. Ad un certo punto, però, qualcosa lo destò dal suo torpore, perché, finalmente, girò la testa, così che Thomas lo poté vedere bene in faccia. Guardava rapito la ragazza, come se da lei traesse il suo spirito vitale, e solo allora parve riprendere davvero a respirare, il colorito tornò sul suo volto pallido. Lei continuava a parlare, mentre lui cercava disperatamente la sua mano, avanzando pianissimo, e ritraendosi subito dopo, per paura che potesse andarsene di nuovo. Alla fine si alzarono, lentamente. Lei cominciò a camminare, e lui la seguì, senza staccare gli occhi dal suo viso, quasi dovesse cadere, se non poteva vederla, la sua mano impaziente a cercare quella di lei. Thomas li guardò finché non sparirono: non avrebbe mai creduto che potessero esistere sentimenti tanto forti."

David tacque e si voltò a guardarla. Sofia non poté non avere un tuffo al cuore, riconoscendo, nei suoi occhi pieni di dolore, quella passione di cui le aveva appena raccontato. Prima che lei potesse aggiungere qualcosa, egli tornò di nuovo a guardare il camino, scosso da un brivido, e proseguì con voce stanca, schiacciato dal fardello di tutta la storia:

"Giunsero con un taxi fino a questo paese, Boscoalto. Thomas, anche se affascinato dalle meraviglie del paesaggio, non era convinto, o meglio, non sapeva ancora se questa fosse la decisione giusta. Durante il tragitto, mentre l'ometto dell'agenzia cercava, con voce melliflua, di convincerlo a concludere l'acquisto, si sentì come quel grano verdissimo che ricopriva la vallata, uscito fuori con vigore dal ventre caldo della terra, nonostante l'inverno, ma ancora debole ed in balia degli elementi e del vento, che soffia su tutto e su tutti, e fa piegare il capo al suo passaggio.

Una tempesta anomala si era abbattuta su di me, mandata da una divinità terribile, ed ora una brezza favorevole, con un sole tiepido, cercavano di risollevare quello che ne restava."

Alla fine, aveva parlato di sé in prima persona, il volto contratto in una smorfia di spossata disperazione. Esausto, finì di raccontare con un filo di voce, come per terminare alla svelta un lavoro, che stava diventando opprimente:

"Quando, dopo qualche giorno, mi hanno portato le carte della proprietà da firmare, ho scoperto che la tenuta apparteneva a Debora, la figlia di Adele, sorella di mia madre. Non potevo crederci, anche se sono tornato in luoghi, per così dire, di famiglia. Allora mi sono convinto che questo fosse il mio destino, che non sarei mai potuto essere diverso da quello che ero sempre stato: inutile sperare e darsi da fare. Questo, insieme alla stessa disperazione che ho visto riflessa negli occhi di Ilaria, oltre ad altri segnali del genere, mi hanno persuaso, a torto, che non sarei mai potuto sfuggire alla persecuzione del fato, e che sarebbe stato meglio farla finita, perché il dolore mi stava uccidendo.

Certo, è dura ricominciare da capo, ma almeno si possono evitare errori già fatti, e, soprattutto, ho scoperto che ci si può sentire vivi accanto a chi ti vuole bene davvero, e ti fa sentire come quell'artista, quando ogni piccola cosa ti riempie il cuore, ti rende veramente felice.

Debora mi ha aiutato, e ha promesso di mantenere il segreto, per la mia sicurezza. Si è comportata come una sorella nei miei confronti. Nutro per lei un affetto ed una stima che non avrei mai pensato di provare per un membro della mia famiglia. Siamo rimasti sempre in contatto, e, tre o quattro volte, ci siamo incontrati a Firenze, anche se abbiamo dovuto essere prudenti.

Finché, un mese fa, mi ha fatto chiamare, tramite il nostro legale – che agisce da intermediario – perché doveva parlarmi con urgenza. E' stato facile organizzare la vacanza a Porto Santo Stefano, visto che Marco, il suo compagno, è un amico d'infanzia di Filippo.

Quella sera, quando tu ci hai visti insieme, mi ha informato che mia madre è morta, circa un mese fa. Non so neanche io che effetto mi abbia fatto questa notizia. Debora crede che adesso io sia in grado di affrontare e smascherare mio fratello. Si è messa in contatto con Mike, ed entrambi vogliono che, in memoria di mio padre - ignaro dell'inganno tramato contro di lui – io debba riprendere quello che mi spetta, per toglierlo a chi non lo merita."

Si voltò verso di lei, e, con un gesto della mano, indicò una ventiquattrore logora e sciupata, in un angolo vicino al caminetto. Poi proseguì:

"Naturalmente ciò comporterà il ritorno sotto i riflettori, e, all'inizio, sarò un pasto per i leoni, perché tutti crederanno che io voglia approfittare della morte di mia madre per riprendere quello che mi era stato tolto con il testamento di mio padre. Nonostante ci siano le prove, non sarà facile convincere l'opinione pubblica, i giudici, i giurati, che era stata lei ad ingannare, e che la mia non è una vendetta né una rivalsa. Non so se avrò la forza di affrontare una situazione del genere, e se ne varrà veramente la pena."

Tornò di nuovo a guardarla con occhi pieni di disperazione, alla luce fioca delle candele.

Ci fu un lungo silenzio. Il temporale era passato, l'aria, rinnovata, era immobile, tiepida, pulita.

Sofia, prima di riuscire a pensare a quello che faceva, gli gettò le braccia al collo. Senza aspettarsi da lei quella reazione, pur desiderandola, egli fu invaso da una gioia immensa, che gli ridette coraggio e speranza, annientando in un istante ricordi e dolore. L'abbracciò e la baciò con passione, mentre si lasciavano andare alle emozioni della loro vera prima volta, finalmente liberi di essere se stessi, dopo avere cercato a lungo il posto segreto del cuore.

XIV.

L'alba arrivò troppo presto per i loro cuori appena rinati. Il risveglio portò un senso di felice smarrimento e di trepidante incredulità.

Il rombo del motore della *jeep* di Filippo li fece scuotere dal torpore. In pochi minuti, si vestirono e sedettero a tavola per la colazione.

Filippo era venuto da solo, e si era diretto subito al locale.

Sofia e David stavano per andare da lui, quando lo videro arrivare di corsa, pallido e sconvolto. Non riusciva neanche a parlare, ma li incitò a seguirli.

Lo spettacolo che si presentò loro dinanzi li riempì di rabbia e di un'angosciante senso d'impotenza. Qualcuno si era introdotto nel locale, e, a differenza della volta precedente, era riuscito a distruggere tutto a colpi di spranga, infierendo perfino su pareti e pavimenti. Filippo non riuscì a soffocare le lacrime di un rabbioso scoramento, mentre Sofia si sentì in colpa per essere stata lì vicino tutta la notte ed aver permesso che si compisse quello scempio praticamente sotto i loro occhi. David invece era convinto che il responsabile di quel disastro conoscesse tutti i loro movimenti, ed avesse approfittato del temporale per agire indisturbato.

Decisero di telefonare subito al maresciallo DeAngelis per la denuncia. Ormai non si poteva più evitare.

Ne seguì inevitabilmente un gran baccano, ed i Carabinieri dovettero imporre la loro autorità per tenere lontana la stampa. Cominciarono a circolare strane voci, dal *racket* mafioso fino a quella che divenne la ragione più accreditata, ovvero il ritorno degli spiriti degli innamorati, che continuavano a perseguitare chiunque osasse profanare il luogo sacro alla loro memoria.

La vita di Filippo, Ilaria, Sofia e David venne gettata in pasto al pubblico di tv, radio e giornali, e, di quest'ultimo, si dava per certo soltanto che fosse un ricco americano innamorato dell'Italia, ma con strane ombre sul suo passato. La storia cominciava a diventare pericolosa, specialmente per David.

Sofia gli propose di uscire allo scoperto, prima che qualcun altro lo smascherasse, e di rivendicare quello che sua madre gli aveva tolto, dignità compresa.

Ma lui aveva lo stato d'animo di chi si trova sull'orlo di un baratro. Non era facile decidere, ora che possedeva tutto quello di cui aveva veramente bisogno. Sarebbe stata dura affrontare a muso duro quel mondo che l'aveva scaraventato fuori a calci. E poi, tornando sotto la luce continua dei riflettori, sarebbe potuto essere ancora libero e felice?

Sofia lo esortava a farlo, soprattutto in memoria di suo padre.

Nel corso di una delle numerose discussioni in proposito, David, sopraffatto dalla tensione e dall'angoscia, la rimproverò:

"Tu cerchi di convincermi a fare la cosa giusta, secondo te. Non pensi mai a quale sia la cosa giusta, secondo me?"

Sofia si ritirò in un angolo, rannicchiata nel divano, la testa nascosta fra le braccia.

David si sedette accanto a lei, la strinse a sé, e si scusò per la sua vigliaccheria. La verità era che non aveva il coraggio di decidersi ad agire. Aveva troppa paura di perdere quello che aveva così faticosamente conquistato, e non riteneva giusto rischiare, anche se il prezzo da pagare era molto alto. D'altronde, sapeva che, prima o poi, la verità sarebbe venuta a galla, e avrebbe dovuto affrontarla. Sofia gli assicurò che lo comprendeva e condivideva la sua pena: per questo lo avrebbe aiutato, qualunque fosse stata la sua decisione.

Stavano ancora parlando, quando all'improvviso le candele si spensero. All'inizio, pensarono che fosse stato il vento, visto che le finestre erano aperte. Quando lui si alzò per chiudere le imposte, nella luce tenue del crepuscolo apparvero due figure sospese a mezz'aria, trasparenti, come fosforescenti. Erano un uomo giovane, di bell'aspetto, che teneva per mano una ragazza dai lunghi capelli scuri, entrambi con degli abiti signorili in stile rinascimentale, stropicciati e bruciacchiati. Si pararono dinanzi a loro, sorridendo, e facendo degli strani gesti.

David rimase pietrificato dalla sorpresa e dall'incredulità. Sofia restò a bocca aperta, l'urlo le si gelò nello stomaco, ed il sangue parve volatilizzarsi. David cercò di scuotersi, e provò a sibilare qualcosa di minaccioso, ma quelli si mossero appena. Poi, il giovane alzò un braccio in direzione di un cespuglio di rose lì fuori, e quello prese subito fuoco. Inorridito, David indietreggiò per cercare di proteggere da quell'incubo Sofia, che, dal canto suo, aveva chiuso gli occhi, serrando le mandibole fino a farsi quasi saltare i denti, irrigidita dal terrore.

Dopo qualche istante, che parve un'eternità, così come erano apparse, le figure scomparvero.

David e Sofia restarono in silenzio, interrogandosi con lo sguardo, per sapere se avevano davvero visto gli spiriti di Reginaldo e Carolina, oppure se avevano avuto un'allucinazione. Il peggio fu che, poco dopo, mentre ancora cercavano di riprendersi, sentirono un urlo provenire da fuori. Immediatamente, la paura di un pericolo maggiore superò quella appena passata, così, senza pensare, si misero a correre per andare a vedere cosa stesse accadendo.

Trovarono Filippo disteso a terra nel viale, con un occhio pesto, varie lesioni in tutto il corpo, ed uno strano odore addosso. David si chinò su di lui: era benzina! Se non fossero corsi subito fuori, forse qualcuno gli avrebbe dato fuoco. Ma chi? E perché? Sentirono i cespugli frusciare, come quando qualcuno scappa veloce.

A quel punto, la rabbia prese il sopravvento. David, dopo aver lasciato la torcia, il telefono ed un robusto bastone a Sofia, le ordinò di non muoversi da lì, di chiamare un'ambulanza ed i Carabinieri. Poi si gettò nell'oscurità, nella direzione da cui provenivano i rumori. Sofia cominciò ad urlare per cercare di dissuaderlo, ma lo vide sparire in un lampo. Le sue grida ed il pianto disperato, per tutte quelle terribili emozioni, servirono almeno a far aprire gli occhi a Filippo.

Tutto finì in pochi interminabili istanti. David ritornò quasi subito, naturalmente a mani vuote, mentre arrivavano l'ambulanza, i Carabinieri e, di lì a poco, dei giornalisti. Chi li aveva informati così tempestivamente?

Il maresciallo DeAngelis allontanò i curiosi alla svelta, liquidandoli con un secco "*no comment*". Il medico fece trasportare Filippo all'ospedale per le cure e gli accertamenti.

Gli esami rivelarono che non aveva nulla di grave, soltanto un paio di costole rotte e qualche escoriazione. Rimanevano da fare le ultime verifiche per un sospetto ematoma alla testa.

Una volta passato lo spavento per l'incolumità di tutti, ci si cominciava ad interrogare sulle cause dell'accaduto. L'unico in grado di fornire delle spiegazioni era Filippo. Egli dichiarò di essersi avvicinato alla villa perché aveva sentito degli strani rumori. Poi, aveva visto una nuvola di polvere fosforescente, e dopo più nulla, perché era stato aggredito alle spalle, senza avere la possibilità di difendersi, né di vedere o percepire qualcosa di chi lo colpiva. Era successo tutto in pochissimi istanti.

Il maresciallo aveva cominciato a nutrire dei dubbi fondati su alcune persone, ma non volle anticipare nulla senza prove concrete. Si limitò soltanto a rassicurarli che, da quel momento, all'insaputa di tutti, tranne loro soli, l'intera tenuta sarebbe stata messa sotto controllo ventiquattro ore su ventiquattro.

Nonostante questo, Ilaria non si dava pace. Si sentiva in colpa per aver inseguito i suoi stupidi sogni, lasciando solo suo fratello, quando sapeva che aveva bisogno di lei.

David volle rimanere con Filippo per la notte, insieme a Maria e Duilio, mentre Sofia accompagnò fuori Ilaria, scossa dai singhiozzi e dalla disperazione. Per lungo tempo, si era tenuta per sé i suoi progetti, allo scopo di rivelarli a sorpresa, quando finalmente si fossero realizzati. Per anni, si era fidata di persone sbagliate, e, ogni volta, aveva sempre ricominciato daccapo, con l'entusiasmo di una bambina. Poi, grazie anche a David e agli altri amici, aveva imparato a seguire il cuore e la testa insieme, ad ascoltare la voce dell'anima, a vivere non più passivamente, come un vegetale. Di conseguenza, ora sapeva riconoscere il buono dal cattivo, il vero dal falso.

Tra le lacrime, confessò a Sofia di aver conosciuto Edoardo, un bravo ragazzo, titolare di un'agenzia pubblicitaria. A quanto pareva, si erano innamorati, ma Ilaria, stavolta, teneva molto più i piedi per terra rispetto al passato. Lui si era dichiarato affascinato, non solo dalle sue doti esteriori e dal suo carattere, ma anche dalla sua particolare intelligenza e capacità in quel settore. Infatti, Ilaria aveva notato nel suo ufficio dei progetti pubblicitari e, come succede a chi pensa a voce alta, aveva dato distrattamente un paio di opinioni che si erano rivelate geniali. Edoardo le aveva confessato che lui ed i suoi migliori elementi stavano lavorando da mesi senza ottenere alcun risultato soddisfacente, mentre lei aveva trovato la soluzione in pochi attimi. Ora temeva di essere giudicata un'arrivista, una calcolatrice, una persona che si era finta indifferente, ma in realtà aveva premeditato il piano. D'altro canto, non sapeva se davvero lui le stesse offrendo una possibilità, o se cercasse d'ingannarla e sfruttarla in qualche modo. Era consapevole di apparire meschina, a pensare questo, ma la vita le aveva insegnato a non fidarsi.

Sofia cercò di tranquillizzarla, condividendo i suoi timori, e rassicurandola che col tempo sarebbe venuto fuori quello che c'era di veramente buono nell'animo di chi le stava accanto.

In quel momento, David le chiamò, interrompendo i loro discorsi. I medici avevano dichiarato che, in seguito agli accertamenti eseguiti, non avevano riscontrato complicazioni, quindi avrebbero trattenuto Filippo in osservazione per ventiquattro ore, a scopo precauzionale, prima di rimandarlo a casa. Ilaria continuò a piangere, ma di sollievo, mentre si allontanavano nel corridoio, lasciando Maria accanto al figlio, irremovibile nella sua decisione di rimanere lì, *"vicino al suo bambino"*.

Quella notte, nessuno ebbe la forza ed il coraggio di rimanere alla villa, nemmeno David, che si fermò a dormire nella sua vecchia stanza alla locanda. Nel piccolo spazio familiare non poté fare a meno di ricordare i primi giorni, quando era appena arrivato a Boscoalto. Quanti cambiamenti erano avvenuti, quanti eventi si erano succeduti, quante persone avevano condiviso esperienze con lui... La sua attuale esistenza, se pur colma di problemi, era piena dell'affetto sincero di chi lo circondava, di tutti quelli che lo avevano aiutato ed accolto come uno di loro. Si distese sul grande letto, che ancora conservava il buon profumo di pulito, di fiori, di sapori antichi, e si addormentò profondamente.

Fu svegliato all'alba dal suono insistente del telefono.

Quando sentì la voce di Filippo saltò immediatamente su dal letto. In realtà, stava benissimo, e gli chiese, con tranquillità, se, di lì a poche ore, poteva passare a prenderlo, perché lo avrebbero dimesso. Prima però lo pregò di fare qualcosa che, apparentemente poteva non avere senso, ma di cui gli avrebbe spiegato i dettagli in seguito. David fu molto sorpreso, perché era evidente che Filippo aveva le idee molto più chiare di quanto avesse voluto far credere in merito a tutta la vicenda.

Dopo il brusco risveglio, non tentò nemmeno di riaddormentarsi, così si alzò ed aprì la finestra. Era ancora buio, soltanto verso est una striscia, come fosforescente, all'orizzonte, segnalava l'avvento di un'altra bella giornata di sole di settembre. Ne approfittò per respirare l'aria fresca ed odorosa della notte, insieme all'aroma delle foglie cadute, che si univano alla terra per diventare fertile terriccio, condito all'asprigno sapore oleoso dei girasoli mietuti da poco, mescolato al profumo dolciastro dell'uva, che cominciava ad appassire sulle viti, perfettamente allineate nei filari. Nell'oscurità, David poteva scorgere le sagome di quel paesaggio che tanto amava, in cui affondavano le sue radici e la sua intera esistenza.

Con calma, si lavò e si vestì, assaporando la quiete del primo mattino.

Scese, sapendo che a quell'ora il signor Guido era già al suo posto, felice di poter scambiare quattro chiacchiere con lui. Fecero colazione e restarono a parlare, finché i primi raggi del sole inondarono la stanza. Allora David prese la *jeep* per andare alla villa e tornare, prima che gli altri si alzassero. Fece esattamente quello che Filippo gli aveva chiesto, prestando la massima attenzione.

Quando ridiscese in paese, trovò Ilaria e Duilio intenti, stranamente, a litigare. Duilio voleva che sua figlia tornasse in città, come avrebbe dovuto, ma lei si opponeva con una fermezza che solo l'intervento di David riuscì a piegare.

"Filippo mi ha chiamato poco fa per andare a prenderlo, quindi è tutto a posto" la rassicurò. "Stai tranquilla. DeAngelis stavolta può giocare tutte le carte che vuole, dato che c'è di mezzo un ferito. Ci siamo io, Sofia i tuoi genitori, i tuoi nonni, e gli altri del paese. Figurati, poi, se Rita ed Monica non aiuteranno me e Filippo!"

Le cinse le spalle con affetto, ed Ilaria, pur riluttante, decise di partire, dopo essere passata a salutare il fratello.

Mentre uscivano tutti insieme dalla locanda sulla piazza, una stizzosa Rosalba passò oltre, dalla parte opposta, con in mano qualcosa che pareva una valigia. Nascosta dietro di lei, a pedinarla, David riconobbe con stupore nientemeno che Sofia! Quando quest'ultima si fu assicurata che l'altra rientrava in casa, svicolò dalla parte opposta, tornando indietro, per riapparire proprio davanti a loro, con l'aria più innocente del mondo. David la guardò con aria tra l'interrogativo e l'indagatore, ma lei fece finta di nulla, ed egli preferì non fare domande, per il momento.

All'ospedale di Firenze, trovarono Filippo già in piedi, un po' dolorante, con bende e cerotti. Maria era accanto a lui, stanca, ma almeno ora appariva più tranquilla. Ilaria partì soltanto dopo essersi fatta promettere, da ciascuno di loro, di venire informata su tutto, in tempo reale.

Quando arrivarono in paese, Filippo chiese di essere portato alla villa, nonostante le proteste di sua madre e le urla di suo padre:

"Sei un pazzo scatenato, e farete impazzire anche me tra te, tua sorella e tua madre!"

Anche David provò a convincerlo, ma dovette arrendersi dinanzi alla sua fermezza. Stranamente, Sofia non mise bocca nella questione, limitandosi a lanciare un paio di occhiate d'intesa a Filippo.

Fu così che, non appena Duilio e Maria furono scesi dalla *jeep*, con un diavolo per capello, David non poté trattenersi oltre:

"Mi volete spiegare cosa diavolo succede, voi due? Questo, mi chiama alle cinque di mattina per dirmi di seminare trappole per volpi alla villa. Quest'altra, si mette a pedinare la gente come un *detective*, in paese, all'alba. E poi vi presentate con quella faccia d'angelo! Potete imbrogliare gli altri, ma non me. O mi dite la verità, o giuro che vi scarico in mezzo alla strada!"

In preda alla rabbia e alla frustrazione per essere stato escluso dalle loro trame, aveva assunto una buffa espressione quasi infantile. Per questo gli altri due si misero a ridere, e sì che le costole malconce di Filippo non glielo permettevano nemmeno. Fu lui a spiegargli quello che, con Sofia, avevano dedotto la sera precedente, parlandone insieme al telefono. In pratica, avevano messo insieme degli indizi, tutti da verificare, sul presunto colpevole degli incidenti e delle visioni alla villa. I particolari li avrebbero definiti subito, insieme al maresciallo, che li stava aspettando all'entrata del viale.

La giornata trascorse tranquillamente.

Mentre David metteva a punto la trappola, che avrebbe incastrato il delinquente, Sofia teneva a bada Filippo, cercando di non farlo affaticare, e vanificando i suoi tentativi di sfuggire al controllo.

Il tempo nel pomeriggio peggiorò, finché cominciò di nuovo a piovere, e si fece buio prima del solito.

David aveva acceso un bel fuoco nel camino del salone, così, per comodità, decisero di rimanere tutti là per la notte, non prima di aver rassicurato più volte Maria che andava tutto bene. Dopo una cena, che risultò fin troppo abbondante, il tempo trascorse in allegria. Lasciarono da parte, per il momento, i problemi e le preoccupazioni, per lasciare spazio all'amicizia, e ai piaceri che ne derivano. Quello che più fa scaldare il cuore, specie nelle sere uggiose, è proprio il calore di un amico, le chiacchiere, le risate, la condivisione di emozioni e pensieri, la discussione, lo scherzo, la riflessione, il confronto, la comprensione...

La mattina seguente furono svegliati all'alba da Duilio, in missione per conto della moglie al fine di controllare che stessero bene.

Mentre facevano colazione, Filippo cercò di spiegare al padre, senza entrare in troppi dettagli, a quali conclusioni fossero giunti, e come avessero intenzione di muoversi. Duilio apparve dapprima preoccupato, ma per nulla sorpreso. Infine decise di aggiungere dei ritocchi personali al loro piano, e chiese a David di aiutarlo, mentre ordinò al figlio di restare là con Sofia.

"Non è mai stato facile discutere con lui, figuriamoci ora, che chissà che testa gli ha fatto la mamma!" protestava Filippo, mentre andava su e giù per la stanza, irrequieto. "Per due costole ammaccate e qualche livido dovrei restare convalescente un anno! Loro non capiscono che fra due mesi il locale deve aprire, e c'è tanto ancora da fare!"

Sofia cercava inutilmente di calmarlo:

"Ci siamo tutti noi ad aiutarti, devi stare tranquillo, così ti rimetti in forze, e vedrai che tua madre ti concederà un po' di tregua. Dalle solo qualche giorno. Si risolverà ogni cosa, basta che ti calmi!"

Decisero di fare un giro fuori, insieme, ma solo dopo che Filippo ebbe promesso di stare fermo limitandosi a passeggiare.

L'aria era limpida e fresca, un timido sole autunnale cominciava a fare capolino fra le nuvole grigiastre.

Stavano giusto camminando tra le foglie morte bagnate sul viale, quando videro arrivare un'auto. Sofia ebbe un sussulto. Sentì un vuoto allo stomaco quando il motore si spense, e le apparve colui che credeva non avrebbe più rivisto.

"Filippo, come stai? Tua madre mi ha raccontato quello che è successo. Gran brutta storia, davvero. Sono felice di rivederti!" Franco abbracciò l'amico con calore. Si scambiarono qualche parola, finché, dopo qualche istante, egli posò lo sguardo su Sofia, che era rimasta come impietrita. Incapace di realizzare se stesse davvero vivendo quella scena, o se la stesse sognando, non riusciva a muoversi né a parlare.

Fu Franco a rompere il silenzio:

"Spero che tu mi riconosca, e che non ti dispiaccia vedermi, per una volta che ho mantenuto una promessa negli ultimi mesi!"

Tese una mano verso di lei, mentre Filippo si allontanava di qualche passo. Con un notevole sforzo, Sofia riuscì a fissare lo sguardo su quello di Franco, e a parlare:

"Sei in ritardo di una settimana, ma apprezzo il fatto che tu sia qui, di persona. E ora mi dirai che sei venuto appositamente più tardi perché hai voluto concedermi più tempo per pensare, non è vero?"

Franco sorrise, scuotendo la testa.

La situazione era surreale. Non pareva cambiato niente, da quando erano ancora una coppia felice. Lui era tornato dall'ennesimo viaggio d'affari, e adesso si sarebbero raccontati quello che era successo nel periodo di lontananza.

Sofia cominciò a parlare dei lavori, mentre camminavano lentamente verso il retro del locale. Andarono a sedersi su dei tronchi di piante secche, che erano stati tagliati e sistemati in una catasta.

Ci fu un attimo di silenzio: nessuno dei due voleva interrompere quell'atmosfera quieta.

Alla fine, Sofia, con lo sguardo a terra, e le mani impegnate ad attorcigliare un rametto spezzato, trovò la forza per chiedere, a voce bassa:

"Cosa hai intenzione di fare? Col lavoro, intendo!"

Franco le rispose con aria sarcastica:

"Mi pare che adesso siamo entrambi molto impegnati, visto che tu in città non c'eri, neanche la settimana scorsa, quando sarei dovuto effettivamente tornare! Ilaria mi ha detto che sei molto presa dall'agriturismo, tanto che lavori via *internet*, e ti presenti in ufficio solo per riunioni e firme."

"Non tentare di cambiare discorso, per favore! Voglio solo sapere che intenzioni hai!" lo interruppe lei bruscamente, alzando la voce.

"Visti i brillanti risultati degli ultimi mesi, hanno deciso di accontentarmi. Dal primo di dicembre avrò il mio ufficio in città!" rispose lui, algido.

Il rametto le cadde subito di mano, e non riuscì a sollevare lo sguardo. Aveva tanto desiderato questo momento, e invece adesso sentiva che non provava affatto gioia, ma un crescente disagio. La risposta che aveva aspettato da mesi arrivava proprio ora che il suo cuore aveva finalmente trovato la strada giusta, ma quella strada non conduceva a Franco.

Era determinata ad essere sincera, anche se riteneva che lui non se lo meritasse. Si alzò in piedi e respirò rumorosamente.

Restò sorpresa dal tono tranquillo, quasi sollevato, di Franco:

"Vedo che fai salti di gioia! Non era quello che volevi?"

Dalla sua espressione fredda e compiaciuta, Sofia capì che egli non l'amava più, almeno, non come una volta. Si chiese allora perché fosse ritornato a recitare quella commedia.

Lo guardò dritto negli occhi, e, con calma replicò:

"Hai ragione, lo volevo! Ma ormai è tardi, e stare lontani mi ha fatto capire che molte cose sono cambiate. Non desidero più che tu rinunci alla carriera per me, e neanche io voglio rinunciare alla mia. Vivere separati mi ha permesso di trovare una dimensione parallela, in cui mi sono accorta di vivere bene, anche senza di te. Mi dispiace ammetterlo, ma, probabilmente, l'amore che ci ha tenuti insieme fino ad ora non era abbastanza forte per superare questa prova. Oppure ci siamo sbagliati…"

Non riuscì a finire di parlare, perché egli si alzò di scatto, scuro in volto, l'afferrò per un braccio con tanta forza da farle male, e le sibilò minaccioso all'orecchio:

"Eh, no, carina, adesso tu fai quello che dico io! Basta fiabe e storie romantiche! E' vero, non ti amo più, anche se l'ho fatto un tempo, senza che neanche te lo meritassi. Ora mi servi e basta!"

Sofia non si aspettava una reazione del genere da lui. Credeva che fosse uno scherzo, o una sua reazione istintiva per intimorirla, ed ebbe paura. Cercò di liberarsi dalla stretta, ma lui glielo impedì. "Tu sei la mia preziosa pedina per arrivare all'americano. So tutto di te, dei tuoi orari, delle tue gite, dei tuoi *rendez-vous* lussuriosi. Non mi importa chi ti porti a letto, però devi ascoltarmi bene, fare quello che ti dico, e, soprattutto, guai a te se apri bocca! Ne va della tua pelle e di quella dei tuoi amici! Non fare scherzi, e vieni stasera da me al nostro solito *pub* alle dieci. Naturalmente, in giro si dirà che la nostra bella storia d'amore ha dei problemi, ma che stiamo provando a risolverli, perché ci amiamo. Non è vero?"

Mentre le sibilava queste terribili parole in faccia, Sofia tremava, e rispondeva meccanicamente alle sue domande, assecondandolo, senza rendersi conto di quello che stava accadendo. Franco era sempre stato un bravo ragazzo, pieno di difetti, ma perbene: non era possibile che quell'essere spregevole che adesso la minacciava fosse lui!

La stretta si fece più forte, e dovette promettere di fare come voleva perché la lasciasse. Con un sorriso di soddisfatta malvagità, le sfiorò la bocca con un bacio, guardandosi intorno. In un lampo era già salito in macchina, e si era allontanato a tutta velocità.

Dopo qualche istante di terrore, Sofia si gettò a sedere per terra e si mise a piangere. Non poteva crederci. Non si rendeva conto se quello che le era appena accaduto fosse un incubo, oppure la realtà. Cosa voleva Franco da lei? Perché ce l'aveva con l'americano? Non si trattava di gelosia nei suoi confronti. Era chiaro che non l'amava più, ma, in cuor suo, questo lo sapeva da tempo. Però, che cosa poteva averlo cambiato, fino a farlo diventare un mostro del genere?

XV.

Domande senza risposte si inseguivano furiosamente nella sua testa. Le sembrava di impazzire, completamente sconvolta dal cambiamento improvviso di Franco, intimorita dalle sue minacce, ignara di come comportarsi da ora in poi. La sua vita era di nuovo a pezzi, e non sapeva cosa fare, anche perché non poteva chiedere aiuto a nessuno, i patti erano chiari. Come poteva essere sicura che le intimidazioni di Franco fossero solo chiacchiere? Era stato deciso e determinato, il suo non era sembrato affatto un gioco.

Era assorta in queste tremende considerazioni, quando una voce alle sue spalle la fece trasalire. Cercò di alzarsi e di ricomporsi in fretta, ma si trovò davanti il volto altrettanto teso ed agitato di David, e non poté nascondere il suo turbamento.

Pensò subito alle minacce di Franco, e preferì fargli credere qualsiasi altra cosa, la prima bugia plausibile che le fosse venuta in mente. Per il suo bene e per l'incolumità di tutti gli altri, non gli avrebbe detto la verità, almeno per ora.

"Non ho potuto fare a meno di osservare da lontano cosa stava succedendo. Non che abbia capito granché, e, forse, non mi dovrebbe interessare, a meno che tu non voglia parlarne..." le disse, esitante.

Sofia si sentì perduta, non sapeva da che parte cominciare. Ma si stupì di se stessa, quando, con insolita prontezza di riflessi, riuscì a raccogliere un coraggio inaspettato per guardarlo dritto negli occhi e mentirgli:

"Franco non ha preso bene la notizia di un mio ripensamento, e vuole che gli dia ancora una possibilità. Ha giurato di amarmi, e, per questo, vuole farsi perdonare il suo egoismo. In fondo, ci conosciamo da tanto tempo, ed è giusto che ci riproviamo, prima di gettare tutto al vento."

Appena ebbe pronunciato queste parole, Sofia ebbe la sensazione che il suo cuore esplodesse dal dolore, e le vene si svuotassero della linfa vitale.

David rimase immobile, lo sguardo perduto nel vuoto, quello stesso vuoto che lo aveva spinto tanto vicino alla morte. Ancora una volta, il mondo gli crollava addosso, ma stavolta a tradirlo era la persona che lo aveva aiutato a rinascere, che gli aveva ridato la speranza, e gli aveva permesso di sopravvivere.

Non capiva cosa potesse essere accaduto in pochi attimi. La sorpresa, insieme ad un dolore nuovo, gli impedirono di valutare razionalmente il repentino cambiamento di Sofia. Eppure, era sicuro di conoscerla abbastanza bene, ormai...

Mentre osservava in silenzio la tenuta, si convinse che valeva la pena confidare almeno in quella terra e nell'amicizia delle persone che la abitavano. Fosse stato anche solo un appiglio. Proprio come aveva deciso il giorno del suo arrivo, promise a se stesso di impegnarsi con tutte le forze nel lavoro, per contribuire al successo dei progetti in corso di realizzazione, e per capire che cosa stesse succedendo.

Ma quando tornò a guardare Sofia, una stretta allo stomaco lo avvertì che il suo proposito non sarebbe stato facile da realizzare.

Quello che lei aggiunse fu come un fulmine a ciel sereno:

"Mi devi promettere che farai valere i tuoi diritti di legittimo erede della famiglia McDouglas, voglio che tu lo faccia, in nome dell'amicizia e dell'affetto che deve restare per sempre tra di noi. E, soprattutto, lo devi fare per te stesso."

David fu colpito da queste parole, che suonavano come un addio. Tra le tante domande che si affollavano nella sua testa, non poté più trattenere quella che, a questo punto, diventava fondamentale:

"Vuoi solo dargli una possibilità, oppure provi ancora qualcosa, e lo sapevi anche prima? Voglio sapere se lui è più di una speranza, per capire che cosa sono io per te..."

Sofia gli voltò le spalle.

Sentiva le lacrime salirle agli occhi. Avrebbe voluto urlare che Franco non era nessuno, da quando aveva incontrato lui, e che aveva imparato ad amare veramente solo grazie a lui, e mille altre cose ancora, per poi gettarsi tra le sue braccia e scacciare via tutte le ombre.

Invece, con il tono più neutro che riuscì ad imporsi, seppure con la voce rotta dall'angoscia, gli rispose:

"Se vuoi sapere cosa provo per te, non lo so. E' per questo che ho bisogno di tempo per decidere."

Si accorse di aver appena recitato alla perfezione la parte della strega perfida e senza cuore. Sperò di essere credibile, e, allo stesso tempo, tremò all'idea che David si sarebbe fatto di lei: una bugiarda, opportunista, che era stata insieme a lui solo perché aveva litigato col fidanzato, e aveva bisogno di essere consolata. Lui si sarebbe sentito tradito, deluso, non le avrebbe mai più creduto... Sapeva che sarebbe stato così, ma non poteva fare altrimenti.

Un brivido di ghiaccio le attraversò la schiena, facendola sussultare.

David si era allontanato da lei di qualche passo. Lo udì mormorare:

"Ora c'è da finire il locale, e dobbiamo pensare solo a questo. Il tempo deciderà per noi e per tutto il resto."

Senza permetterle di replicare, né di guardarlo, si allontanò dirigendosi verso le stalle.

Sofia non riusciva neanche a piangere, tanta era la paura per l'imminente incontro con Franco, la paura di perdere David, la paura di cosa sarebbe accaduto a lei, ai suoi amici, alla tenuta, la paura che tutto quello che avevano costruito insieme venisse distrutto.

Si incamminò lentamente verso la villa, e, quando arrivò al cantiere, vide sia Filippo che David completamente assorti nel lavoro: l'uno stava parlando con l'architetto, mentre l'altro si faceva dare spiegazioni dall'elettricista.

Si sentì ad un tratto come un pulcino bagnato. La solitudine l'attanagliava nella sua morsa crudele, resa ancora più insopportabile dall'angoscia e dalla paura. Si convinse che doveva lottare per salvare se stessa, insieme al suo uomo, ai suoi amici, e al mondo che si erano faticosamente costruiti, tutti insieme. Questo le dette la forza di risollevare l'anima ed il corpo. Dette un'occhiata ai lavori, e sgusciò via silenziosa, senza salutare nessuno.

Il sole d'autunno si coricava in fretta, anche se durante il giorno si faceva vedere più di quanto si sarebbe potuto sperare, vista la stagione.

Sofia tornò in paese a piedi, respirando a pieni polmoni l'aria impregnata dell'odore acre della terra bagnata, mescolato a quello acido delle uve in via di raccolta o già raccolte, insieme alla polvere sottile delle spighe di granturco, ormai imbiondite ed avvizzite, che frusciavano alla brezza dell'ultimo raggio di sole rimasto nella foschia della valle. Avrebbe voluto che durasse molto di più, quella camminata, invece si ritrovò subito in paese, a casa sua, tra le cose che più amava, e che ora le pareva di vedere per la prima volta.

I suoi genitori non erano ancora rientrati dalla cantina per la vendemmia. Meglio così, si disse, perché aveva poca voglia di parlare. Si gettò sul letto, mentre la luce all'esterno si affievoliva, cercò di chiudere gli occhi e di rilassarsi. Mancavano un paio d'ore all'incontro con Franco. Si stava immaginando la scena, preparandosi ad assumere un atteggiamento aggressivo, anche se controllato, quando sentì degli strani rumori provenire dall'ingresso. Si alzò con il cuore in gola, e, a piedi nudi, si avviò verso la porta, ma, dietro l'angolo, andò a sbattere contro qualcuno...

"Perché non hai detto che tornavi? Perché?"

Le lacrime le rigavano il volto, e la felicità le aveva scaldato il cuore.

"Neanche la mamma ed il babbo sanno nulla, ho voluto farvi una sorpresa!" Il ragazzo alto, con capelli scuri ribelli, e gli stessi occhi di Sofia, era suo fratello, Alessio, che viveva in America.

Dall'ingresso continuavano a giungere fruscii. Subito dopo apparve un ragazzo di colore, altissimo, atletico e con un sorriso cordiale:

" Ti presento Steve, l'avrai certo riconosciuto, il re dell'*NBA!*" lo presentò Alessio. Poi aggiunse:

"Sai che anche a me piace giocare, e, come 'apprendista' medico, spesso sono andato ad assistere alle partite dei grandi campioni. Durante uno di questi *match*, Steve si è fatto male ad una caviglia, e, per farla breve, ho avuto fortuna ed ho riconosciuto quello che altri dottoroni non avevano diagnosticato. Mi sono dovuto battere per farmi credere, perché ero l'ultimo arrivato, e nessuno mi prendeva in considerazione. Steve invece mi ha dato fiducia, ed ha avuto ragione. Se non mi avesse creduto, i danni ai suoi legamenti sarebbero stati permanenti, e quindi addio *basket*! Così ora siamo come gli indiani, fratelli di latte!"

Sofia era così felice, da essersi dimenticata tutto il resto. In poco tempo aveva avuto così tante emozioni, che ora si sentiva esausta.

Aiutò Steve a sistemarsi nella camera insieme ad Alessio. Avrebbe voluto fare milioni di domande al fratello, per sapere com'era la sua vita in America. Venne a sapere che Alessio aveva ricevuto vari riconoscimenti, in seguito al suo operato, e, anche se entro due mesi avrebbe terminato la borsa di studio, c'era già un posto per lui presso uno degli istituti più prestigiosi della California.

Andarono avanti a chiacchierare per molto tempo, finché Sofia si accorse che era tardi e si ricordò del suo appuntamento. Decise di parlarne, in breve, con Alessio, anche se era difficile da spiegare e da capire. Si sentì comunque sollevata, perché poteva condividere un fardello così pesante con lui.

Alessio lasciò a dopo i commenti, e si offrì di accompagnare la sorella, senza farsi vedere. Sofia acconsentì, augurandosi che Franco non lo riconoscesse – si erano visti poche volte - e non badasse a lui. Si mise un paio di jeans ed un maglione leggero, e si truccò il necessario per tentare di nascondere la tensione.

Alessio e Steve rimasero fuori, fingendo di aspettare qualcuno, mentre Sofia entrò nel *pub*.

Franco la osservò da capo a piedi, con aria compiaciuta. Poi, le disse, con la voce alterata dall'alcool e dal fumo:

"Pensavo che ti saresti vestita in maniera diversa, per uscire con me. Una volta non ti saresti comportata così!"

Sofia non rispose, si limitò a guardarlo con ostilità. Lui sorrise con un ghigno, e le soffiò addosso il suo respiro:

"Non ti fa piacere stare qui con me, vero? Hai paura che ti veda l'americano e che sia geloso? Non è tanto, che l'ho visto passare di qui."

Il suo sguardo si fece cupo ed indagatore:

"Non avrai mica parlato con lui, vero?"

Sofia, con un fremito di terrore, ma, allo stesso tempo, piena di rabbia e determinazione, rispose a denti stretti, fissandolo dritto negli occhi, e chiedendosi chi fosse l'uomo che aveva dinanzi, ma, soprattutto, perché le stesse facendo questo:

"Pensi che sia così stupida? Mi conosci benissimo, non sono cambiata, io!" Di nuovo tornò il ghigno sarcastico sul suo volto, anche se, per un attimo, sembrò riandare col pensiero al passato. Spense la sigaretta, abbassò lo sguardo, e parve ritornare se stesso.

Restò per un po' in silenzio, poi alzò gli occhi, vuoti e privi di espressione, come se qualcuno o qualcosa vi fosse passato a spegnere per sempre qualsiasi sentimento. Con voce roca, senza emozioni, sbottò all'improvviso:

"Devi farmi avere i documenti dell'americano."

Sofia fu colta di sorpresa, e pensò di non aver capito. Si limitò a fissarlo con aria interrogativa.

"Hai sentito bene, voglio i documenti di rivalsa dell'erede dell'impero McDouglas!"

Sofia non poteva credere alle proprie orecchie, ed ebbe una specie di vertigine. Non si rendeva più conto di dove fosse, né perché si trovasse lì, e stentava a riconoscere luoghi e persone. Stava tremando: il panico si era impossessato di lei, non vedeva alcuna possibilità di uscire da quell'incubo.

Soltanto quando il suo sguardo si posò su Alessio, che la stava tenendo d'occhio dall'esterno del locale, riprese in parte il controllo di sé. Sorseggiando lentamente la bibita dal suo bicchiere, tentò di essere convincente:

"Io non so nulla di lui. Cosa c'entrano i McDouglas? Io so che si chiama David Raynolds. A me non ha mai parlato di quello che dici."

Franco le si avvicinò ancora di più, con aria minacciosa:

"Non provare a fregarmi! Lo so che sai tutto! So che state insieme, e so quello che state cercando di fare. Quindi smettila di prendermi in giro!"

Poiché doveva giocare a carte scoperte, d'istinto passò al contrattacco. Stavolta fu lei a sibilargli in faccia:

"E anche se fosse, come faccio a trovare i documenti? Pensi che li lasci in bella vista, per farli trovare a chiunque?"

Egli rise in maniera sguaiata, e replicò:

"Lo sai benissimo come fare per ottenere da lui quello che vuoi. E tu sei molto brava, quando ti impegni!"

Sofia si sentì avvampare dall'ira, mentre quello continuava a ridere:

"Non farai mica la puritana, ora? Ti ho già detto che non me ne frega niente di chi ti porti a letto, non me ne frega da un pezzo. Ma visto che stavolta hai accalappiato quello che mi interessa, devo anche ringraziarti per avermi reso le cose più facili."

Sofia si sentì in trappola.

"Stai lontano da me!" sibilò a denti stretti.

Fece per alzarsi, ma lui le strinse il braccio, costringendola a non muoversi. "Vedi di non attirare troppo l'attenzione, e stai calma. Bada che non è uno scherzo! Siccome non possiamo far fuori l'americano, senza un motivo, e, soprattutto, finché ha quelle carte in mano, e siccome, poi, c'è qualcun altro che, per motivi suoi, cerca di darvi fuoco tutti i giorni, attirando troppa attenzione, con la scusa dei fantasmi, bisogna fare le cose per bene. Altrimenti tu e lui magari potreste essere costretti a parlare per forza, e dopo dovreste sparire, probabilmente in qualche terribile incidente. Quindi fai le cose con giudizio, ti conviene darmi ascolto..."

Lei lo interruppe:

"Hai detto '*possiamo*'. Chi sono gli altri? Ho il diritto di sapere, se tanto mi farete fuori comunque, non credi?"

Lui allentò la presa, e la guardò, ancora più scuro in volto:

"Tu vedi di comportarti bene, e ne uscirai intera. Meno sai, e meglio è."

Poi si alzò, lasciò i soldi della consumazione sul tavolo, e, accarezzandole il viso, mormorò a denti stretti:

"Ti tengo d'occhio, stai attenta. Tra una settimana ci rivediamo qui, alla stessa ora, così ci mettiamo d'accordo sul nostro ultimo e definitivo appuntamento. Comportati bene, e sparirò per sempre dalla tua vita."

Sembrava più una raccomandazione che una minaccia.

Sofia scosse la testa e trovò il coraggio di chiedere, con sincerità:

"Ma che cosa ti è successo? Io non volevo che finisse così."

Franco parve tentennare, come se stesse combattendo una battaglia con se stesso. Distolse lo sguardo, e, con il tono abituale del ragazzo che conosceva, lo sentì sussurrare appena:

"Neanche io."

Poi si allontanò ed uscì in fretta.

Calde lacrime scendevano sul volto di Sofia senza che potesse frenarle, e non le importava che gli altri la vedessero. Si rigirava fra le mani il bicchiere vuoto, e non sentiva neanche la musica ed il baccano che aveva intorno. Rimase lì per qualche minuto, poi decise di alzarsi, quando il cameriere cominciò a portare via i bicchieri e a pulire il tavolo. Non asciugò gli occhi, e continuò a piangere, così che non vide neanche dove stava andando, finché inciampò. Si riscosse dallo stordimento in cui si trovava quando sentì che le veniva chiesto scusa da qualcuno con una voce profonda ed uno spiccato accento americano. Si stropicciò gli occhi e cercò di mettere a fuoco la persona, ma lo vide solo di spalle: era un uomo alto, con i capelli brizzolati, fisico robusto, ben vestito e l'aria decisa. Uscì in fretta, come se avesse un appuntamento. O come se stesse seguendo qualcuno.

L'aria fresca della notte la fece respirare di nuovo, poiché fino ad allora era rimasta quasi in apnea, intrappolata in un incubo tanto surreale quanto terribile. Suo fratello, che, per precauzione, era rimasto fuori ad aspettarla, le venne incontro a metà strada, insieme a Steve, e scesero insieme fino a casa. quasi senza parlare.

Ma una volta arrivati, Alessio pretese dalla sorella delle spiegazioni. Allora Sofia raccontò tutti i dettagli della storia, iniziando dall'arrivo dell'americano a Boscoalto, l'acquisto della tenuta, il progetto dell'agriturismo con Filippo ed Ilaria, fino alla scoperta della vera identità di David. Quando udì il nome dei McDouglas, Alessio la interruppe, incredulo. In America, infatti, la saga della famiglia era molto seguita da *mass media* e pubblico.

Egli riferì che, dopo la morte di Mrs McDouglas, l'attenzione si era concentrata sul figlio considerato illegittimo, David, appunto. Il fratello Adam lo stava cercando, perché, a suo dire, avrebbe potuto ancora nuocere alla dinastia, come già aveva fatto, mandando in rovina gli affari della famiglia, ingannando suo padre, e facendo morire di dolore la madre. Adam aveva pubblicamente dichiarato di voler consegnare David alla giustizia una volta per tutte. Intanto, pareva che si fosse candidato alle prossime elezioni, con l'appoggio di uomini potenti, la cui dubbia fama era spesso associata a cosche mafiose – anche se mai si era trovata una prova al riguardo. Alessio sapeva che c'erano di mezzo perfino i Servizi Segreti e l'*F.B.I.*, e non si sarebbe stupito se fossero già arrivati fin lì. Anzi, secondo lui, questo poteva giustificare anche il comportamento di Franco. Era probabile che, per la sua smania di fare carriera, si fosse trovato in difficoltà, e che fosse dovuto scendere a dei compromessi con persone poco raccomandabili. In cambio di grossi favori, che avrebbero risolto i suoi problemi, la controparte avrebbe chiesto quello che, per uno scherzo del destino, riguardava da vicino proprio la sua ex ragazza, vale a dire, i documenti che avrebbero smascherato Adam, mandandolo in rovina.

Più ci pensava, più non credeva che tutto questo potesse capitare a lei. Sofia si sentiva come se dovesse sprofondare da un momento all'altro. Non riusciva ad essere lucida, a farsene una ragione, e a collegare il presente al passato, dalla felice riscoperta di se stessa nell'amore e nella libertà, al ritorno di lacci e catene di malvagità, di torture psicologiche, di un male senza fine, senza via di scampo. Si sentiva soffocare l'anima ed il corpo, e non riusciva ad ancorarsi a nessuno dei ricordi più belli, perché la mente era occupata dai turbamenti dell'anima. Sapeva che doveva prendere una decisione, fare qualcosa, ma cosa? Le mani le sudavano, sentiva il cuore in gola, la stanza girava, credeva di morire con quell'angoscia. Però non voleva uscire dalla scena del mondo senza prima aver dimostrato a tutte le persone che le stavano accanto quanto le amava e quanto erano importanti per lei. In particolare, all'uomo che l'aveva riportata in vita con il suo sguardo limpido ed i suoi modi gentili.

Suo fratello la osservava in silenzio, cercando di studiare le sue reazioni, e, allo stesso tempo, tentando di essere a sua volta lucido per trovare una soluzione.

Costretta dalle circostanze, Sofia stava cercando di superare la crisi e di reagire: la rabbia e l'orgoglio erano stati riaccesi dall'amore e dall'amicizia, l'essenza stessa e l'unica ragione della sua esistenza. Le sue cellule grigie si rimisero in moto in maniera frenetica, così che, in breve tempo, il piano di battaglia fu pronto per essere discusso e messo a punto insieme agli altri.

XVI.

La mattina seguente, dopo un sonno inaspettatamente tranquillo, Sofia si recò come al solito alla villa.

La giornata era fresca, ma prometteva di nuovo pioggia.

Da lontano si sentivano fervere i lavori

Arrivò in fondo al viale col cuore in gola, aspettandosi di vedere David da un momento all'altro. Ma non c'era. Passò dalle stalle, dal retro, guardò nel parco, cercando di scorgerlo in mezzo ad impalcature ed operai. Il fuoristrada era al suo posto nella rimessa, tutto pareva normale, ma le imposte della stanza al pianterreno, dove abitava, erano chiuse.

Si avviò verso il cantiere, mentre sentiva crescere l'ansia. Fu ancora più sorpresa quando chiese di Filippo e gli fu risposto che non c'era, né aveva lasciato detto dove fosse andato.

L'agitazione cominciò a prendere il sopravvento. Si sedette sul solito tronco, a lato dell'edificio in via di ristrutturazione, e chiamò al telefono Maria per avere notizie. Fu ancora più strano sentire la sua voce turbata, mentre cercava palesemente di inventarsi una scusa per non dirle la verità. Farfugliò di un appuntamento improvviso in città per certe cose tecniche, che lei non aveva ben compreso, ma che avrebbero tenuto fuori suo figlio per un po' di giorni. Quanto a David, rispose che non sapeva nulla con una fermezza che non ammetteva repliche, quindi si affrettò a salutarla.

Nel frattempo, Sofia aveva intravisto Duilio, insieme a suo nonno e agli operai nel parco. Egli, però, rispose appena al saluto, evitò il suo sguardo ed abbozzò un sorriso imbarazzato. Dinanzi all'insistenza di Sofia, diventò rosso rosso, trasse un profondo respiro, la prese in disparte, e la guardò serio, dritto negli occhi:

"Ti prego, non fare domande, non ne so granché neanche io, ma so che è qualcosa di molto pericoloso, e che tu ne devi stare fuori."

Sofia lo interruppe bruscamente, il respiro mozzato dall'ansia:

"Io ci sono dentro fino al collo, perché, malgrado la volontà di Filippo, qualcun altro mi ha coinvolto. E non posso far finta di nulla, perché sono già in pericolo! Siamo tutti in pericolo!"

Duilio la prese dolcemente per le spalle, cercando di calmarla, e scosse il capo:

"Ti ripeto che non ne so granché, non hanno voluto dirmi niente, per proteggere tutti quanti. Mi dispiace per te. Se posso aiutarti in qualche modo, lo faccio volentieri, ma non chiedermi dove sono, perché non lo so."

Sofia trasalì:

"Che vuol dire 'dove sono'? Allora David e Filippo sono insieme? Oh, meno male! Basta! A questo punto non voglio sapere altro! Se avrò bisogno di te, ti chiamerò!"

In quel momento, il telefono iniziò a vibrare: era Franco. Ella rispose con una sorta di odio trionfante:

"Mi dispiace per te, ma il tuo piano è saltato, e non per causa mia. Non sono in grado di sedurre gli uomini che ti servono!"

La voce all'altro capo era nervosa e agitata:

"Non scherzarci tanto sopra, perché se i due piccioncini non fossero stati visti partire quando tu eri con me, si poteva anche pensare che tu fossi una spia, e avresti fatto una brutta fine! Ma stai attenta, non sentirti tanto al sicuro, perché sai troppe cose per andartene in giro tranquilla! Cerca di scoprire dove è scappato l'uccellino, piuttosto, e chi di noi lo trova per primo informa l'altro. Non provare a fare la furba, ricorda che sei sempre sotto tiro!"

E riattaccò senza lasciarle il tempo di rispondere.

Sofia si sentì da un lato sollevata, perché sapeva che, in qualche modo, Filippo e David erano al sicuro, lontano da lì; dall'altro, era estremamente angosciata, perché si erano fatti carico di tutta la situazione. Si immaginava quanto David si sentisse in colpa per aver attirato su di loro le conseguenze del suo passato. Ma il pensiero che più la tormentava era che lui potesse dubitare dei suoi sentimenti. Ricordò, con rabbia e disperazione, le parole orribili che era stata costretta a pronunciare il giorno prima. Non sopportava l'idea che si fossero lasciati così, senza avere la possibilità di esprimere quello che c'era veramente nel cuore, lasciando che lui credesse in un ripensamento, una bugia, un gesto crudele.

Sentì un vuoto allo stomaco che le fece mancare il respiro, e, d'istinto, schiacciò il pulsante di chiamata del telefono. Rispose inevitabilmente la voce del gestore, che dichiarava spento o non raggiungibile l'apparecchio di David. Stette lì ad ascoltare quella voce metallica, che ripeteva meccanicamente il messaggio in italiano e in inglese, finché riattaccò, e si incamminò verso il viale.

Stava passando davanti alla villa, quando si ricordò di avere con sé le chiavi che David le aveva dato solo qualche giorno prima. Restò un attimo incerta, a fissare il portone e le imposte chiuse. Un brivido le attraversò la schiena. Il cielo si era fatto scuro, e dava un aspetto sinistro all'edificio, per metà ancora coperto dalle impalcature. Le tornarono in mente le visioni dei fantasmi e tutti gli incidenti che erano avvenuti. Si strinse nel giaccone, pronta ad andarsene, quando si bloccò di colpo.

Finalmente, all'improvviso, le spiegazioni a tanti 'perché' le apparvero chiare nella mente, come spinte da una forza misteriosa. Tirò fuori le chiavi dalla tasca, e, a fatica, riuscì ad aprire il portone. Si guardò attorno per accertarsi che nessuno badasse a lei, poi si chiuse subito la porta alle spalle. Il tonfo sordo della battuta rieccheggiò per i corridoi vuoti.

C'era buio e freddo, là dentro, ma quando arrivò nella stanza di David le parve di sentire la sua presenza, e questo bastò a scaldarle il cuore. Non voleva attirare l'attenzione illuminando la stanza con lampade e lampadari. Così, alla luce fioca che filtrava dalle imposte, trovò una candela vicino al caminetto, e l'accese.

Le ombre si allungavano e si rimppicciolivano al chiarore tremulo. Sofia si sedette sul divano, accarezzando il velluto morbido, e ricordando la sera in cui lui le aveva svelato la sua identità. Lo sguardo le cadde sul letto, e sorrise, accarezzando le coperte morbide e senza una piega...

Il dolce corso dei pensieri si interruppe di fronte a quest'osservazione. Si era sempre burlata di David, perché non era capace a rassettare, tanto meno riusciva con il letto. Stavolta, però, sembrava fatto da una mano esperta, sicura. Si guardò intorno, cercando di ricollocare ogni oggetto al proprio posto, e dovette ammettere che c'era troppo ordine. Non che David amasse il caos, ma si comportava come tutti gli uomini, cioè, senza badare ai particolari e alle sfumature. Invece, le sedie erano tutte perfettamente allineate attorno alla tavola, i piatti ben sistemati in dispensa, i pochi soprammobili senza un filo di polvere ed ordinati in sequenza. Perfino i libri, che Sofia aveva portato per ricostruire la storia della tenuta, erano impilati in ordine crescente sull'ampia mensola del camino.

Era evidente che qualcuno molto abile aveva frugato là dentro per cercare qualcosa, e poi aveva rimesso tutto troppo in ordine, affinché non rimanessero tracce dell'intrusione. Forse era venuto alla ricerca di qualche indizio che riconducesse a David e ai suoi documenti. A questo pensiero, si sentì ancora più offesa ed irritata: David non sarebbe mai stato così stupido da lasciare in giro elementi tanto importanti.

Mentre faceva queste considerazioni, vide che sul comò c'era una cornice dorata con la foto di loro due, abbracciati, ai piedi della grande quercia, sul piazzale a lato della villa. Rimase sorpresa, perché non l'aveva mai vista prima. Quando la sollevò, per osservarla meglio, la cornice le scivolò di mano, il vetro cadde per terra e andò in mille pezzi. Persino lì avevano osato mettere le mani, quei farabutti!

Sofia prese la candela per far lume sul pavimento e raccogliere i cocci. Solo allora si accorse che dietro la foto c'era scritto qualcosa, e la grafia era quella di David. L'avvicinò alla luce e vide la scritta '*To the only woman I love*', '*All'unica donna che amo*'. Oltre ad essere stupita, pensò che era una cosa strana. Perché scrivere una dedica su una foto che aveva tenuto per sé? Forse aveva intenzione di regalargliela, ma quando era tornato Franco ci aveva ripensato? E allora perché l'aveva messa in bella vista?

La sua attenzione però era focalizzata sulle tre lettere in neretto, che sembravano la sbavatura tipica delle penne stilografiche. Messe insieme formavano la parola '*Tea*', 'tè'. Non aveva senso: cosa c'entrava il tè con la foto?

Ci volle qualche istante, poi capì. Raccolse i vetri, rimise la foto dov'era, spense la candela e, dopo aver gettato un'ultima occhiata, per controllare che fosse tutto a posto, uscì fuori.

Soffiava un vento freddo di tramontana, che portava con sé una pioggerellina fitta e gelida. Sofia si coprì bene con il giubbotto, afferrò la bicicletta, e, gridando a Duilio che se ne andava, si gettò per il viale, e giù, per la discesa, fino al paese.

Quando arrivò nella piazza era senza fiato.

S'impose di restare calma, perché sapeva di essere controllata e non voleva destare sospetti. Infatti, entrò nel locale, trovò Monica e Rita che le vennero incontro a salutarla, si scambiarono parole tronche - perché anche loro erano state messe al corrente della situazione - poi si sedettero tranquillamente ad un tavolo a ridere e chiacchierare, come se si fossero ritrovate per caso. Intanto, Monica le avvertì che, poco prima, oltre ad uno strano tizio alto e coi capelli brizzolati, aveva intravisto in paese anche Franco. Ma questa non era certo una sorpresa.

Poco dopo, arrivarono anche Alessio e Steve, che Sofia aveva avvisato con un *sms*, e si accinsero a fare merenda tutti insieme. Poi, con una scusa, Sofia si fece trascinare in cucina da Maria, e chiese alla signora Lina di farle vedere una vecchia teiera in stile vittoriano, che lei e suo marito custodivano gelosamente in un mobile antico con la vetrina, tipicamente toscano, insieme ad altri lasciti e ad acquisti più recenti. Si era infatti ricordata che David aveva sempre amato quella teiera. Le aveva raccontato che suo padre ne aveva una simile, ereditata dai genitori scozzesi, e spesso, quando lui e suo fratello erano piccoli, li chiamava nel suo ufficio a prendere tè e biscotti. Erano stati quelli i momenti più belli della sua vita.

Sofia prese la teiera con le mani che le tremavano. L'appoggiò sulla mensola della cucina, e chiese alla signora Lina di aprirla per lei. Dentro c'era un fogliettino ripiegato così tante volte da essere diventato quasi invisibile, e l'anziana donna si stupì di quella scoperta, chiedendosi chi e come potesse essere arrivato a metterlo lì. Il cuore di Sofia martellava così forte che pareva dovesse uscirle dal petto. Aprì piano il pezzo di carta, rischiando più volte di romperlo per via delle mani tremanti.

Erano poche righe scritte da David:

Vado via per sistemare tutto, è meglio se non sai niente. Ho io tutti i documenti. Filippo è con me..

Stai tranquilla. Purtroppo, per proteggere tutti noi sono costretto a non starti vicino come vorrei.

Stai attenta, fai solo quello che ti chiedono, o finiamo tutti male, perché è gente che non scherza. Conta sull'aiuto di chi sai. Io farò il possibile.

Sappi che non ho mai dubitato e mai dubiterò di te. Mi basta guardarti negli occhi per sentirmi vivo, per sapere che sei dentro

*di me, nel mio cuore e nella mia anima. Ed è per questo che trovo
la forza di lottare ancora.*
  Brucia subito questo biglietto.
  Bada a te.
  Tuo,
  David.

Le lacrime le velarono gli occhi, mentre stringeva quel foglio di
carta, cercando in esso il calore ed il profumo di David. Si sentì
sollevata nell'apprendere che lui non aveva creduto alle sue parole,
ma al suo cuore, e questo servì almeno a toglierle il peso del
rimorso dalla coscienza.

Poi, a malincuore, accartocciò il biglietto in un pugno, e lo gettò
tra le fiamme del camino, restando a guardarlo finché non fu altro
che un cumulo di cenere sparsa insieme agli altri.

Da quel momento iniziò ad avere davvero paura.

Si sentiva spiata ovunque andasse. Tutte le facce le sembravano
sconosciute, minacciose, ed era come se cercassero di scrutarle
l'anima. Temeva che dal suo volto potessero trasparire le sue idee
e le sue emozioni, così evitava di incontrare gente e di uscire.

Il piano che avevano architettato all'inizio era stato annullato
per via della partenza improvvisa di David e Filippo. Si ricordò
delle trappole che avevano sistemato nei dintorni della villa,
quando avevano deciso di preparare un'imboscata per catturare il
misterioso sabotatore. Ma adesso era tutto inutile, gli eventi erano
precipitati, le certezze si erano dissolte, non restava più nulla, più
nessuno a cui aggrapparsi.

Eppure, anche se sapeva che doveva fare qualcosa per uscire
dall'incubo di quella sospensione nel vuoto, non era capace di
concludere nulla. Il timore, il senso di solitudine e di abbandono,
l'ansia costante, e la sensazione di essere come un animale
braccato, le impedivano di agire con criterio.

Era andata anche un paio di giorni a Firenze, in ufficio, ma la
stagione invernale non le concedeva molto per distrarsi. Ci voleva
qualcosa che rompesse la tensione, un segnale, positivo o negativo,
purché quella calma piatta finisse, prima che la facesse impazzire.

E qualcosa, dopo un tempo che le parve interminabile, avvenne.

Mentre era alla tenuta, cercando di distrarsi con il lavoro – anche se dubitava che ne valesse ancora la pena – fu piacevolmente sorpresa dall'arrivo di Ilaria, che appariva tranquilla e rilassata, completamente all'oscuro di tutte le ultime vicende.

Era stato Steve ad accompagnarla dal paese fino alla villa. I due si conoscevano, perché Ilaria lo aveva scelto per la famosa campagna pubblicitaria che le aveva fatto guadagnare la stima di Edoardo. Lo aveva visto per caso in tv, e si era convinta che Steve fosse il *testimonial* adatto. Avevano lavorato insieme, e, da allora, erano diventati amici, senza sapere di avere Alessio come legame comune.

Ilaria, come al solito, parlava a raffica e con entusiasmo, ma, ad un certo punto, Sofia la interruppe per chiederle ciò che più le premeva:

"Sai dov'è Filippo?"

L'espressione di Ilaria si fece seria, si guardò intorno con aria circospetta, e bisbigliò, puntando l'indice davanti alle labbra:

"Non lo so, ma so che sta bene ed è al sicuro. E' meglio non parlarne, si farà vivo lui, vedrai!"

Si schiarì la voce, e proseguì con la sua logorrea, precisando che il lavoro da modella andava bene, ma stava dedicando un sacco di tempo all'agenzia, sacrificando per ora il suo amore verso Edoardo, finché la situazione lavoro-amore non avesse trovato un solido equilibrio.

Sofia non la ascoltava più. Era rimasta stupita dalla tranquillità con cui Ilaria aveva risposto alla sua domanda, e dal fatto che anche lei sapesse qualcosa, ma facesse finta di nulla. La sua calma, almeno apparente, la sicurezza, la fiducia nel fratello, insieme alla sua parlantina, riuscirono a stordirla al punto da dimenticare per un po' tutto il resto. Forse perché, adesso che Ilaria era ritornata, si sentiva meno sola.

Con lei, infatti, i giorni tristi dell'inizio dell'inverno passarono più veloci, ed era quasi novembre, quando la situazione, d'improvviso, degenerò.

Fino ad allora Franco si era limitato a tenere d'occhio Sofia, e a ricordarle di tanto in tanto di rigare dritta, così la pressione si era un po' allentata. Ma il giorno prima di *Halloween* la bomba esplose.

Sofia, con Alessio ed Ilaria, avevano smesso in anticipo di lavorare alla tenuta, perché il tempo minacciava pioggia. Quando entrarono nel locale di Maria, trovarono una folla di persone, che, raccolte in un silenzio surreale davanti alla televisione, ascoltavano il notiziario. Per poco Sofia non svenne nel vedere la foto di David in primo piano, ed Ilaria non riuscì a trattenere un urlo di terrore. Monica e Rita si avvicinarono, e spiegarono che David e Filippo erano scampati ad un attentato perpetrato da Adam McDouglas, il fratellastro di David. Adesso stava parlando, in diretta tv, l'ispettore dell'*FBI* che aveva condotto l'operazione.

Dopo qualche istante di smarrimento, Sofia fu quasi certa che fosse lui l'uomo con accento americano che aveva visto di spalle al *pub*, la sera dell'incontro con Franco. Anche Monica lo riconobbe, perché lo aveva incontrato un paio di volte in paese nei giorni precedenti. L'ispettore stava spiegando che non poteva essere divulgato al momento nessun particolare, perché c'era un'inchiesta in corso. Poteva soltanto dichiarare che l'ipotesi più attendibile dell'accaduto pareva la questione dell'eredità McDouglas, ma nulla era da escludere. Assicurò che le condizioni di David e di Filippo erano buone, anche se ancora non era stato diramato nessun comunicato medico. Raccontò che dei *killer* li avevano rapiti per torturarli ed estorcere loro delle informazioni. Per fortuna, la scomparsa di David, ricercato come criminale, in seguito alle accuse e alle denunce di Adam, aveva permesso alle autorità di indagare e di trovarlo in tempo, salvando lui ed il suo amico, prima che venissero uccisi.

Le immagini scorrevano sul video, mostrando anche Marco e Debora mentre entravano in un ospedale di Londra, dove erano stati ricoverati i due feriti, in mezzo a poliziotti, giornalisti e fotografi.

Sembrava tutto così irreale, così improvviso.

David era ripiombato nel suo mondo, e pareva ormai tanto lontano. Sofia non riusciva a capacitarsi, e non si rendeva neanche conto se fosse lui l'uomo che aveva conosciuto, quello stesso uomo che sentiva di amare più della sua vita.

Ilaria si era messa a piangere accanto a Maria, che si era gettata su una sedia, pallida, mormorando parole incomprensibili. Monica teneva stretta Sofia, il volto teso fisso sullo schermo della tv, per non perdere una parola o un'immagine. Rita seduta accanto a loro, a bocca aperta, incredula e sorpresa. Gli altri erano ancora tutti lì, in silenzio. Si udiva solo qualche borbottio di tanto in tanto, e qualche esclamazione bisbigliata di stupore e rammarico. Duilio, il signor Guido e la signora Lina si erano rifugiati in un angolo, anch'essi come sospesi in questa situazione assurda.

Sofia ebbe l'impulso di partire subito per andare a Londra, ma si chiese se le sarebbe stato possibile avvicinarsi a David e Filippo. E poi, era davvero passato il pericolo? Le vennero in mente Franco ed i suoi complici. Chiese sottovoce a Monica se i giornalisti avessero parlato di altri eventuali criminali ancora a piede libero, ma la ragazza fece segno di no con la testa. Allora provò a chiamare Franco: il telefono risultava non raggiungibile.

La risposta arrivò prima di quanto si aspettasse.

Infatti, erano ancora tutti nel locale davanti alla televisione, quando il maresciallo DeAngelis in persona venne a cercarla e le chiese di seguirla in caserma.

Una volta arrivati, la invitò gentilmente ad accomodarsi, e poi si sedette, guardandola dritta negli occhi:

"Lei non è ancora al sicuro, perché alcuni pesci non sono rimasti nella rete e ci possono essere delle ritorsioni. Stiamo collaborando con *Interpol, Digos, DIA, FBI.* e tutti quelli che sono impegnati in questa che è un'operazione senza precedenti. Per motivi di sicurezza e di ordine pubblico, la stampa non è al corrente della situazione reale, come avrà capito."

Fece una breve pausa, poi proseguì:

"Sappiamo quello che lei ha dovuto subire, i Servizi Segreti ne erano a conoscenza, ma non sono intervenuti per non mandare all'aria l'operazione. Si sono limitati a proteggerla, a sua insaputa. Per fortuna non c'è stato bisogno di salvarla da nulla, visto come si sono evolute le cose. Sono rimasti però altri criminali, più e meno piccoli, che ci stanno sfuggendo di mano, gente che fa capo a finanziarie ed importanti aziende, tutte con interessi legati ai McDouglas.

Il suo ex fidanzato è uno di questi elementi. L'azienda tessile per cui lavorava era stata incorporata in una multinazionale, in cui lui era riuscito, con mezzi ed appoggi poco leciti, a raggiungere i vertici. D'accordo con altri soci, aveva stretto accordi importanti con la McDouglas, per diversi milioni di dollari. Poi, al momento di assolvere gli impegni presi, avevano inscenato una sorta di fallimento, manipolando i conti del bilancio, per cui la McDouglas non solo perdeva il capitale anticipato, ma anche gli utili che dovevano esserne derivati. Invece, il denaro era andato a finire nelle tasche dei suddetti amministratori.

Ma Adam McDouglas stava all'erta, e, dopo una breve indagine, ha scoperto l'inganno. Così ha minacciato di farli andare tutti in galera e di rovinarli, poiché aveva le prove della loro colpevolezza. Invece di denunciarli, però, ha deciso di approfittare della situazione. Dalle sue ricerche, infatti, era emerso anche che il suo odiato fratellastro si era rifugiato in Italia, e ha pensato che fosse ritornato nei luoghi d'origine della madre. Con la forza del ricatto, ha mandato quegli amministratori, che ormai erano in suo potere, a rintracciare suo fratello, per costringerlo, con ogni mezzo, lecito ed illecito, a consegnare loro i documenti contenenti le prove che avrebbero rivelato gli inganni da lui tramati per anni, insieme alla madre, per diseredare David e farlo passare per il peggior criminale d'America. Inoltre, avrebbe potuto incolpare lo stesso David del grave ammanco di denaro, che invece l'azienda aveva subìto per colpa della sua incapacità nello scegliere i propri *partners*.

Uno dei soci del signor Franco Rossi, tale Renzini, è riuscito a rintracciare la cugina di McDouglas, Debora, e da lì ha individuato la tenuta di sua proprietà. Ha approfittato delle leggende dei fantasmi che circolano nella zona, e, con la complicità di alcuni suoi amici, che lavorano nel settore degli effetti speciali al cinema, ha inscenato tutti quegli incidenti e quelle visioni, per intimorire David e farlo venire allo scoperto. Si è servito, inoltre, della gelosia di Rosalba Falsini, la figlia del sindaco, nei confronti di Filippo Bartoletti, per estorcerle le informazioni necessarie ad organizzare i loro piani. Anche se poi la Falsini ha esagerato, appiccando fuoco più volte alla tenuta ed attirando l'attenzione delle forze dell'ordine.

Ma questo non è bastato. La svolta c'è stata quando è entrata in scena lei, avviando una relazione proprio con McDouglas. Franco Rossi ne è venuto subito a conoscenza, e così ha avuto la certezza che si sarebbe salvato, perché, per un inaspettato colpo di fortuna, quella che ormai era la sua ex ragazza aveva una relazione con il suo obiettivo. L'ha minacciata e ricattata, seguendola e perseguitandola, finché McDouglas, ormai rintracciato dalle autorità, per scrollare definitivamente il peso di dosso a sé e a tutti quelli che gli stavano vicino, ha preso contatti attraverso il suo avvocato con l'*Interpol* e l'*FBI*. Quindi, grazie alle prove inconfutabili e ai documenti in suo possesso, ha potuto finalmente dimostrare di essere vittima innocente delle macchinazioni di Adam e di sua madre. Infine, ha messo in atto un piano, che si è dimostrato ben congegnato. Sotto la protezione delle autorità, è fuggito all'improvviso, insieme al suo amico, come se avesse agito per iniziativa personale, e ha fatto perdere le sue tracce. Naturalmente, la banda di malviventi si è rimessa in moto, e non ha impiegato molto a trovarlo. L'ordine era di prenderlo vivo, perché prima di tutto Adam doveva entrare in possesso dei documenti. McDouglas prima si è fermato a Parigi, e poi a Londra, dove ha contattato alcune persone. Dopo un giorno, era già pedinato, e dopo altri due giorni è arrivato il fratellastro in persona dall'America, con un fitto stuolo di uomini. Hanno studiato per un po' le sue mosse, poi lo hanno aspettato una sera, mentre rientrava in albergo, e lo hanno trascinato via con la forza. A questo punto, David ed il suo amico sono stati portati in un vecchio garage di periferia e sottoposti a torture, affinché rivelassero dove si trovavano i documenti. Dopo che, con grande coraggio e resistenza, è riuscito a far confessare al fratello tutti i suoi reati, permettendo alla polizia di registrare la conversazione e la scena, David ha finto di cedere alla violenza, e ha indicato ad Adam un numero fittizio di una cassetta di sicurezza della stazione centrale di Londra. Appena fosse venuto in possesso dei documenti, Adam McDouglas aveva intenzione di uccidere il fratellastro, inscenando un incidente d'auto. Ma, appena arrivato alla stazione, lui ed i suoi uomini si sono trovati circondati dalle forze dell'ordine, e non hanno opposto neanche resistenza, tanto sono stati presi alla sprovvista.

McDouglas se l'è cavata con qualche ferita, ma l'incubo è finito. Dall'inchiesta verrà fuori tutta la verità, le prove sono schiaccianti e c'è anche la confessione registrata: Adam McDouglas sarà di certo condannato all'ergastolo, mentre David McDouglas riprenderà il posto che gli spetta, alla guida dell'azienda di famiglia, e, soprattutto, avrà il rispetto che si merita.

Il problema resta qui in Italia, perché, dei dieci soci corrotti e dei loro complici, ne mancano due all'appello, e tra questi c'è proprio Franco Rossi. Per questo lei non si può considerare ancora al sicuro, anche se c'è la possibilità che si sia allontanato da qui. A questo proposito, le abbiamo riservato una scorta di due uomini. Mi raccomando, qualsiasi stranezza o contatto con il signor Rossi, lo comunichi immediatamente a noi: un uomo disperato e nei guai fino al collo non ha nulla da perdere, ed è doppiamente pericoloso. Preferiamo dunque che lei resti qui in paese, a Boscoalto, almeno per ora, in modo che sia più facile controllare la situazione."

Il maresciallo la guardò con l'aria di chi aspetta solo una conferma. Ma Sofia era talmente stordita da quella fiumana di notizie surreali, che non badò a rispondere.

Il maresciallo continuava ad osservarla ed insisté:

"Non è un problema per lei seguire queste semplici istruzioni, vero? Crediamo che tutto si risolva in breve tempo, quindi dovrà avere solo un po' di pazienza."

Sofia fece un cenno di assenso, in modo meccanico. Poi trovò la forza per chiedere:

"Allora non posso andare a Londra, e neanche prendere contatti con David... con McDouglas?"

Il maresciallo si limitò a scuotere la testa in segno di dissenso:

"Capisco che non è una situazione normale, né semplice, ma, finché l'inchiesta non verrà chiusa, non è proprio possibile. Ha sopportato molto di più fino ad oggi, non le pare?"

Il maresciallo cercò di sorridere. Sofia fu sinceramente grata della sua cortesia, e di come si era prestato a non negarle i particolari della vicenda in cui, suo malgrado, era rimasta coinvolta.

Adesso Franco non le faceva paura, anche se poteva essere più pericoloso di prima.

Stordita, confusa, incredula e stupita, aveva solo una certezza: le mancava David. Avrebbe voluto rivederlo per essere sicura che fosse lo stesso ragazzo che aveva conosciuto, che non le avesse lasciato di sé un'immagine illusoria ed inesistente. Si chiese se sarebbe più ritornato a Boscoalto, visto che ormai aveva ripreso il legittimo possesso dei beni di famiglia e di una delle aziende più importanti al mondo.

Per un istante chiuse gli occhi e cercò di immaginarsi come sarebbe stato adesso il loro futuro, ma non riusciva a vedere nulla, c'era troppa confusione, troppa incertezza, non era capace di rimettere insieme i pezzi. Aveva sopportato tanto, è vero, fino ad allora, ed era riuscita a superarlo. Ma aveva ancora la forza per combattere? E ne sarebbe valsa la pena? Calde lacrime cominciarono a scorrere senza che potesse fermarle, mentre il maresciallo le chiedeva se si sentisse bene. A fatica riuscì ad aprire gli occhi e a rassicurarlo che era tutto a posto.

Rimase ancora un po' in caserma per chiarire alcuni punti, mentre cercò di scaldarsi con il caffè che le venne offerto. Quando si sentì meglio, rifiutò cortesemente di farsi accompagnare a casa.

L'aria fresca le fece subito bene, e stette qualche istante ferma sul marciapiede, fuori dal cancello della stazione dei Carabinieri, a respirare la brezza frizzante a pieni polmoni. Poi, lentamente, si diresse verso casa, con la testa che le ronzava, come se ci fossero due o tre sciami di api inferocite nei dintorni.

Tutto ad un tratto si sentì stanca, le gambe parevano non reggere più il suo peso, ed ogni passo le costava tanta fatica, come se ai piedi avesse delle zavorre. Per un attimo si chiese chi era e cosa faceva lì, ed ebbe paura di questa perdita di cognizione. Una vampata calda al viso le ridette la visione della sua vita, ma non per questo si sentì meglio.

Alessio la raggiunse, e Sofia fu felice di trovare riparo nel suo abbraccio. Sentì di nuovo il calore, l'amore di un essere umano, ed il gelo della sua anima allentò la presa. Non si dissero nulla, si limitarono a camminare fino a casa insieme: quella spalla su cui appoggiarsi le ridava la vita e la speranza. Si convinse che non era cambiato nulla. Aveva perduto l'Amore, quello tanto difficile da trovare, ma era come ritornare bambina, e poteva sempre contare su se stessa, sui genitori, su suo fratello, sui nonni e sugli amici di sempre.

XVII.

Le settimane successive trascorsero tranquille.

I lavori alla villa procedevano regolarmente, anche se non fu più possibile inaugurare nei tempi previsti, e si dovette rimandare alla primavera successiva.

Sofia non riusciva più a salire né in paese, né alla tenuta. Si avvicinava il periodo natalizio, e c'era molto da fare per l'ufficio – ma solo due volte il maresciallo le permise di andare a Firenze. Inoltre, aveva deciso di prepararsi negli studi, per andare in America con suo fratello e frequentare un *master* di specializzazione sulle nuove strategie per il turismo. Voleva dedicarsi esclusivamente al lavoro che amava.

Le capitava spesso di ripensare ai giorni passati, ma era talmente assorbita dai libri e dalla famiglia, al punto da avere sempre la testa occupata e l'anima ricolma del calore dei suoi cari, e degli amici…

Nessuno di loro aveva più parlato di ciò che era accaduto, e tutti sembravano aver recuperato la serenità di un tempo. Anche Ilaria non si era più fatta vedere. Era andata a Firenze il giorno dei fatti di Londra, e da allora non era più tornata.

Sofia riuscì finalmente a convincere il maresciallo DeAngelis che, se non ci fossero state novità, non c'era più motivo di restare sotto sorveglianza. Ormai erano passati quasi due mesi, e non era accaduto più nulla che facesse presagire altri incidenti. I due fuggitivi dovevano essere già scappati all'estero. Per questo, Sofia decise che sarebbe partita subito dopo le feste, con il beneplacito del maresciallo.

La vigilia di Natale, con la famiglia, salì fino all'antica Pieve per la veglia, ed incontrò un'irriconoscibile Rosalba, castigata perfino nel vestire, l'aria dimessa, priva dell'arroganza e della baldanza che le erano abituali. La salutò appena, come timorosa di ricevere un insulto, ma Sofia le offrì invece un sorriso. In fondo, c'era da biasimare qualcuno in quella storia? Non era forse ciascuno responsabile di sé? E non c'era stato abbastanza castigo per le anime di tutti? L'amore e l'odio avevano deciso il destino delle persone.

Da un angolo poco illuminato Maria e Duilio la salutarono con la mano: lei sembrava invecchiata all'improvviso, anche se i suoi grandi occhi azzurri non avevano perduto la luce.

Davanti a Sofia si sedette il sindaco, e via via sfilarono gli abitanti del paese di Boscoalto, in un ritrovo gioioso per la festa imminente, come segno di un nuovo inizio, per ricominciare a vivere un'altra era della storia del luogo.

Sofia si sentiva al sicuro, proprio come quando era piccola.

Anche il giorno di Natale fu esattamente come era sempre stato, coi regali, l'albero, le candele, le luci, la tavola con tutte le prelibatezze che sua mamma, sua nonna e lei avevano preparato insieme, nell'atmosfera di serenità di una tipica famiglia riunita.

Il giorno dopo, era Santo Stefano, Sofia stava riordinando la camera, quando il telefono si mise a vibrare. Sul *display* appariva un numero anonimo. In preda ad una strana ansia, fece un grosso respiro e ...

"Sapevo che avresti risposto, come so che non farai parola di questa telefonata con il tuo amico maresciallo, non è così?" sibilò Franco, riportandola di prepotenza dentro l'incubo che credeva di essersi lasciata alle spalle.

Prima che potesse continuare con quella voce roca, orribile, da animale braccato, ma sicuro di avere ancora un asso nella manica, lei trovò la forza per interromperlo ed urlare con rabbia:

"Lasciami in pace, non abbiamo più niente da dirci! Quello che volevi è già stato preso, ed io non ti aiuterò certo a scappare. Anzi, credevo che fossi stato così furbo da essertela già squagliata!"

Una risata quasi diabolica le fece morire la voce in gola:

"Invece mi servi ancora, e proprio per fuggire! Adesso che tutti credono che il pericolo sia passato, ti lasceranno andare via senza problemi. Non fare scherzi, sai che non è un gioco. Ti tengo sempre d'occhio. So tutto di te. So che stai per partire, ma deciderò io come e quando. Ora, fai la valigia, vai dal maresciallo, e gli dici che devi andartene subito perché ti hanno appena informata che il *master* inizierà con qualche giorno di anticipo. Fai come ti dico, e alla tua famiglia non succederà niente, mi hai sentito?"

Sofia era terrorizzata. Suo fratello era lì accanto a lei, e tratteneva il respiro, in ascolto.

Franco le chiese di nuovo se aveva capito cosa doveva fare, e Sofia riuscì a mormorare una debole risposta affermativa. Cercò di sapere come la sua famiglia potesse essere messa in pericolo, ma lui si limitò a darle appuntamento alla stazione entro due ore, quando ormai sarebbe stato buio.

Alessio, con l'aiuto di Steve, prese in mano la situazione.

Invitò la sorella a seguire le istruzioni di Franco, e a non avvisare il maresciallo. Lui e Steve l'avrebbero seguita di nascosto, senza perderla di vista, e poi, al momento opportuno, avrebbero agito.

Sofia era esitante, perché temeva per il fratello, per l'amico e per la famiglia, ma Alessio le promise che sarebbe stato prudente, e che avrebbe pensato lui a tutto.

In effetti, fu facile sbrigarsi ad uscire, passare dal comando dei Carabinieri, e fingere che era tutto a posto, che si trattava semplicemente di un imprevisto, che era stata anticipata la data d'inizio del *master*. Alessio rassicurò il maresciallo che sua sorella non sarebbe rimasta sola, perché lui e Steve l'avrebbero accompagnata durante il viaggio per gli Stati Uniti.

Dieci minuti prima dell'ora convenuta, Sofia entrò da sola nella piccola stazione semi-buia e quasi deserta, alle pendici della collina su cui sorgeva Boscoalto, mentre un vento gelido soffiava sui binari e la faceva rabbrividire. Sperava, e pregava, che Franco non venisse, che la lasciasse in pace per sempre, e che potesse finalmente essere libera di tornare alla sua vita, a com'era prima che tutta quella storia, trasformatasi in incubo, cominciasse.

Per un istante, le balenò nella mente l'immagine di David, ed il suo cuore non poté fare a meno di sobbalzare. Scacciò subito quel pensiero, e, per cercare di tranquillizzarsi, si voltò d'istinto verso l'uscita della stazione, dove Alessio e Steve stavano parlando con dei ragazzi che Sofia non conosceva. In quel momento, dall'altoparlante, una voce bassa e cantilenante annunciò l'arrivo di un *Intercity* diretto a Roma.

Quando il treno sbucò dalla curva, all'improvviso Sofia si ritrovò davanti Franco. Con una mossa fulminea, la prese per un braccio, raccomandandole di non fare gesti bruschi, o tali da attirare l'attenzione: dovevano apparire come una coppia felice in viaggio di piacere. Sul marciapiede c'erano solo una decina di persone in attesa del convoglio, cariche di bagagli e piuttosto sonnolente. Comunque, per potersi guardare meglio intorno, la strinse a sé, intanto che il treno si fermava, e la baciò. Sofia pensò di soffocare, e si chiese come quelle labbra, adesso amare quanto il veleno, potessero essere state, un tempo, così dolci d'illusioni.

Mentre era intrappolata in quella stretta opprimente, cercando disperatamente una soluzione per liberarsi, notò una signora di mezza età che li guardava sorridendo dal finestrino: sicuramente stava provando una punta d'invidia, lei che era da sola, dinanzi a quella che pareva una coppia modello. Sofia pensò a quanto possa essere ingannevole l'apparenza, perché, se mai, era lei in quel momento ad invidiare la signora che viaggiava da sola, anche se alle spalle aveva chissà quali altri problemi.

Franco, senza mollare la presa, la stava spingendo a salire sulla carrozza di prima classe, praticamente deserta, quando un brusco strattone la fece quasi cadere all'indietro. Alessio aveva afferrato Franco, e Steve lo teneva fermo a terra, impedendogli di muoversi. Intanto era arrivato il maresciallo DeAngelis con una decina di uomini, dei poliziotti, e degli uomini in borghese – tra i quali c'erano i ragazzi che Sofia aveva visto parlare con suo fratello poco prima - che avevano catturato un altro individuo, il complice di Franco.

Il maresciallo venne incontro a Sofia sorridendo e assicurandole che adesso era davvero tutto finito. Le spiegò che fin dall'inizio, a sua insaputa, era rimasto in contatto con Alessio per sorvegliarla e proteggerla. Anche il suo telefono era sempre stato sotto controllo. E quando finalmente i due delinquenti si erano fatti vivi, avevano preparato loro l'imboscata. Franco era la pedina mobile, mentre il suo complice avrebbe tenuto d'occhio la famiglia di Sofia, per eventuali ritorsioni, finché non si fossero sentiti davvero al sicuro.

Alessio abbracciò forte la sorella, e le promise che, in capo ad una settimana, sarebbero partiti davvero per l'America, per cambiare aria e cercare di dimenticare quella triste parentesi della loro esistenza.

Sofia piangeva finalmente di sollievo, mentre voltava le spalle all'uomo che un tempo aveva creduto il suo principe azzurro, e che ora veniva portato via in manette, accusato di aver commesso una serie di reati impensabili, per una persona perbene, dopo aver calpestato sentimenti, dignità, valori.

Il treno lentamente ripartì, mentre la signora, che prima l'aveva osservata con invidia, adesso si appoggiava mestamente al finestrino, come rassegnata agli scherzi crudeli che il destino ci riserva.

Ci volle un po' prima che Sofia riuscisse a muoversi.

Il vento gelido ora le sembrava una carezza, in confronto alla desolazione che vedeva intorno a sé, e al vuoto che sentiva dentro. Era tutto finito, era vero, e sarebbe partita per andare in posti nuovi, a studiare quello che le piaceva. Avrebbe dovuto sentirsi almeno rincuorata dinanzi a questa nuova prospettiva. Invece non era così. Aveva l'affetto più che solido della famiglia, del fratello, degli amici, ma non le bastava più, perché qualcosa di enorme le era stato tolto per sempre dall'anima. Se questo era diventare adulti, allora non le piaceva affatto. Temeva di non essere capace di provare altro che sofferenza, dolore, o peggio indifferenza e distacco.

Questi pensieri furono interrotti dalla voce calda del maresciallo DeAngelis, che le chiese gentilmente di seguirla in caserma, per sbrigare tutte le formalità. Da quel momento non avrebbe avuto più noie, era tutto finito: poteva considerarsi finalmente libera.

XVIII.

Sembrava passato un secolo, invece erano solo pochi mesi che Sofia si trovava a Los Angeles, in California.

Il *master* era all'altezza delle sue aspettative. Trascorreva le giornate frequentando lezioni e laboratori, insieme a tante persone, con le quali condivideva la stessa passione per lo studio. Aveva trovato anche un lavoro *part-time* in un tipico bar americano, dove aveva conosciuto altre ragazze e ragazzi italiani.

Alessio stava concludendo la specializzazione, ed entro l'anno sarebbe stato assunto nel grande ospedale in cui già lavorava.

Erano rari i momenti liberi che trascorrevano insieme, e spesso si ritrovavano quando andavano ad assistere alle partite di *NBA* per fare il tifo per Steve. Lo spettacolo sportivo era impagabile, anche se Sofia non era affatto un'appassionata. Però l'atmosfera allegra, le grandi arene, le luci, i colori, ed il gioco duro fino all'ultimo secondo la trascinavano, insieme all'entusiasmo del pubblico, in questa specie di festa.

Le era capitato solo qualche volta, specie subito dopo la partenza, di ripensare al recente passato. Ma, con il trascorrere del tempo e con la lontananza, le appariva sempre più distante, irreale, fino quasi a farle dubitare che fosse mai accaduto.

Sentiva parlare spesso di David McDouglas, ma il fatto di trovarsi nello stesso Stato non contava nulla. Le loro vite erano troppo lontane per potersi incontrare, ammesso che ne avessero la volontà.

Soltanto, a volte, un fondo di angoscia e di amarezza le attanagliava lo stomaco, come se si sentisse tradita. Lui non l'aveva più cercata, da quando aveva ripreso possesso della propria vita. Il maresciallo le aveva detto che, finché c'era l'inchiesta in corso, non sarebbe stato possibile avvicinarlo. E poi, forse, sarebbe cominciato il processo. Ma adesso David era ritornato ad essere un uomo potente: non era in grado di mettersi in contatto con lei, in qualche modo? Oppure, la verità era che non gli interessava e neanche si ricordava più di lei?

Si chiedeva se si fosse trattato di un sogno, uno stupido sogno, impossibile da realizzare, perché sospeso fra due mondi opposti. E se lui l'avesse solo illusa, e non fosse mai stato sincero.

Eppure, aveva sempre creduto che l'anima non avesse classi corrispondenti a quelle della società, e che i sentimenti non dovessero dipendere dal potere e dal denaro.

Infatti, la storia con Franco era finita quando avevano smesso di parlarsi con il cuore, e lui aveva preferito scendere a qualsiasi compromesso, pur di fare carriera e soddisfare il suo desiderio di onnipotenza.

Ma con David era sempre stato diverso: il sentimento era più vero, più forte, e sembrava non dovesse finire mai. In cuor suo, Sofia sapeva che, se l'amore per Franco si sarebbe comunque logorato da sé, col trascorrere del tempo, la passione per David era destinata a lasciare per sempre una traccia indelebile nel cuore. Si era convinta che, nonostante tutto, lei e David avevano imparato, l'uno con l'aiuto dell'altra, a sentire, a riempire l'anima con ciò che conta davvero, e niente sarebbe potuto più essere come prima. Avevano superato prove terribili proprio grazie a questa ritrovata vitalità interiore, che si era rafforzata a tal punto da non poter essere mai scalfita.

E lo vide, una sera.

Sofia e Alessio si erano procurati due biglietti in terza fila per uno dei *match* più importanti della stagione, in cui Steve era impegnato in prima linea. David era laggiù, sul *parquet*, a pochi passi da lei, dopo tanto tempo.

La sorpresa e l'ondata di emozioni che la travolsero le fecero mancare il respiro.

Come se avesse sentito il richiamo del suo sguardo, egli si voltò verso di lei. Era ancora più affascinante di prima, adesso, ma la luce degli occhi pareva prendere vita dai suoi, perché, più la fissava, più il suo volto s'illuminava. Notò che aveva una profonda cicatrice sul collo, giusto sotto il mento, a ricordare per sempre quello che aveva dovuto sopportare per salvare se stesso e quelli che amava. Anche lei.

Le parve che il tempo si fosse fermato a quella sera, quando lui le aveva confessato la sua vera identità, abbattendo ogni barriera tra loro, per rinsaldare un legame che mai si sarebbe potuto spezzare.

Adesso accanto a lui c'era una giovane donna, che stava cercando di attirare la sua attenzione ma, non riuscendovi, tentò di guardare nella stessa direzione, per scoprire quale fosse l'oggetto del suo interesse. Sofia osservò che era molto bella, aveva dei lunghi capelli scuri, un volto regolare e due profondi occhi neri. Si chiese chi fosse, per stargli così vicino, e pensò che si trattasse di sua sorella, ma accusò subito se stessa di essere troppo ottimista.

E, comunque, non le importava di nient'altro che di quello sguardo.

Lui, però, non le fece un cenno, non tentò di avvicinarla, neanche le sorrise. Aveva forse rinunciato a quei valori che tanto faticosamente aveva conquistato, per poter tornare padrone nel mondo che aveva perduto? Era stato bugiardo, o lo era adesso per convenienza? O forse, come le suggeriva una timida speranza in fondo al cuore, davvero non poteva ancora avvicinarsi a lei per via dell'inchiesta, per proteggerla?

Eppure quegli occhi erano sinceri...

Non poté sopportare oltre quello sguardo, si sentì mancare l'aria, ed uscì con una scusa.

Alessio si era accorto della presenza di David, ma non disse nulla, né si mosse. Sperò solo che lui le andasse dietro.

Invece, David restò a guardarla, senza muoversi, finché lei non sparì tra la folla.

Forse aveva ragione Sofia, forse era davvero finita. Lui era rinato, si era riempito l'anima con lei e di lei, degli amici, della vita semplice, delle piccole cose che contano davvero nella vita, e ne aveva fatto tesoro per poter ritornare il signore di un tempo, in un mondo dove non c'era più spazio per lei. Legati per sempre, ma destinati a restare separati.

La partita terminò con una brillante vittoria di Steve, ma Sofia non poté vederla, perché era tornata a casa e si era gettata sul letto, senza riuscire a pensare a nulla. Adesso, nel silenzio della solitudine, lo sentiva, il dolore, forse anche più forte, perché in cuor suo aveva sempre covato la segreta speranza di una risoluzione positiva. Prendere coscienza che non c'era il lieto fine, che doveva accantonare davvero il passato, perché era definitivamente chiuso, faceva male più del previsto, ma era inevitabile: non si cancellano facilmente sentimenti così forti, periodi trascorsi tanto intensamente, che hanno dato una svolta definitiva alla vita di più persone. Sarebbe durato a lungo, quel dolore, profondo, penetrante, e l'avrebbe portato con sé per tutta la sua esistenza. Ma ormai si sentiva forte abbastanza per riuscire almeno a sopportarlo, cullandosi nel ricordo dei giorni felici ed attingendo ad essi per dare un senso al resto della sua vita.

Nei giorni che seguirono continuò i suoi studi e le sue attività quasi come se nulla fosse. A pensarci bene, questo significava che la ragione aveva sempre saputo che sarebbe andata a finire così, anche se il cuore non si sarebbe mai rassegnato.

A giugno, Alessio e Sofia, in compagnia di Steve, tornarono a Boscoalto per un periodo di vacanza, per la gioia di genitori, nonni ed amici.

C'erano grosse novità in paese.

Monica, con sua mamma e sua nonna, avevano aperto un vero e proprio *atelier*, con un negozio anche nel centro di Firenze, e Monica voleva ad ogni costo che la sua amica lo vedesse.

Rita aveva rinnovato i locali della libreria, e aveva finalmente trovato un bravo ragazzo, con il quale progettava di sposarsi presto.

Grande fu la sorpresa quando si venne a sapere che Ilaria stava insieme a Francesco dal settembre successivo alla vacanza a Porto Santo Stefano. Infatti, Edoardo non era mai stato il suo ragazzo. Si trattava in realtà di un severo imprenditore settantenne, che, una volta scoperte le capacità della ragazza, aveva iniziato a farla sgobbare senza tregua nella sua agenzia pubblicitaria, imponendole disciplina e rispetto delle regole. In questo modo, lei era riuscita, col passare del tempo, a dare il meglio di sé e ad ottenere il lavoro - anche se aveva mentito, per scaramanzia, sulla vera identità del suo capo. Adesso, dopo tanto penare, aveva finalmente trovato la sua strada.

Ma l'evento più importante in assoluto riguardava Filippo. Infatti, era giunto il fatidico momento, più volte rimandato, dell'apertura dell'agriturismo *La Bella Vita*. Il lungo viale alberato conduceva alla parte della villa che adesso risplendeva di nuove vetrate e di lucidi portoni. All'entrata, scintillanti lampadari, eleganti tappeti, preziosi arazzi e tendaggi, personale selezionato ed efficiente, pronto ad accogliere i clienti. I marmi, le decorazioni, i mobili antichi, gli specchi erano la cornice ideale per un ambiente di lusso, che faceva rivivere la storia dei secoli passati. Non c'era niente da eccepire, tutto era stato studiato nei minimi particolari.

Rosalba aveva dato un contributo notevole, lavorando quando e dove c'era stato bisogno, per cercare di riparare in qualche modo ai danni provocati dalla sua assurda, gelosa cattiveria.

Filippo era, a dir poco, raggiante.

Si erano sentiti spesso per telefono con Sofia, da quando lui era tornato in Italia, ma nessuno dei due aveva mai accennato a quello che era successo.

Era la prima volta che lo rivedeva da allora, e lo trovò un po' sciupato, oltre che claudicante. L'amaro ricordo dei fatti di Londra si affacciò alla memoria: le ferite fisiche e psicologiche testimoniavano che non era stato solo un brutto sogno, ma una terribile realtà.

Filippo, comunque, non aveva perduto il suo abituale sorriso, che adesso era anche più smagliante:

"E' solo questione di tempo e terapie, tornerà tutto a posto, non ti preoccupare! E a te piuttosto, come va il *master*?"

Sofia gli teneva stretta la mano, mentre parlava con lui in un angolo del grande salone, che stava cominciando ad animarsi:

"Va tutto bene, ci sono ancora sei mesi, e poi si vedrà. Valuterò le opportunità che verranno offerte..."

Egli la interruppe, osservandola con aria dubbiosa:

"Sei sicura di voler restare in America? Io ho rinunciato al mio corso di specializzazione, forse perché spero che questo progetto funzioni. Ci ho messo l'anima! Magari poi, se fallisco, cambio idea e parto anch'io. Ma tu potresti continuare a fare il tuo lavoro come libera professionista, e, allo stesso tempo, dare una mano qui all'agriturismo. Mi saresti molto utile..."

Sofia sorrise. Filippo non era cambiato affatto. Nonostante i disagi e le difficoltà della vita riusciva sempre a superare tutte le avversità con una carica contagiosa di vitalità ed ottimismo. Quando era il momento di pensare, pensava, se c'era da agire non restava ad indugiare.

"Ti invidio, perché tu sai sempre cosa vuoi e cosa fare in ogni occasione. Io di solito mi blocco, resto indecisa, a metà, se tutto va bene." replicò Sofia.

Filippo scosse il capo e la guardò con tenerezza:

"Tu sai benissimo cosa vuoi e cosa devi fare, ma hai paura, perché la tua felicità dipende anche dagli altri, e sei terrorizzata solo a pensare di aprirti con loro, perché temi di metterli a disagio, o di volerli condizionare in qualche modo. Oppure hai paura di essere rifiutata, o ingannata. Allora, butta giù le barriere, apri il tuo cuore e fatti guidare da lui. Ogni volta che hai agito così, è sempre andato tutto bene. Almeno un giorno non avrai rimpianti, e potrai dire di essere rimasta comunque te stessa. Non pensare che te lo dico perché per me è semplice, tutt'altro! Solo che preferisco non star più male dentro, non lottare con me stesso. Ne abbiamo passate tante..."

Fece una smorfia di disappunto, prima di proseguire:

"Il passato ci deve servire da lezione. Abbiamo superato tutto quello che è successo perché le nostre anime, i nostri cuori, erano pieni di qualcosa di unico, che ci ha legato e reso immuni, combattivi di fronte alle tempeste della vita. Tieni sempre a mente questa forza, in qualunque situazione ti ritroverai. Solo se ci credi tu, per prima, non perderai la tramontana, e nessuno ti potrà mai togliere quello che tu stessa hai cercato, trovato e stivato come un tesoro dentro di te!"

Sofia lo abbracciò forte, ma non fu sicura di aver capito bene il senso delle parole dell'amico. Non sapeva dove volesse andare a parare, o, forse, si rifiutava di comprendere.

Comunque, non fu possibile proseguire il discorso, perché adesso era cominciato il caos: la sala si stava riempiendo di gente, di luci, di musica. C'erano persone venute da tutto il mondo, c'erano i ragazzi del paese, c'erano anche Maria e Duilio parati a festa.

L'agriturismo era proprio come aveva sempre desiderato Filippo, un luogo diverso dagli altri, con un'area di ristorazione che era un misto di *pub*, ristorante all'italiana e locale in stile americano. Ogni dettaglio era curatissimo, tutti i gusti dovevano essere soddisfatti, ed il lusso era associato ad un servizio impeccabile.

Nella villa c'erano le camere per i clienti dell'agriturismo, la palestra, la sauna ed una piccola *spa*, anche se un'ala era stata separata e riservata al signor McDouglas. Nella *dependance* c'erano, oltre al personale per l'accoglienza e l'assistenza, guide, *trainers*, esperti, *baby sitter*...

All'esterno, si trovavano i capannoni ed i recinti con i cavalli, le oche, le galline e tutti gli altri animali da cortile. Il parco era stato sistemato, per permettere di andare a cavallo, a piedi, in bici. Era stato ampliato anche il laghetto per la pesca e per le gite in barca.

Il sogno di Filippo era diventato realtà: ogni dettaglio era stato curato, perché l'insieme fosse '*diverso da ogni altro posto al mondo*', come recitava lo *slogan*.

In quel momento, un applauso più forte degli altri distolse Sofia dalla conversazione con alcuni amici del paese.

Non si era visto fino ad allora, ma adesso era salito sul palco, che sovrastava la grande pista da ballo, e teneva per mano la stessa ragazza che era ad assistere alla partita di *NBA* insieme a lui, a Los Angeles.

David era perfettamente a suo agio, in un vestito impeccabile che si addiceva alla sua figura. Tra le urla di giubilo della folla, ringraziò il pubblico per l'accoglienza calorosa, e, promettendo di mantenere le loro aspettative, annunciò, a nome suo e di sua sorella, Lion, il cantante inglese, suo amico, che doveva inaugurare ufficialmente l'evento.

Sofia lo osservava, per la prima volta, nel ruolo che effettivamente gli apparteneva. Come si era potuta illudere che i loro due mondi, così diversi, potessero incontrarsi? Filippo aveva ragione a credere che conta quello che c'è nel cuore e nell'anima. Ma nella vita ci vuole anche spirito pratico e concretezza, bisogna saper guardare in faccia la realtà.

In quel preciso istante, Sofia capì che ormai era tutto perduto. La sofferenza, che da mesi l'avvolgeva come una morbida coperta di lana pregiata, parve stringerla ancora più forte nella sua morsa di calore opprimente. Cercò di liberarsene, confortata dalla presenza dei suoi amici e delle persone a cui voleva bene.

Per fortuna, l'attenzione generale si spostò su Lion, mentre David e la sorella scendevano a salutare la folla che premeva intorno.

Alle prime note, l'atmosfera si fece subito così trascinante, che anche Sofia si mise a ballare e cantare insieme agli altri, lasciando che il dolore si sfogasse in una disperata euforia. Era stata appena raggiunta da Filippo ed Ilaria, quando si sentì cingere delicatamente la vita, e non ebbe il tempo di voltarsi, perché fu come investita da una doccia d'acqua gelida.

"Dobbiamo parlare." le fu sussurrato in inglese all'orecchio.

E prima che potesse rendersene conto, scivolava via a fatica tra la folla festante, trascinata da una mano che stringeva la sua con una dolcezza determinata.

Stavano quasi per uscire, quando David si avvicinò ad uno degli inservienti, che, ad un suo cenno, aprì una porta mimetizzata nella parete, introducendoli in una piccola saletta privata, nella quale rimasero soli, in un silenzio ovattato.

Il cuore di Sofia batteva così forte da farle mancare il respiro. Voleva uscire da lì, o magari diventare invisibile. Erano passati mesi, senza che lui la cercasse. Cosa voleva adesso?

In preda a mille sentimenti contrastanti, lasciava vagare lo sguardo dal piccolo divanetto rosso porpora, sul quale era seduta, al tavolino con il posacenere, ad una lampada che emanava una luce tenue. Nell'aria l'aroma di petali di rosa, il suo preferito.

Non sapeva né cosa dire, né cosa fare, perché non riteneva che ci potesse essere niente da aggiungere. Stava per farsi coraggio ed alzarsi, quando il telefono di David iniziò a vibrare, rompendo un silenzio altrimenti insopportabile. Ma egli spense l'apparecchio con un gesto secco di stizza, obbligandola a guardarlo.

I suoi occhi verdi la colpirono fino quasi a farle male.

Era molto curato, la pelle abbronzata, i capelli trattati da mani esperte, si era tolto la giacca, ed era rimasto con la camicia bianca, impeccabile. Sembrava davvero uscito da un film, non un uomo reale, almeno, lei non lo riconosceva più come tale – o forse era proprio lei che si faceva suggestionare dall'aspetto e dalla sua fama. Cercava di ritrovare in quegli occhi quello che c'era stato un tempo, ma non ci riusciva: non c'era più, oppure non c'era mai stato, e lei si era solo illusa di vederlo. O, magari, la sua testardaggine le offuscava la vista.

Una smorfia sul viso di David le fece capire quanto impertinente e freddo fosse il suo sguardo, ma non poteva sentirsi colpevole di questo, non poteva fingere.

Fu lui a parlare per primo:

"So che sei in collera con me, perché non mi sono fatto vivo per troppo tempo. Hai perfettamente ragione, anche se sei stata informata che non dipendeva da me, che mi era impedito qualsiasi contatto. Ho chiesto che tu venissi almeno a conoscenza dei fatti di Londra, ma non mi hanno permesso di proteggerti dopo, né mi hanno permesso di dirti che avrei voluto farlo. Quando ti ho vista allo *Staples Center* di Los Angeles c'era ancora l'inchiesta in corso, e non potevo coinvolgerti. Se avessi anche solo cercato di avvicinarmi, ti avrebbero immortalata sui giornali di mezzo mondo, avrebbero rovistato nella tua vita, l'avrebbero sconvolta e stravolta. Tu non sai quanto mi è costato stare lontano per tutto questo tempo, ma non ho potuto fare diversamente. Avvocati, poliziotti, tv, giornali, tutti quelli che erano con me, giorno e notte, mi hanno sempre impedito di parlare da solo con te, senza fastidi, senza rovinare il nostro mondo. Aspettavo questa sera, perché sapevo che qui, in mezzo a tutta questa gente, avremmo avuto l'unica opportunità di riprendere il discorso che abbiamo dovuto lasciare in sospeso."

Sofia lo interruppe bruscamente, con un sorriso sarcastico:

"Guarda che non ti devi mica giustificare con una come me. Facciamo finta che non è successo niente, che ci siamo aiutati in un periodo difficile per entrambi, ma che ora ognuno è tornato al suo posto e sta bene dove sta, non credi?"

Lo sguardo smarrito ed incredulo di David le fece capire che era stata avventata, ma non le importava. Voleva andare via da lì, non vederlo mai più, per tentare di dimenticarlo, nel silenzio del dolore che si era annidato nel posto segreto del suo cuore.

Lui scosse la testa, poi l'abbassò, passandosi una mano tra i capelli:

"Ho sempre creduto che farti aspettare, lasciandoti da sola, era chiederti troppo. Ma non avrei mai pensato che il problema fosse quello delle vite parallele. Se non lo era prima, non vedo perché dovrebbe esserlo adesso!"

Levò lo sguardo su di lei, per scrutarle l'anima:

"Niente e nessuno potrà mai cancellare, con l'orgoglio o con qualsiasi altra cosa, quello che c'è stato e che c'è ancora tra noi. Non ci siamo solo aiutati a ritrovare noi stessi, Sofia, e tu lo sai. Lo sai che insieme abbiamo conquistato quello che solo in pochi riescono ad ottenere nella vita, e tu non puoi rifiutarti di riconoscerlo, non puoi essere così crudele da soffocare il tuo cuore ed il mio così! Non comportarti come una bambina capricciosa, non è da te!"

A queste parole, Sofia scattò in piedi, ferita nell'amor proprio:

"Tu non puoi permetterti di giudicarmi, e di pretendere di sapere cosa ho provato e cosa provo! Tu non capisci che il passato è passato, che tu adesso non puoi più continuare ad essere una persona qualsiasi, come vorresti far credere!"

A questo punto, senza che se lo aspettasse, David fu in piedi dinanzi a lei, il suo viso a pochi centimetri dal suo:

"Tu non puoi considerare una colpa il fatto che mi chiamo McDouglas. Non ti è importato allora, e devi ammettere che lo sapevi, quando ci siamo messi insieme. Ti ho raccontato tutta la verità, perché ho voluto che tu potessi scegliere prima. Addirittura, sei stata tu che mi hai spinto a riprendere il mio posto. Ma, all'epoca, non hai badato al nome, perché hai visto giusto, hai guardato quello che c'era nel mio cuore, non l'aspetto esteriore o la facciata! E se adesso vuoi far finta che non sia successo niente, per qualche ragione tua che non capisco, o meglio, perché non ti importa più nulla, e ormai sei certa di potercela fare da sola, allora non sarò certo io a trattenerti!"

La tensione e la rabbia rendevano il suo respiro affannoso. Ma la risposta secca e decisa di lei lo trafisse come la lama di un pugnale:

"Non ho intenzione di accusarti. E' solo che, a volte, bisogna usare la testa, più che il cuore. E' vero, volevo che tornassi al tuo posto, perché è la tua vita, il tuo destino. Non puoi pretendere di essere un uomo qualsiasi, non puoi fingere di non vedere, di fronte all'evidenza. Le cose cambiano, non sempre per nostra volontà, ma dobbiamo essere noi a scegliere quale via seguire. Per questo il passato deve restare tale. E' servito solo per imparare a gestire il futuro: buoni amici, ognuno per la propria strada. Io lo sto facendo, e lo devi fare anche tu. Buona fortuna!"

Le lacrime stavano prendendo il sopravvento, e Sofia scappò, prima che David riuscisse a trattenerla.

Sconvolta, corse a casa e preparò in fretta le valigie, decisa a ripartire immediatamente, mentre sua madre cercava di farla ragionare e si preoccupava a vederla così fuori di sé.

Ma lei fuggì lo stesso, perché non voleva che lui la cercasse. Non le importava neanche di aver lasciato i suoi amici, e suo fratello, e Steve, senza salutarli. Aveva solo fretta di andarsene, e quando ebbe spiegato a sua madre che l'unico modo per tranquillizzarsi era partire subito, si diresse alla stazione. Tra le lacrime, rivedeva la festa, l'allegria, la gente, la villa, il viso sconvolto dal dolore di David, mentre le risuonavano nelle orecchie le parole della mamma: *"Non puoi continuare a scappare: i problemi si risolvono, non si fuggono!"*

XIX.

I giorni scorrevano lenti ed uguali. Sofia viveva in un mondo tutto suo, rassicurata dalla monotonia delle abitudini e dei gesti quotidiani.

Appena concluso il *master,* aveva iniziato a collaborare con un'importante rivista di moda e viaggi. Curava una rubrica in cui consigliava mète turistiche, e forniva informazioni sia per i viaggiatori che per gli addetti ai servizi.

Per guadagnare qualcosa in più, aveva trovato lavoro come *receptionist* presso un lussuoso *hotel.* L'occupazione era molto impegnativa, perché le capitavano persone di ogni genere, dal truffatore al miliardario eccentrico, dal conquistatore al prepotente, dalla persona qualsiasi al *VIP* di turno… Per fortuna, aveva sempre al suo fianco almeno un paio di uomini addetti alla sicurezza, perché non erano rare le volte in cui si trovava in difficoltà. Anche se, doveva riconoscerlo, era un lavoro molto divertente. Poteva osservare tutta la varietà del genere umano, individui che entravano in *hotel* pieni di speranze, sogni, illusioni, come se arrivassero in un mondo fatato, dove le loro vite sarebbero cambiate per magia. O, magari, gente annoiata, tipi in vacanza, uomini d'affari, donne in carriera, persone talmente indaffarate e di corsa da non accorgersi neanche della vita che scorreva loro accanto…

Le capitava spesso di vedere personaggi famosi, attori, produttori, cantanti, stelle della tv, sportivi, ed ogni volta era una sorpresa scoprire come fossero diversi da come se li era sempre immaginati.

La sera di Halloween la direzione dell'*hotel* aveva organizzato una grandiosa festa in maschera nell'immenso salone principesco del ristorante. Le luci, la musica, le voci erano ancora più vivaci del solito, nell'aria si avvertiva quell'elettricità tipica degli eventi importanti. La folla era numerosa, e ancora più variegata, per via delle maschere.

Oltre ad Alessio, insieme alla sua nuova ragazza, c'erano anche Steve ed i suoi compagni di squadra, alcuni amici, gente comune, personaggi famosi accompagnati da guardie del corpo, una ressa di fotografi e giornalisti a caccia di *scoop*... C'erano proprio tutti, nessuno si voleva perdere questo importante avvenimento mondano.

Sofia, aiutata da altre quattro colleghe, cercava di far scorrere la coda infinita degli ospiti, incanalando le persone con invito e quelle senza invito in due diversi corridoi, tenendo a freno l'impazienza e la calca con il sorriso stampato sulla faccia, ostentando calma e sicurezza, come un cartellone pubblicitario che dovesse mostrare la maestosità e l'efficienza dell'*hotel*.

Il flusso di gente era continuo, non concedeva un attimo di tregua: non c'era tempo per pensare, né per osservare.

Ad un certo punto, però, una voce si staccò dal coro delle altre, riportando Sofia indietro nel tempo.

Per un istante, si ritrovò come proiettata nello stesso mondo in cui aveva vissuto il periodo più felice della sua esistenza.

Alzò la testa di scatto, incredula, e si sentì avvampare quando i suoi occhi incontrarono quelli di David. Lo stomaco si contrasse, ed un nodo le strinse la gola. Non riuscì ad aprire bocca, completamente travolta dall'ondata di emozioni suscitata da quell'incontro inatteso.

David le porse l'invito senza staccarle gli occhi di dosso.

Visto che Sofia non riusciva a parlare, il collega della sicurezza, dopo aver controllato il nome, fece notare che Mr McDouglas non aveva la maschera, come richiesto nell'invito.

David tentò di scusarsi, mentre le persone che erano insieme a lui chiedevano spiegazioni. Sofia notò una ragazza che gli stava vicino in modo particolare, ma stavolta non era sua sorella. Fu come ricevere uno schiaffo, tuttavia si sforzò di non pensarci. Ormai era troppo tardi.

Abbassò la testa, cercando di calmarsi, mentre fissava il *monitor*, per verificare i dati degli inviti.

David aggiunse esitante:

"Non credevamo fosse indispensabile avere un costume per partecipare. Magari potremmo noleggiarne uno..."

Sofia rialzò la testa, imponendo a se stessa di comportarsi in maniera professionale. Con uno sforzo terribile, esibì un sorriso cordiale e rispose:

"Non si preoccupi, Mr McDouglas. Vi chiamo subito Mrs Faith, che vi accompagnerà in un apposito spogliatoio, dove potrete prendere in prestito delle maschere. Vi verrà chiesta una piccola cauzione, che sarà restituita alla riconsegna degli abiti."

Le tremava lo stomaco, le gambe vacillavano, la voce le veniva meno per la tensione. Ma doveva resistere.

David restò un lungo istante immobile, senza rispondere, senza smettere di guardarla, di cercare i suoi occhi. Teneva la mano allungata sopra al bancone, inerte, come per tentare anche solo un fugace contatto.

"La ringrazio, è molto gentile…" sussurrò con la voce incrinata dall'emozione.

Sofia rispose con l'ennesimo sorriso stereotipo, chiamò Mrs Faith, ed invitò i componenti del gruppo a seguirla.

Lentamente, egli si mosse, preceduto dagli amici e dalle amiche che chiacchieravano e ridevano allegramente, perfettamente in sintonia con la festa in corso.

Sofia riuscì alla fine a respirare.

Dopo l'incontro all'inaugurazione dell'agriturismo a Boscoalto, si era messa l'anima in pace, perché era sicura che non lo avrebbe rivisto mai più.

Invece, ora che se lo era ritrovato davanti, all'improvviso, si era resa conto che non lo aveva dimenticato affatto. I sentimenti nei suoi confronti erano ancora intatti, ed il dolore restava vivo e lancinante.

Mentre cercava di riprendere il controllo di sé, cominciò a chiedersi cosa stesse provando lui. Quando si erano guardati negli occhi, in quei pochi istanti, aveva ritrovato la stessa intensità, la stessa passione, la stessa luce del tempo trascorso felicemente insieme. Non poteva essersi sbagliata, stavolta.

Aveva sempre creduto di essersi illusa, di essere servita a David solo per fargli ritrovare il suo vero posto nel mondo. Per questo, alla fine, aveva deciso che ognuno dovesse proseguire per la propria strada. Due strade opposte e parallele per due individui che si erano incontrati per sbaglio.

Ma adesso che tutto era sistemato, che bisogno aveva di guardarla in quel modo?

La risposta che le balenò in testa fu un'orribile presa di coscienza: David l'aveva sempre guardata con gli occhi del cuore e dell'anima, non per guadagnarsi il posto in società, ma il posto nel suo cuore e nella sua anima. Perché si era ostinata a non capire? Perché non aveva creduto ai propri sentimenti e a quelli di David? Perché si era comportata come una stupida, facendosi fuorviare dall'orgoglio?

Nel preciso istante in cui si rese conto del suo errore, al dolore si aggiunse un senso di sconforto, di disperazione, di impotenza talmente forte, che pensò di non poter sopravvivere.

Non c'era rimedio, non si poteva tornare indietro, riavvolgere il nastro e ricominciare a registrare una nuova vita, cancellando quella sbagliata.

Quando una collega si avvicinò e si mise al suo posto, si accorse di essere rimasta come impietrita, mentre la folla davanti a lei premeva per entrare.

Si scusò, chiese una pausa di qualche minuto, e andò a rinchiudersi nello spogliatoio riservato al personale. Non pianse, non si lamentò, non fece nulla per sfogare la rabbia ed il dolore.

Si sedette su una panchina di legno, davanti ad uno specchio, e restò a guardare l'immagine della sua sconfitta: negli occhi solo il vuoto, come nella vita. Per sempre. Si chiese se sarebbe riuscita a sopportare questa sofferenza, a perdonare se stessa per essere stata tratta in inganno dai pregiudizi e dall'orgoglio. Il rimorso ed il rimpianto stavano schiacciando con il loro peso la sua anima perduta.

Quando tornò al suo posto, fu più difficile del previsto concentrarsi su qualcosa che non le interessava.

Non le importava dei soldi, che le servivano per la sopravvivenza.

Non le importava di lasciare i colleghi in difficoltà, senza di lei...

Sinceramente, non le importava di niente e di nessuno.

Chiese alla collega di sostituirla, perché non si sentiva bene. In fondo, non era una bugia.

Stava per andarsene, quando uno dei ragazzi della sicurezza la richiamò, e le consegnò una busta, su cui era scritto il suo nome. Le riferì che l'aveva lasciata un tale, prima di andarsene, ma non aveva detto il suo nome.

Ebbe un sussulto nel riconoscere la calligrafia di David.

Non riusciva a crederci.

Felicità e timore si impossessarono di lei in ugual misura, una curiosità morbosa le attanagliò il corpo e la mente.

Uscì in fretta, corse fino a casa, senza fiato, e aprì la busta, con le mani che tremavano:

Ho fatto un grosso sbaglio, a lasciarti andare.
Vorrei poter rimediare, se mi concedi una possibilità.
Sarò davanti alla villa di Boscoalto lo stesso giorno, alla stessa ora, in cui ci siamo incontrati per la prima volta.
Se non ci sarai, sparirò per sempre dalla tua vita.

David.

Le lacrime, a lungo trattenute, trovarono libero sfogo.
Forse non tutto era perduto.
Le restava ancora una speranza.

XX.

Il venticinque gennaio era una giornata fredda e grigia a Boscoalto. Fiocchi di neve trasportati dal vento saettavano per l'aria, incerti e deboli.

La strada per l'agriturismo *La Bella Vita* appariva deserta, anche se c'erano parecchi turisti che si godevano la quiete tipica dei mesi invernali.

Qualche contadino si era avventurato nelle vigne per la potatura, ed un altro, alla guida di un trattore, arava un'ampia distesa di terra fertile e bruna.

Mancava poco a mezzogiorno, quando un uomo avvolto in un cappotto scuro si avvicinò con passo deciso al cancello della villa.

Si fermò in mezzo alla strada, di fronte all'entrata, lo sguardo rivolto verso il panorama. In basso, il paesino di Boscoalto, con il campanile e le case ammucchiate come tanti piccoli formicai. Più lontano, la piana di Firenze e della valle dell'Arno, che scorreva come un serpente nero e tortuoso, divincolandosi tra gli edifici pieni di storia.

Il silenzio era rotto solo dal sibilo del vento e dal fruscio degli alberi.

All'improvviso, si udì un rumore sordo. Poi una bicicletta sbucò da dietro la curva, scendendo a tutta velocità, e fermandosi bruscamente a pochi passi dall'uomo.

Filippo scese dalla bicicletta, abbracciò David, e, per non farsi vincere dall'emozione, lo salutò scherzosamente:

"Avanti, entra e fai come se fossi a casa tua!"

L'amico sorrise. Si scambiarono qualche battuta, notizie sulla villa, sull'agriturismo, e sul paese, anche se David era al corrente di tutto quello che accadeva a Boscoalto, perché ogni giorno Filippo gli scriveva almeno una *e-mail* per tenerlo aggiornato.

L'espressione di David era tesa, nonostante la presenza rassicurante di Filippo.

Ci fu un lungo silenzio, ed anche il vento per un attimo rallentò la sua corsa.

"Lei è arrivata?" chiese David con un filo di voce.

Era la sua ultima possibilità, altrimenti l'avrebbe perduta per sempre, e con lei avrebbe perduto anche il suo cuore, con tutto se stesso.

Filippo si voltò senza rispondere, montò in sella alla bicicletta, aprì il cancello, imboccò il viale, e, in un lampo, sparì.

David lo seguì, camminando lentamente, con circospezione, come se si aspettasse di essere attaccato da qualche mostro nascosto dietro gli alberi, sbattuti dal vento.

Sentiva solo il battito impaziente del suo cuore, che scandiva il ritmo dei suoi passi.

Andava avanti per inseguire la speranza, la sua ultima speranza...

"Sono qui!"

La voce di Sofia riecheggiò nel viale deserto.

Alzò gli occhi e la vide, davanti a sé, comparsa dal nulla come una fata, come un fantasma.

Fu invaso da una felicità senza fine.

Erano fermi, a pochi passi di distanza, gli occhi azzurri di Sofia negli occhi verdi di David, l'una abbeverandosi alla fonte di vita che l'altro offriva.

Restarono in silenzio, parlando con lo sguardo, spiegando, giustificando, chiedendo e concedendo perdono, finché fu David a domandare:

"Sei sicura? Vuoi darmi un'altra possibilità?"

Sofia stavolta rispose senza esitazioni:

"Sì, e vorrei che anche tu potessi darne un'altra a me..."

David si avvicinò lentamente. Niente aveva senso, senza di lei, senza i suoi occhi, il suo sorriso, il suo profumo...

Le prese la mano e l'attirò a sé in un lungo abbraccio.

Sofia aveva vinto la battaglia con se stessa, e finalmente lasciava spalancate le porte del suo cuore all'Amore.

Si strinsero e si baciarono. Poi cominciarono a parlare delle rispettive vicende, delle loro angosce, delle loro paure, ed infine si ritrovarono a ridere della loro testardaggine. Soprattutto, adesso erano pienamente convinti di poter affrontare qualsiasi ostacolo insieme, senza badare alle convenzioni e ai pregiudizi.

La via del cuore era stata spianata: non c'era che da seguirla.

Sulla soglia della villa, mentre Sofia armeggiava con le chiavi, David le prese la mano, si inginocchiò davanti a lei, le infilò al dito un anello, e, con la voce soffocata dall'emozione, le chiese di sposarla.

Memore di tutto il dolore che aveva provato, Sofia aveva paura di perdere di nuovo la felicità, che aveva faticosamente conquistato. Per questo, non ci pensò neanche un attimo, e, senza esitare, rispose subito di sì.

Si sentiva così felice, da temere che fosse troppo per lei, e che dovesse per forza capitarle qualcosa di talmente brutto da rovinare la sua serenità.

L'abbraccio di David la convinse che era tutto vero, e che niente e nessuno avrebbe potuto impedire la loro vita insieme.

La sollevò, stringendola a sé, mentre varcavano la soglia della villa.

La porta si chiuse con uno scatto, quando le campane del paese suonarono mezzogiorno, e la neve cominciò a cadere fitta e decisa.

Della stessa autrice il *"Il Diario di una Cameriera"*
(n.1 nella classifica BestSeller di Amazon.it)

LAURA BONDI è nata e vive ad Arezzo.
Insegnante di lingua e letteratura inglese, traduttrice, collabora al sito Biografieonline.it, e coltiva da sempre la passione per la lettura e la scrittura, alle quali si dedica anche attraverso il blog *"Il Diario di una quasi Scrittrice"* (http://www.laurabondi.blogspot.it/).

Manufactured by Amazon.ca
Bolton, ON